CRIS BARBOSA

O último golpe do amor

CRIS BARBOSA

O último golpe do amor

1ª IMPRESSÃO

PandorgA

2018

Direção Editorial
Silvia Vasconcelos
Produção Editorial
Equipe Editora Pandorga
Preparação de texto
Fernanda Satie
Revisão
Sonia Carvalho (CS Edições)
Diagramação
Cristiane Saavedra
Capa
Gisely Fernandes (CS Edições)

Texto de acordo com as normas do Novo Acordo Ortográfico da Língua Portuguesa
(Decreto Legislativo nº 54, de 1995)

Dados Internacionais de Catalogação na Publicação (CIP)
Bibliotecária responsável: Aline Graziele Benitez CRB-1/3129

B196u Barbosa, Cris.
1.ed. O último golpe do amor / Cris Barbosa. – 1.ed. –
São Paulo: Pandorga, 2018.
240p.; 16 x 23 cm.

ISBN: 978-85-8442-313-2

1. Literatura brasileira. 2. Romance. I. Título.

CDD 869.93

Índice para catálogo sistemático:
1. Literatura brasileira: romance

2018
IMPRESSO NO BRASIL
PRINTED IN BRAZIL
DIREITOS CEDIDOS PARA ESTA EDIÇÃO À
EDITORA PANDORGA
AVENIDA SÃO CAMILO, 899
CEP 06709-150 – GRANJA VIANA – COTIA – SP
TEL. (11) 4612-6404
WWW.EDITORAPANDORGA.COM.BR

AGRADECIMENTOS

A Deus em primeiro lugar e sempre!

À minha família, em especial ao meu marido José Carlos, que sempre me incentivou e acreditou em mim. A vocês, toda a minha gratidão!

Aos meus leitores e leitoras que se tornaram amigos e leram com carinho tudo o que eu escrevi, me dando a certeza de estar no caminho certo.

À Editora Pandorga por acreditar em mim e estar publicando o meu segundo livro.

Aos meus queridos amigos, Daniela Ribeiro, minha leitora beta, que exerceu seu papel com extrema competência, suportando minhas neuroses, dúvidas e inseguranças; Kris, minha amiga virtual, advogada, que me orientou com muita competência nas questões jurídicas contidas nesse livro; ao poeta Guto Nicolas, que fez a primeira revisão da minha obra antes de eu enviá-la à editora e, mais uma vez, a Valdinei Silva e Cristian Bonome, responsáveis pelas minhas fotos, tanto as das contra-capas dos meus dois livros, como as de grande parte dos eventos que participo, estando sempre presentes nos melhores momentos.

Um beijo no coração de todos vocês e muito obrigada por tudo!

Cris Barbosa.

PRÓLOGO

— Você já falou com o moleque, filho do dono do boteco? — minha mãe entrou em meu quarto me assustando e me arrancando dos meus pensamentos.

— Que susto! — Levei uma das mãos ao coração. — Você sabe que eu não gosto que você fale assim do Matheus.

— Mas isso é o que ele é. — Sorriu ironicamente.

— Assim, a senhora só torna as coisas mais difíceis — argumentei.

— Falou ou não? — insistiu.

— Ainda não tive coragem, mas vou falar essa noite — expliquei.

— Acho bom! Até porque estamos partindo amanhã para uma nova vida e suponho que você não queira deixar a cidade às escondidas, não é mesmo?

— Claro que não, o Mah merece uma satisfação. — Suspirei fundo. — Agora, se não se importa, eu gostaria de ficar sozinha para terminar de arrumar minhas coisas e pensar em como dar a notícia a ele.

— Como quiser.

Assim que minha mãe deixou o quarto e fiquei sozinha, tranquei a porta e vi o desespero tomar conta de mim, senti um aperto enorme no coração e lágrimas começaram a rolar na minha face.

Algum tempo depois, ouvi batidas na porta, sequei meus olhos com as costas das minhas mãos, e, antes de abrir, tomei fôlego.

— Vó... — Joguei-me nos braços dela, chorando copiosamente.

— Como você está se sentindo, querida? — perguntou carinhosamente acariciando meus cabelos.

— Péssima! — respondi segurando em sua mão e puxando-a para dentro do meu quarto.

— Você tem certeza de que é isso mesmo que você quer? — Sentou-se na cama e eu deitei minha cabeça em seu colo.

— Certeza? Acho que sim! — Hesitei.

— Vai abrir mão do seu primeiro, grande e único amor?

— Há muito tempo que as coisas entre mim e o Matheus não são mais as mesmas. Ele só pensa em trabalhar, deixa-me a maior parte do tempo sozinha, quase não tem tempo para mim. Fora que sempre vai embora cansado, larga-me em casa e vai dormir.

— Ele me disse que está trabalhando para construir o futuro de vocês. — Soltou o ar pelo nariz. — Você já conversou com ele sobre essa situação, contou a ele como tem se sentido?

— Tentei algumas vezes, mas ele não me dá atenção, está sempre muito ocupado e deixa a conversa para depois. Na hora de ir embora, está cansado e vai empurrando nossa conversa com a barriga.

— E por isso, você resolveu desistir e deixá-lo? Tem certeza de que não quer mais lutar por esse amor?

— A única certeza que tenho é que preciso de carinho e atenção, e o Paulo está disposto a me dar isso tudo. Já o Matheus está cada vez mais distante.

— Eu entendo! — Levantou-se, pousando minha cabeça delicadamente sobre a cama. — Faça como achar melhor e lembre-se, eu vou estar sempre aqui para você. Agora vá se arrumar, você tem uma conversa importante essa noite, ela vai decidir todo o seu destino. — Beijou minha testa e saiu.

Levantei-me e fui direto ao banheiro tomar um banho quente e pensar na melhor maneira de contar tudo ao Mah. Seria a conversa mais difícil da minha vida, apesar de estarmos distantes, eu sabia que o magoaria e que levaria um pedaço dele comigo, assim como deixaria o meu com ele.

Escolhi uma calça *jeans flare* e uma blusa regata preta e completei o *look* com um *blazer marsala*, nos pés, *peep toe* azul de salto alto. Fiz uma maquiagem básica e caprichei no corretivo para disfarçar as olheiras, um pouco de *blush* para dar um ar saudável, várias camadas de rímel para tentar realçar meus olhos castanhos e batom *rosé*. Meus cabelos, também castanhos e bem lisos na altura dos ombros e com um corte moderno, deixei soltos. Coloquei brincos de argolas prata e peguei minha bolsa.

— Chegou mais cedo, princesa? Você está linda! — Matheus veio sorrindo em minha direção, abraçou-me e depois, afastando-se um pouco, deu-me um beijo rápido nos lábios.

Ele era lindo, perfeito! Moreno de olhos verdes emoldurados por cílios enormes, cabelos castanhos e lisos sempre disciplinados com gel, sorriso perfeito, o mais branco e brilhante que já vi, lábios grossos e bem desenhados, vinte e quatro anos, um metro e oitenta e seis de altura e corpo com músculos bem definidos. Com certeza, o homem mais bonito da cidade e era meu! Mas deixaria de ser.

— Aconteceu alguma coisa? — perguntou preocupado. — Você está se sentindo bem? Está meio esquisita.

— Ah, claro, desculpa! — Sorri forçadamente. — É que a gente precisa conversar.

— Agora, princesa? — Passou a língua sobre os lábios. — Eu estou meio ocupado verificando os estoques, podemos conversar depois?

— Tudo bem! Vou sentar no meu banco de sempre no balcão, quando você tiver um tempo livre, conversamos.

Passei o resto da noite sozinha, sentada no mesmo banco de todos os dias, vendo o movimento dos clientes. Foi aí que achei que estava tomando a decisão certa para mim, do jeito que estávamos, já não dava mais. Uma vez ou outra, Matheus passava para lá e para cá atendendo clientes e dando suporte aos funcionários, sorria e piscava para mim. Ele ficava tão lindo quando repetia esse gesto.

Depois que os clientes foram embora, os funcionários ajeitaram o bar, o caixa foi fechado, enfim ficamos sozinhos. Ele se aproximou e me deu um beijo apaixonado, repleto de sentimentos e desejo.

— Vamos? Estou exausto, mas vou levá-la para o meu apartamento, quero dormir e acordar com você em meus braços. Faz tempo que não temos um momento só nosso, estou morrendo de saudades! — Sorriu lindamente.

— A gente precisa conversar, lembra? — Afastei-me dele, virando-me de costas e buscando coragem.

— Não pode ser amanhã, depois que a gente acordar? Estou realmente cansado, princesa, queria relaxar um pouco com você.

— Tem que ser agora... eu estou indo embora — desembuchei.

— Você quer que eu a leve para casa? Não quer passar a noite comigo? Sem problemas, eu levo você, podemos deixar nossa noite para amanhã.

— Estou indo embora de Estrela Santa... da sua vida... para sempre!

— Que brincadeira de mau gosto é essa, princesa?

— Não é brincadeira. Minha mãe sempre teve o sonho de morar no Rio de Janeiro e eu conheci outra pessoa que mora e está nos esperando lá. — Vi lágrimas escorrerem dos seus olhos, molharem sua face e também chorei.

— Quem é ele? — falou cerrando o maxilar e me olhando com ódio.

— Chama-se Paulo, é aquele empresário que veio para o velório e o enterro de meu pai, de quem lhe falei. — Fiz uma pausa. — Como você precisou trabalhar e não pôde estar comigo nos momentos difíceis, após o sepultamento, ele foi em casa algumas vezes prestar solidariedade e acabamos nos aproximando.

— Um empresário, como o seu pai? Cheio da grana, podendo dar a você tudo que eu não posso, mas dou um duro danado trabalhando para que isso aconteça um dia. — Fechou as mãos em punho e deu um soco no balcão. — E você foi tão vadia quanto a sua mãe, só que mais esperta, não só arrumou um filho do cara, como vai se casar com ele.

— Não fala assim, você está tornando as coisas ainda mais difíceis. E eu não falei sobre casamento — implorei.

— Você me traiu. — Avançou em minha direção, segurando meus braços com força e me dando um safanão.

— Não! Juro que não aconteceu nada de íntimo entre nós. Ele aceitou esperar eu terminar com você. Eu jamais faria isso!

— Mentira! — soltou meus braços e gritou. — Saia daqui, agora! — começou a quebrar as coisas que estavam sobre o balcão. — Sai...

Tapei minha boca com as mãos e desatei a chorar copiosamente, enquanto ele quebrava tudo à sua frente e gritava para eu desaparecer para sempre da vida dele. Muito triste, retirei o anel de noivado do meu dedo, o depositei-o sobre o balcão, virei-me de costas e saí do bar sem olhar para trás, da mesma forma que fui embora da cidade no dia seguinte, pois sabia que, se olhasse, não teria coragem de partir.

01

Um ano depois...

Janaína

"As portas da igreja se abriram e eu entrei com meu lindo vestido de noiva modelo princesa, uma coroa de diamantes adornava minha cabeça e prendia meus cabelos em um lindo coque alto. Estava me sentindo uma verdadeira princesa de contos de fadas. E, para completar minha alegria, Matheus era o príncipe que me esperava no altar, mais lindo do que nunca com seu sorriso sem igual. Ele fazia movimentos com a mão me chamando para me juntar a ele, respirei fundo e segui, espelhando nos lábios o mesmo sorriso enorme que ele me dava.

Vi também minha avozinha querida entre os convidados, feliz por mim. Meu coração se encheu de alegria! Porém, quando cheguei quase perto do altar, totalmente hipnotizada pelos olhos verdes e o sorriso branco do Mah, notei que ele estava desaparecendo.

— Nãoooooooo! — gritei desesperada.

Mas a imagem dele deu lugar a de Paulo, meu noivo atual. Confesso que fiquei decepcionada e senti um aperto enorme no meu coração, mas segui em frente, era o que tinha que ser feito. Olhei na direção da minha avó e ela já não estava mais lá. Também havia desaparecido.

Naquele momento, meu vestido ficou pesado e eu mal podia dar conta dele, que se tornou de ouro e todo bordado em pedras preciosas. Olhei nos olhos de Paulo e ele havia se transformado num monstro terrível, que avançou em minha direção e arrancou a coroa de minha cabeça, bem como meu vestido, deixando-me só de calcinha e sutiã, tirando-me tudo o que era de valor.

— Ahhhhhhh! — gritei amedrontada e desesperada.

Paulo e Márcia, minha melhor amiga no Rio de janeiro, saíram correndo da igreja juntos e de mãos dadas levando todos os meus pertences.

Olhei para os convidados, todos me olhavam e davam risadas apontando para mim e fazendo piadas. Minha mãe chorava, gritava e se debatia no chão.

Foi aí que notei, no fundo da igreja, Matheus e minha avó, olhando-me tristemente e estendendo as mãos em minha direção, oferecendo-me ajuda..."

Acordei assustada, suando e tremendo. Todos os dias daquela semana que antecedia o meu casamento, tive esse mesmo sonho, do mesmo jeito, sem nenhuma alteração. Atribuí isso ao fato de ter namorado e noivado com Matheus por nove anos e agora estar me casando com o Paulo depois de menos de um ano de compromisso assumido.

Tinha também o fato de minha mãe e meu noivo não terem permitido que eu convidasse minha avó para o meu casamento. Eles argumentavam que ela iria tentar me fazer desistir por causa do Mah. Até poderia ser, pois ela gostava muito dele, tinha-o como um neto. Mas, em minha opinião, eles estavam com vergonha dela, que sempre foi uma pessoa muito simples. Enfim, depois de muitas brigas e discussões, acabei cedendo, não queria começar meu casamento com brigas.

Levantei-me da cama e fui beber um copo d'água na cozinha. Perdi-me em pensamentos me lembrando do sorriso do Matheus no sonho. Sim, às vezes eu ainda me pegava de surpresa pensando nele. Ainda carregava a culpa por tê-lo deixado daquela maneira e, às vezes, até sentia falta e saudades dele. Foram tantos anos juntos!

— O pesadelo de novo? — Minha mãe entrou na cozinha me assustando e me trazendo de volta à realidade.

— Foi! — respondi cabisbaixa. — Mãe, estava pensando, será que realmente não dá para trazermos a vovó para o casamento? Sinto tanta falta dela, queria muito que ela estivesse presente.

— Nós já conversamos sobre isso e você sabe que o seu noivo não quer. — Colocou a mão na cintura me encarando. — Vê se não vai estragar tudo! E agora volte para a cama e vê se dorme, seu casamento é depois de amanhã e você tem que estar linda e descansada.

— Ok, dona Maria Lúcia! — Ela tornou a me olhar com desdém e saiu.

Minha mãe era uma mulher muito bonita, parecida comigo fisicamente, morena, magra, olhos e cabelos castanhos, mas intimamente diferente. Era uma pessoa interesseira e havia se envolvido com o meu pai só para arrumar um filho e ter vida de rainha. Meu pai era um rico empresário, casado e que jamais deixou a família para viver com ela, mas me assumiu como filha, deixando-me parte da herança após falecer. Dinheiro esse que usamos para nos mudarmos para o Rio de Janeiro.

Porém, ele nunca me deu carinho, nos meus vinte e três anos de vida, até o falecimento dele, dava para contar nos dedos de uma das mãos, as vezes em que foi me ver. Minha mãe dizia que a culpa era minha por ter nascido menina. Dizia que "filhas mulheres" ele já tinha, e que se eu tivesse nascido homem ele teria largado tudo para ficar com a gente. E aí, teríamos uma vida de luxo e riqueza de verdade.

Acho que no fundo nenhum dos dois nunca me amou. Ele me assumiu para evitar um escândalo nos tribunais e ela me tinha como um prêmio, um trunfo para conquistar tudo o que queria. Deixou de trabalhar para viver da minha mesada, que era bem gorda. Nunca aceitou meu namoro com o Matheus e sempre teve vergonha de minha avó. Agora, mais uma vez, ela via em mim um trunfo para ficar ainda mais rica com o meu casamento com o Paulo.

Amor de verdade só recebi de minha avó e do Mah, apesar de ele ter se distanciado de mim. Talvez agora eu tivesse o amor do Paulo, apesar de às vezes não sentir muita sinceridade em algumas demonstrações de sentimentos e, ao compará-lo com o Matheus, sempre parecia que faltava algo.

Mas, enfim, eu havia feito a minha escolha. Se era certa ou errada, não sabia; se eu devia ter conversado e tentado novamente com o Matheus, também não. Daqui a dois dias seria o meu casamento e eu começaria uma nova vida. Só pedia a Deus para ser feliz! Voltei para a cama e adormeci...

Matheus

Como de costume, eu seria o último a sair do Taberna, bar do meu pai, que eu havia transformado em um grande empreendimento, ele era o mais movimentado e bem frequentado da região. Na verdade, ele pertencia à minha família e eu tinha muito orgulho de tê-lo feito chegar aonde chegou. Funcionava de terça a domingo no horário noturno e sempre estava lotado. Para conseguir uma mesa, era necessário reservar com antecedência.

Antes de sair, fitei aquele banco no cantinho do balcão, ali era o lugar onde Jana me esperava todas as noites para irmos embora juntos e foi naquele mesmo local que ela disse que estava me deixando. "*Que saudade, princesa!*", pensei em voz alta.

Ainda amava aquela maldita! Apesar de tudo o que ela me fez, todos os sonhos que destruiu, ainda a amava. E eu me odiava por isso! Há um ano ela havia me abandonado e, a partir daquele dia, fechei meu coração para o amor. Primeiro, porque se não era para ser com ela, eu não queria que fosse com outra; segundo, eu não queria sofrer novamente, a dor que senti foi a mais forte, terrível e devastadora de toda minha vida.

É claro que não virei nenhum monge ou algo parecido, ainda saía com outras garotas, mas nada sério. Mulher e sexo para mim, agora, eram só diversão e para satisfazer minhas necessidades de homem. Tornei-me um cara frio.

Mas, apesar de ter fechado o meu coração para um novo amor, eu nunca consegui arrancar o antigo dele. Éramos vizinhos da avó de Jana e, quando sua mãe fez a loucura de se envolver com o patrão, um rico empresário da região, e engravidou dele, meus pais foram os únicos a prestar solidariedade e oferecer ajuda à dona Francisca, que aceitou de bom grado.

Lembro-me de minha mãe contar que estava grávida de minha irmã quando fomos ver a recém-nascida, ela disse que eu me encantei pela bela menina de imediato. Não sosseguei enquanto ela não me pegou no colo e segurou a Jana junto como se fosse eu quem a estivesse segurando. Minha mãe sempre atribuiu isso à minha vontade de cuidar da minha irmãzinha Priscila, que nasceu três meses depois. Eu? Sinceramente acho que me apaixonei por Janaína naquele momento.

Logo ela se mudou com a mãe para uma casa mais chique e suntuosa, paga pela mesada de seu pai, mas dona Francisca não quis ir junto, e como Jana era deixada constantemente com a avó para a mãe poder farrear e foi praticamente criada por ela, nós crescemos juntos. Logo ela se transformou na melhor amiga da minha irmã. Estávamos sempre unidos, eu, sendo um ano mais velho, dizia que precisava estar sempre por perto para cuidar das duas. Na verdade, já estava apaixonado.

Finalmente, aos quinze anos, com muita insistência da Prih, minha irmã, eu me declarei. Lembro-me até hoje da resposta dela: "*Até que enfim, achei que você nunca fosse falar nada*". Atirou-se nos meus braços e me deu nosso primeiro beijo. O primeiro de muitos, todos inesquecíveis. Só que, por capricho do destino, nove anos depois, ela me deixou!

Dona Francisca era uma senhora muito doce e especial, alguém que me ofereceu a mão no momento mais difícil de minha vida. Talvez por estar sofrendo tanto quanto eu com a partida de sua neta querida, que ela havia criado. Foi a grande responsável por eu ainda estar vivo, pensei em cometer uma loucura várias vezes para me livrar do sofrimento. Mas nós nos consolamos e sobrevivemos. E, a partir daquele momento, tornei-me responsável por cuidar dela e prestar toda a ajuda que pudesse.

Não sei como a Janaína foi capaz de deixá-la para trás e abandoná-la, ela amava muito a avó. Com certeza foi influência da mãe, alpinista social, que convenceu a filha a abandonar as duas pessoas que tanto a amavam para se casar com um empresário milionário. Mas a verdade, é que se Jana havia concordado com tudo aquilo, é porque ela era tão interesseira quanto sua mãe.

Nunca consegui descobrir onde eu havia errado, qual o motivo para ela me deixar, então, só me restava acreditar que ela era como a mãe. Vó Chica, carinhosamente como eu chamava a avó da minha ex-noiva, tentou me convencer de que ela estava se sentindo sozinha, que queria mais carinho e atenção. Mais? Eu vivia por ela, se eu trabalhava tanto, era para construir nosso futuro, jamais aceitaria depender do dinheiro do pai dela. Queria eu poder dar a vida de princesa que ela merecia e ela sabia disso, pois sempre deixei bem claro.

Desde que ela havia partido, eu sempre pensava nela, várias vezes ao dia, mas no momento de fechamento do bar era inevitável. Queria esquecê-la, mas não deixava que ninguém mudasse aquele banco de lugar ou que sentassem ali. Precisava de algo que me lembrasse dela. Masoquista? Talvez eu seja um pouco... ou totalmente, não sei dizer.

Essa semana, por algum motivo alheio à minha percepção, sinto que estou pensando mais nela. Até sonhei com ela há duas noites, na verdade tive um pesadelo: "*Eu estava em um descampado sozinho e começava a ouvir alguém chorando em desespero, dava para ver que era uma mulher, quando me aproximei, percebi que era a minha princesa. Naquele momento, saí correndo e gritando pelo nome dela e ela chamava pelo meu me pedindo ajuda. Encontrei-a em um buraco profundo, estendi a mão para tirá-la de lá, mas quanto mais eu me aproximava, mais ela afundava, até que eu finalmente consegui segurar em sua mão e puxá-la*". E naquele instante, acordei assustado e totalmente sem fôlego.

Não faço a mínima ideia do porquê daquele sonho, se Jana está em apuros, jamais saberei. E nem sei se a ajudaria também, talvez fosse melhor deixá-la sofrer um pouco. Talvez eu a ajudasse a pedido de dona Francisca, jamais poderia me negar a atender um pedido dela. Mas a verdade é que acho que jamais saberia se Jana estaria precisando de ajuda. Em minha opinião, acho que a perdi para sempre. Por isso achei melhor nem contar meu sonho à dona Francisca.

— É, princesa, você fez a sua escolha! — falei olhando em direção ao banco.

Suspirei baixinho, fechei o Taberna e fui para casa, para mais uma noite de solidão...

02

Janaína

— Aí está ela! — disse minha mãe apontando para mim. — Vê se consegue colocar um pouco de juízo na cabeça dessa menina, Márcia.

Márcia era uma das poucas amigas que eu tinha no Rio. Fomos apresentadas pelo Paulo e logo nos entendemos. Ela se tornou amiga íntima do casal e estava sempre conosco. Era loira, alta, magérrima e de olhos azuis. Uma mulher capaz de causar inveja a todas as outras.

— O que está acontecendo com você, querida? Sua mãe está super preocupada, me chamou para conversarmos — argumentou, levantando-se do sofá, caminhando em minha direção e me dando um abraço acolhedor.

— Não é nada de mais, eu só não dormi bem essa noite... para variar! — respondi com um sorriso torto nos lábios.

— Querida, isso não é brincadeira! Você precisa estar linda e descansada para o seu casamento amanhã. — Acariciou meus cabelos. — Foi aquele maldito pesadelo de novo?

— Foi! E ele tem se repetido todos os dias dessa semana — pensativa, abaixei a cabeça.

— Venha cá, olhe para mim! — Posicionou seu dedo indicador no meu queixo e levantou minha cabeça até que nossos olhares se encontrassem. — Você precisa esquecer esse cara, o Paulo é uma pessoa maravilhosa e especial. Vai lhe fazer muito feliz. Vai lhe dar o mundo! Já pensou nisso?

— Eu sei! Eu também gosto muito do Paulo, a gente se dá bem, só que eu passei muitos anos ao lado do Matheus, é estranho me casar com outro. Nós fizemos planos para o futuro... — fiz uma pequena pausa — mas vai passar e eu vou ser muito feliz no meu casamento.

— Você está sentindo falta de algo com o Paulo? — indagou séria.

— É que às vezes é diferente — Suspirei. — Espero algo que não acontece ou quando acontece não é do jeito que eu queria.

— E você queria do jeito do outro? — Arqueou uma sobrancelha. — Deixa de bobeira, garota! O seu ex jamais vai lhe dar o mundo como o Paulo vai fazer. Confie em mim!

— Não estou falando de coisas materiais e sim de sentimentos e a demonstração deles. — Fiz mais uma pequena pausa. — Às vezes, mesmo estando ao meu lado, não consigo decifrar os sentimentos e gestos do Paulo. Já com o Mah, só de ele me olhar eu já percebia o amor, desejo, carinho.

— Sentimentos, quanta tolice! — Acariciou meus cabelos. — Isso é porque vocês dois se conheciam muito bem, desde crianças, passaram muito tempo juntos. Você e o Paulo estão há pouco tempo juntos, assim que vocês forem se conhecendo melhor, você vai começar a sentir isso também.

— Tomara que você tenha razão!

— E tenho! — Olhou para o relógio. — Nossa! Como a hora passa rápido, tenho um compromisso urgente daqui a pouco e preciso ir — Foi logo se levantando e indo em direção à porta.

— Eu te acompanho até a portaria. — Levantei dirigindo-me à porta. — Aconteceu alguma coisa? Senti você um pouco nervosa e você olhou no relógio várias vezes.

— Não precisa me acompanhar, é que estou com muita pressa, de verdade.

— Eu faço questão! Não custa nada e prometo que não vou segurar você aqui por muito mais tempo. — Saí do meu apartamento e fui logo chamando o elevador.

Comecei a sentir Márcia ainda mais nervosa e incomodada.

— Você está realmente bem? — indaguei preocupada.

— Claro! Só com pressa mesmo!

— Vou acompanhar você até o carro — falei preocupada.

— Não, não, não, não precisa! — Sorriu mostrando-se ainda mais nervosa e foi andando em direção ao carro.

Foi quando vi que ela deixou uma chave cair no chão e nem percebeu, peguei-a e corri em sua direção para devolvê-la.

— Márcia, espera, você deixou cair essa chave. — Quando me aproximei, percebi seu embaraço e que seu carro estava cheio de malas no banco traseiro. — Você vai viajar? Na véspera do meu casamento?

— Claro que não, querida! — respondeu toda atrapalhada. — São só algumas roupinhas que não uso mais e vou dar para a caridade. Nada de mais!

— Entendi! — falei meio incrédula. — Você é bem caridosa, são tantas malas.

— Para que ficar com coisas que não usamos se tem pessoas que precisam delas, não é mesmo? — Percebi suas mãos tremerem e vi que estavam suadas. — Obrigada pelas chaves e vejo você lá amanhã, ok? — Deu-me um beijo rápido na face e saiu rapidamente, chegando até a cantar pneu.

Minha amiga estava muito estranha, mas achei melhor não me intrometer. O que estava acontecendo com ela e aonde ela ia com tanta pressa não me dizia respeito, ou pelo menos eu achava que não. Além disso, ela havia me garantido que estaria no meu casamento no dia seguinte, afinal ela era praticamente minha única amiga no Rio de Janeiro e também seria minha madrinha. O Paulo queria atenção total, então, sempre que eu fazia uma nova amizade, ele não me deixava levar para frente, alegando que aquilo nos afastaria. Confesso que me chateava um pouco, mas acabei aceitando, como sempre.

Subi para meu apartamento e fui abrir e separar alguns presentes que eu teria que levar para a cobertura onde o Paulo morava e onde eu passaria a morar com ele. Minha mãe iria junto, é claro! Ela não perderia aquela chance, por isso já havíamos até vendido nosso apartamento, de porta fechada, que seria entregue ao novo morador um dia depois do meu casamento.

Minha mãe me ajudou e logo já estava com tudo pronto no porta-malas do meu carro para levarmos para o nosso futuro novo lar. Foi aí que me lembrei de Márcia, por que as malas estavam no banco traseiro e não no porta-malas? Será que ela tinha tanta coisa assim para dar que encheria todo o carro? Muito estranho! Sabia que ela era muito consumista, mas não a esse ponto. Mas daí, lembrei que a vida pessoal dela não me diz respeito e mais uma vez deixei para lá.

Esperei minha mãe entrar no carro, deixei a garagem do nosso luxuoso prédio em Ipanema e me dirigi ao ainda mais luxuoso prédio em que moraríamos, na cobertura no bairro do Leblon. Minha mãe estava radiante, já fazia planos de tudo o que faria por lá e das viagens internacionais que queria fazer. Tudo às minhas custas, através de parte da herança que meu pai me deixou e do Paulo, que era um empresário milionário ainda mais rico do que eu havia ficado.

Entramos na garagem do prédio, chamamos o elevador e calmamente fomos colocando os presentes no interior dele com muito cuidado para não quebrar nada, principalmente os cristais. Chegando à cobertura fui abrir a porta, enquanto minha mãe segurava o elevador para que ele não descesse. E foi exatamente aí que meu mundo desabou...

A cobertura estava vazia, não havia mais nenhum móvel, NADA dentro dela. Ou melhor, havia três pessoas estranhas que conversavam entre si e que olharam diretamente para mim assim que abri a porta.

— Até que enfim, mocinha! — Uma senhora de meia-idade muito elegante, vestida com terninho vinho, caminhou em minha direção. — Pode me entregar as chaves.

— Chaves? — perguntei saindo do meu transe. — Que chaves?

— As chaves da cobertura, os novos moradores estavam esperando você trazê-las para providenciar a mudança deles.

— Janaína, o que está acontecendo? Estou cansada de segurar aquela porta, coloquei um dos presentes mais pesados para mantê-la aberta. — Minha mãe se aproximou. — Quem é essa senhora?

— Deve haver algum engano, o meu noivo é proprietário dessa cobertura, ele mora aqui e eu também vou morar, nós nos casaremos amanhã — ignorei minha mãe e argumentei sem querer acreditar no que estava acontecendo.

— Proprietário? — Gargalhou a senhora. — Morar aqui? Querida, você deve estar falando do senhor Paulo Rezende, o antigo inquilino da cobertura. Ele a desocupou ontem porque ela foi vendida e se mudou — soltei o ar pela boca totalmente em transe.

— Que brincadeira é essa? — bradou minha mãe. — Chama o meu genro aí e diz para ele que tudo tem limite. A brincadeira acabou.

— E eu lá tenho cara de quem faz brincadeiras, minha senhora? — bradou de volta a outra mulher. — Sou uma corretora de imóveis respeitadíssima no ramo, estou aqui para cumprir o meu trabalho.

Saí do meu transe inicial assim que vi minha mãe investindo contra a corretora. Ela parecia um touro bravo e senti que, se eu não interviesse, ela iria bater na mulher.

— Mãe, por favor, vamos embora. — Puxei-a pelo braço. — Vou tentar falar com o Paulo, certamente ele deve ter uma explicação para isso. Acho que não temos mais nada a fazer aqui. — Tentei acalmá-la, mas confesso que nem eu acreditei nas minhas próprias palavras. Na verdade, queria sair logo dali, pois estava me sentindo humilhada com aquelas pessoas me lançando olhares de piedade.

Deixamos o prédio com todos os presentes de volta e totalmente sem rumo. Eu estava desnorteada e já desconfiava do que poderia ter acontecido, mas achei melhor não falar para minha mãe naquele momento. Totalmente em transe, saí dirigindo pelas ruas do Rio de Janeiro. *Meu Deus, o que eu faço agora?*, pensei em voz alta.

Matheus

Aquele maldito pesadelo voltou a me assombrar e mais uma vez não consegui dormir depois do sonho que tive com Janaína. Acordei suando frio, com as pernas bambas e uma sensação estranha de impotência por não conseguir resgatá-la daquele imenso buraco. Fui à cozinha tomar um copo de água e depois me deitei no sofá e fiquei passeando pelos canais de TV a cabo até amanhecer.

Estava exausto! Seria mais um dia difícil! Era sexta-feira e com certeza o movimento no Taberna seria grande e eu teria que ficar até tarde para fechar o caixa e pagar as gorjetas dos funcionários, como fazia todos os dias. Quando percebia meu cansaço, a Prih, minha irmã, sempre se oferecia para ficar no meu lugar, mas como ela era mulher e eu fazia questão de fazer tudo aquilo eu mesmo, acabava não aceitando.

— Você está estranho hoje — minha irmã Priscila adentrou meu escritório me dizendo. — Pensativo... Aconteceu alguma coisa? É difícil ver você assim.

A Prih era linda, morena de olhos verdes como os meus, cabelos longos e naturalmente encaracolados e o corpo escultural esculpido na academia que ela fazia todos os dias; deixava os marmanjos de boca aberta. Também, pudera, ela era namorada de um *personal trainer* e dizia sempre que tinha que se cuidar porque a concorrência era grande. Choviam gatas no pé do Lucas, meu cunhado. Eles formavam um belo casal, sempre de bem com a vida.

— Só um pouco de insônia e um pesadelo na noite passada, nada de mais — aleguei. — O cansaço está tirando um pouco a minha concentração.

— Aquele mesmo pesadelo? — Eu não tinha segredos com minha irmã, então havia contado a ela sobre os sonhos que eu vinha tendo com a Janaína na última semana. — Você não acha que já está passando dos limites? Isso pode ser um sinal de que algo errado está acontecendo com a Jana. Pode ser uma espécie de premonição — continuou —, não acha melhor falar sobre eles com a vó Chica?

— Não quero preocupá-la com coisa à toa — respondi cabisbaixo. — Sonhos são apenas sonhos e nada mais. Além disso, se ela estivesse precisando de ajuda, com toda certeza procuraria a avó. Sem falar no homem com quem ela foi embora, ele é muito rico, não há nada de mal que possa acontecer a ela que ele não tenha como ajudar ainda melhor que eu ou a vó Chica.

— Não quer preocupá-la, mas se preocupa a ponto de não dormir.

— São as lembranças dela que me assombram — expliquei. — Eu a vejo tão nitidamente no sonho, de uma forma tão real, que depois não consigo parar de pensar nela, fico me lembrando de tudo o que a gente viveu e não consigo pegar no sono.

— Você precisa recomeçar, meu irmão. Faz um ano que ela foi embora, se tivesse que voltar, já teria voltado — contornou a minha mesa e se posicionou nas minhas costas acariciando os meus cabelos. — Você precisa encontrar uma garota legal, namorar, constituir família...

— Para quê? — cortei-a rispidamente. — Para ser abandonado e sofrer tudo de novo? — Suspirei fundo. — Não, muito obrigado. Mulher eu tenho a que eu quero e na hora que bem entender, sacio-me e volto para casa sem me prender a ninguém.

— Uma hora você vai sentir falta de uma companhia. Sua beleza, vigor e juventude vão acabar. Isso acontece com todo mundo — explicou. — Aí você vai querer alguém do seu lado para cuidar de você, dar carinho, atenção. Todos precisam de companhia.

— Prih, por favor, não me leve a mal, mas esse assunto agora, não — pedi. — Estou exausto, preciso trabalhar, ainda tenho uma noite inteira pela frente. Agora não é o melhor momento.

— Ok, vou respeitar o seu pedido. — Acariciou mais uma vez os meus cabelos. — Mas promete que vai pensar no assunto?

— Prometo que vou analisar suas palavras com carinho. — Sorri torto terminando a conversa e ela se foi, deixando-me sozinho com meu trabalho e meus pensamentos.

Acabei tudo o que eu tinha para fazer no escritório e fui para o salão do Taberna, a casa estava começando a encher e eu tinha que me juntar à minha irmã para ajudá-la. Nós nos revezávamos no caixa e na recepção de alguns clientes. Meus pais, que estavam com a idade avançada, já não vinham mais ao bar, só em ocasiões especiais. Nossa *hostess*, para variar, havia faltado, ela sempre fazia aquilo nas noites mais cheias. Fiz uma anotação mental para ter uma conversa com ela. Ou levava o emprego a sério, ou seria demitida. O Taberna cresceu muito, precisamos de funcionários mais comprometidos.

E, por falar em funcionários, já precisávamos aumentar nosso quadro de garçonetes, só trabalhávamos com mulheres porque elas são mais fáceis de lidar, o único homem que trabalhava com a gente era Gil, o nosso talentoso barman, e precisávamos de pelo menos mais uma funcionária para servir as mesas. As que já trabalhavam lá estavam ficando sobrecarregadas. Resolvi que colocaria um anúncio na porta no dia seguinte mesmo e na imprensa local na segunda-feira, já que não tinha nenhum interesse em fazer negócios com a única agência de empregos que existia na cidade, ela pertencia à família do finado pai da Janaína e eu sabia que havia pessoas que não eram do bem.

— Oi, gato! — Amanda, nossa gerente, aproximou-se jogando charme. — Está sabendo da novidade?

Ela era uma mulher bonita, loira, de olhos verdes e desde garota me dava o maior mole, mas eu, é claro, só tinha olhos para Janaína. Aliás, perto da beleza da Janaína, ela perdia feio, ou melhor, nenhuma garota era páreo para a beleza dela. Mas depois que ela se foi, Amanda passou a fazer parte do meu harém. Era uma das garotas com quem eu ficava sem compromisso. Até a trouxe para trabalhar no bar, assim, depois de uma noite estressante de trabalho, uma foda ou outra com ela no escritório antes de ir embora, deixava-me aliviado.

— Novidade? — falei com falta de interesse. — Agora não é hora de conversar sobre amenidades, a casa está cheia, estamos sem *hostess*...

— Essa é do seu interesse — argumentou. — Tenho certeza de que você vai querer saber. A sua queridinha, Janaína, casa-se amanhã — despejou tudo sobre mim de uma só vez.

Desconcentrei-me por completo e deixei o copo com uísque, que sempre tomava enquanto trabalhava, cair e se espatifar no chão. Uma das garçonetes que estavam por perto se aproximou rapidamente e foi logo limpando a bagunça.

— Desculpe, Amanda, eu não estou passando muito bem, preciso ir ao banheiro. — Foi a primeira explicação que me veio à cabeça e serviu para eu cortar o assunto e me retirar para meu escritório.

— Amanda, você está louca? Isso é coisa para falar assim desse jeito, de supetão? — só tive tempo de ouvir minha irmã repreendê-la, antes de me trancar no escritório.

Então era isso, a explicação para os meus sonhos desta semana, a minha princesa ia enfim se casar com o seu milionário e estava perdida para mim definitivamente. Não era ela quem estava em apuros, era eu que cairia ainda mais num poço sem fundo. Nossas posições estavam invertidas no sonho. Na verdade, seria ela que não seguraria a minha mão e me deixaria cair sozinho naquele buraco escuro.

Uma dor dilacerante invadiu o meu coração. Doía profundamente, e mais uma vez, eu não sabia o que fazer com aquela dor. Senti ódio de mim, dela, de todos, da vida... Mais uma vez minha princesa me fazia sofrer, só ela tinha esse dom e fez isso acontecer tantas vezes.

Virei duas doses de uísque *cowboy*, lavei meu rosto e me recompus. Voltei para o salão como se nada tivesse acontecido.

— Mano, você está bem? — Prih veio em minha direção com o olhar preocupado.

— Por que não estaria? — respondi com indiferença. — Preciso que você me faça um favor, aguente as pontas e feche o bar sozinha, peça para o Lucas ficar com você até o fim, porque hoje eu vou viver.

Depois de dizer isso, peguei uma garrafa de uísque 50 anos, caminhei em direção a Amanda, saí puxando-a pela mão para fora do bar e fiz o que eu jamais tinha feito antes desde que assumi o controle do lugar. Naquela noite, eu ia beber, foder e farrear até que não restasse mais nenhum vestígio de Janaína em mim, nem que fosse a última coisa que eu fizesse na minha vida.

03

Janaína

— Está vendo só? — minha mãe berrava comigo dentro do carro. — A culpa é sua, que ficou enrolando o coitado por meses, deixou-o inseguro. O que você vai fazer a...

— Para, mãe! — gritei ainda mais alto que ela. — Dá para você parar de falar e me deixar raciocinar.

— Janaína Albuquerque, você nunca gritou assim comigo antes. Cadê o respeito? — gritou de volta para mim.

— Sempre tem uma primeira vez — argumentei. — Tá legal, eu acho que já sei o que aconteceu, ok? Só preciso ir até o apartamento da Márcia para me certificar de algo — falei em tom mais baixo e calmo. — Mas até lá, por favor, dá para a senhora parar de falar na minha cabeça?

— Claro, como não pensei nisso antes? Provavelmente ele comprou uma cobertura ainda maior, melhor e mais bem localizada e quer fazer uma surpresa — minha mãe começou a divagar. — Ele sabia que você procuraria a Márcia e certamente está lá com ela para surpreender você.

— Tomara que a senhora tenha razão. — Na verdade, minhas desconfianças eram totalmente outras, mas eu ainda não queria dizer para que minha mãe não surtasse.

Estacionei de frente ao suntuoso prédio em que Márcia morava em Ipanema e descemos do carro.

— Dona Janaína, como vai? — cumprimentou-me o porteiro, todo amável.

— Tudo bem, Sebastião, e você? — respondi de maneira educada.

— Melhor agora vendo duas mulheres tão lindas. — Sempre um galanteador.

— Sebastião, eu queria falar com a Márcia. Posso subir? — Foi aí que minhas suspeitas se confirmaram.

— A dona Márcia se mudou hoje. A senhora não sabia? — indagou. — Ela não deixou o novo endereço, apenas entregou as chaves do apartamento para eu entregar à corretora de imóveis e se despediu.

— Chave do apartamento? — Fiz uma pausa. — Corretora? Então ela também não era proprietária do imóvel?

— Também? Não, senhora, o apê era alugado e o contrato terminava hoje. — Olhou-me um pouco assustado ao me ver empalidecer. — Está sentindo alguma coisa?

— Tudo bem, Sebastião, obrigada! — Tentei disfarçar meu estado. — Vou tentar descobrir para onde ela foi.

— O doutor Paulo deve saber, — Parei e voltei a encará-lo. — Ele passou essa noite aqui, estava cheio de malas também. Hoje cedo os dois saíram juntos e cada um pegou o seu carro.

— O Paulo? Ele dormiu aqui?

— Essa noite e muitas outras, dona Janaína. Mas não fique brava que não é nada de mais, eles sempre foram muito amigos, desde antes de a senhora aparecer.

— Claro! Obrigada mais uma vez! — Saí do prédio quase que arrastando minha mãe pelas mãos, que parecia estar em transe.

— O que está acontecendo aqui, Janaína? — indagou perplexa.

— O que eu estava desconfiada, mãe — comecei a explicar. — O Paulo desistiu do casamento e os dois foram embora juntos, fugiram, sei lá. Por isso, todas aquelas malas no carro dela hoje cedo e toda a pressa para ir embora.

— Está vendo só, eu avisei. Você ficou fazendo muito doce para assumir compromisso com o milionário, abriu espaço para a outra garfá-lo. Ele a escolheu e desistiu de você. E agora?

— Não sei, mas talvez tenha sido melhor assim... Isso explica o meu pesadelo, ainda bem que estava tudo pago para o casamento, precisamos apenas avisar que ele não vai acontecer.

— E como é que eu fico? Meus sonhos, meus planos, viagens, quem vai bancar tudo?

— Não acredito que a senhora está pensando em dinheiro nesse momento, mãe! — alterei o tom de voz com ela. — Estou totalmente perdida, sem saber o que fazer, e humilhada.

— Porque quis, eu avisei!

— Dá para a senhora ficar quieta, por favor? — pedi. — Preciso tomar algumas providências.

Voltei para casa correndo, na intenção de avisar à igreja, aos organizadores da festa e convidados de que não haveria mais casamento. Infelizmente teria que passar por essa humilhação. E se me perguntassem o motivo? O que eu falaria? Contar a verdade seria ainda mais humilhante. Teria que pensar em uma desculpa.

Liguei primeiro para a igreja, e foi aí que comecei a descobrir mais coisas. Não havia nenhum casamento marcado para amanhã. Minto, tinha, mas não era o meu. Desculpei-me com a senhora que me atendeu dizendo que eu devia ter ligado na igreja errada, mas sabia que não era. Eu mesma havia escolhido a igreja em que queria casar e Paulo havia feito questão disso. Comecei a sentir ainda mais medo do que estava por vir.

Com o cerimonial foi ainda mais complicado. Eles ficaram possessos comigo, disseram que nada havia sido pago ainda, que éramos irresponsáveis e que para desistir teríamos que pagar uma multa astronômica. O estranho é que Paulo havia me garantido que estava tudo pago. Desculpei-me com eles e pedi para que passassem amanhã no apartamento que eu pagaria tudo certinho, mas foi aí que me lembrei de algo mais sério, havia vendido o apartamento, teria que providenciar o mais rápido possível um lugar para morarmos.

A pior parte foi comunicar aos convidados, todos queriam saber o porquê e, por mais que eu tentasse não falar, tive que acabar contando. Senti-me envergonhada e humilhada. As pessoas da família de meu pai, que minha mãe fez questão de convidar, tripudiaram em cima de mim. Fiquei ainda mais triste e arrasada. Os convidados do Paulo, eu não tinha como avisar, não tinha o contato deles. Foi aí que me toquei que eu nem sabia quem eram, eu não conhecia nenhum outro amigo, familiar ou colega do Paulo, além da Márcia. Ele garantiu que eu os conheceria em nosso casamento. Essa história ficava cada vez mais estranha.

Foi aí que tive uma grande ideia, corri para meu notebook e comecei a pesquisar o nome dele no *Google*. A cada pesquisa que eu fazia, meu desespero só fazia aumentar. A imagem que aparecia na tela era de um senhor de meia-idade. Mudei o mecanismo de pesquisa e sempre aparecia a mesma pessoa. Procurei redes sociais e, quando aparecia, não era ele. Fiquei desnorteada! *Deus, o que está acontecendo? O que significa isso?*, pensei em voz alta.

Resolvi ler uma das reportagens sobre o tal senhor, ele poderia ser o pai do Paulo, e qual não foi minha surpresa ao descobrir que ele já era falecido há cinco anos. Em cinco minutos, entrei no site do meu banco e descobri que minha conta estava vazia, tinha sido rapelada. Foi aí que entrei em desespero e não tive mais dúvidas, eu havia sido vítima de um golpe. Saí correndo em disparada até a sala gritando pela minha mãe. Quando cheguei lá, vi que ela discutia com uma senhora na porta.

— O que houve? — perguntei me aproximando.

— Aí está ela. Eu vim entregar o seu vestido de noiva, já que ninguém teve a decência de ir buscá-lo, e receber meus honorários.

— E eu já disse para ela que o Paulo já pagou o vestido — acrescentou minha mãe com a mão na cintura.

— Pode deixar que eu falo com ela, mãe — tentei acalmar os ânimos. — Senhora, por favor, acredito que meu noivo não tenha pago o vestido como prometeu, mas o fato é que o casamento não vai mais acontecer...

— Eu não vou ficar na mão, fiz meu trabalho e quero receber por ele — fui interrompida por ela.

— A senhora vai receber, eu juro. Só preciso de um tempo para colocar as coisas no lugar. Mesmo que eu não tenha esse dinheiro, nem que eu tenha que dar o meu carro em pagamento, a senhora vai receber. Acredite em mim! — tentei me explicar.

— Tudo bem! Você parece ser de confiança, mas eu volto amanhã e não saio daqui sem a minha grana — ameaçou e depois foi embora.

— Que negócio é esse de dar seu carro em pagamento, Janaína? Você ficou louca? E por que deixou para amanhã? Você tem dinheiro suficiente para pagar esse vestido e calar a boca dessa velha gagá — interrogou minha mãe.

— Eu receio que não. — Segurei na mão da minha mãe e a levei até meu quarto. — Vou mostrar algumas coisas para a senhora agora, mas, por favor, não surta. Preciso da senhora sóbria para encontrarmos uma solução.

Mostrei tudo o que havia encontrado na internet e também o saldo negativo de minha conta. De nada adiantou pedir, minha mãe surtou do mesmo modo. Jogou-se no chão, gritava, chorava, ofendia-me e proferia cobranças e ameaças infundadas. Sozinha, resolvi ir à polícia, precisava fazer alguma coisa.

Foi aí que lembrei que meu vizinho era advogado e resolvi pedir ajuda ao doutor Armando. Contei a ele tudo o que havia acontecido, ele me ouviu atentamente e se propôs a me ajudar.

— Só tem um problema, doutor Armando, eu não tenho como pagar os seus honorários — expliquei. — Tenho apenas meu carro e o de minha mãe, mas tenho tanta coisa para pagar, vestido, multa de cerimonial e *buffet*, não tenho nem mais casa para morar.

— Não se preocupe, querida! Também atuo como defensor público e vou ajudá-la — Acariciou minha mão como forma de alento. — Fique tranquila que tudo ficará bem.

Doutor Armando achou melhor que fôssemos primeiro ao banco nos certificarmos de que o dinheiro realmente não estava mais lá, poderia ter ocorrido um engano. No estabelecimento, fomos informados de que Paulo, de posse de uma procuração minha lhe dando plenos poderes, havia transferido todo o meu dinheiro para uma conta na Suíça em nome de um tal Jensen Roberts. Eu não fazia a mínima ideia de quem seria e realmente havia passado uma procuração em nome dele para efetuar a venda de meu apartamento, mas jamais imaginava que ele a usaria para roubar todo o meu dinheiro.

O gerente do banco e o próprio doutor Armando me orientaram que o banco nada poderia fazer para descobrir o paradeiro do meu dinheiro por causa do sigilo bancário. Caberia à polícia fazer a investigação e pedir na justiça a quebra do sigilo do titular da conta e, se necessário, poderia fazer o rastreamento do dinheiro até encontrá-lo.

Saímos do banco e fomos direto à delegacia. Mais uma vez passei pela humilhação de ter que contar toda a história. Estava tão arrasada com tudo, que nem conseguia chorar. O delegado ouviu atentamente tudo o que eu disse e me explicou que o suposto Paulo havia cometido dois crimes, o de falsa identidade e estelionato; se ele fosse encontrado, seria preso e se tivesse antecedentes criminais, isso complicaria ainda mais para ele, mas primeiro ele teria que ser encontrado.

Explicou também que entraria em contato com a família do verdadeiro Paulo para contar o que houve, pois, se quisesse, como ele havia causado danos morais ao falecido ao usar seu nome em um golpe, poderia entrar com uma ação civil pedindo indenização.

Antes de ir embora, fiz um retrato falado do falso Paulo e recebi a promessa do delegado de se empenhar na investigação. Ele também deixou claro que não dava garantias de encontrar e recuperar todo o meu dinheiro, visto que ele já devia estar sendo gasto, mas que tinha esperança de recuperar alguma coisa, porém eu teria que ter paciência.

Saímos da delegacia, já era noite, estava exausta e com uma enorme dor de cabeça. Doutor Armando me acompanhou até a porta do meu apartamento e mais uma vez me tratou com carinho.

— Não se preocupe, filha, tudo vai dar certo. — Acariciou meus cabelos e me deu um beijo na testa. — Procure descansar.

Entrei e não pude deixar de pensar em meu pai. Ele nunca foi capaz de um gesto de carinho comigo e isso me entristeceu. Fui ver minha mãe e ela estava dormindo jogada sobre a cama, com certeza deve ter chorado e se debatido até adormecer. Tentei me lembrar de um gesto de carinho dela comigo e também não encontrei.

Cansada, deitei toda encolhida como uma bola em minha cama e comecei a pensar no que fazer diante da situação, no fundo, eu sabia qual era a única saída, o difícil seria convencer minha mãe. Acabei adormecendo, o meu dia não havia sido nada fácil.

Matheus

Acordei com uma enorme dor de cabeça e muita sede, frutos da ressaca da noite passada. Tentei me lembrar de tudo o que tinha acontecido, mas não consegui. Lembrava-me da notícia do casamento da minha Jana, e lembrar aquilo novamente me causou dor ao coração e chegou até a me faltar ar. Depois disso, recordo-me de ter deixado a Prih sozinha tomando conta do Taberna e saído com a Amanda, na intenção de farrear. Eu queria beber, foder e farrear até esquecer a Janaína. Parece que consegui, pelo menos na noite de ontem, pois não lembro quase nada.

Nem sei como cheguei em casa e muito menos como levei Amanda para a dela. *Será que dei no coro?*, pensei em voz alta sem me lembrar se cheguei a transar com ela. E o pior de tudo foi acordar com a Janaína em meus pensamentos, após ser despertado por aquele maldito pesadelo de novo. Será que aquilo nunca teria fim?

Olhei para o relógio e vi que já era tarde, quase duas e logo teria que voltar ao bar. Tomei um banho relaxante, comi alguma coisa leve, na verdade, uma maçã, pois meu estômago não suportaria mais nada. Troquei de roupa e, antes de ir ao Taberna, resolvi passar na casa da vó Chica, será que ela sabia do casamento e não me contou nada para me poupar?

Parei em frente à casa dela e fiquei pensando qual a melhor maneira de contar-lhe, se já soubesse seria mais fácil, mas se não, ficaria arrasada por não ter sido convidada para o casamento da sua menina. Era assim que ela chamava a minha princesa.

— Matheus, meu querido, que surpresa boa! — Recebeu-me com um abraço apertado. — Não esperava por você aqui hoje, nos finais de semana você está sempre tão ocupado com o bar.

— Oi, vó! — Beijei sua mão e depois sua testa em sinal de respeito e carinho. — Realmente hoje é um dia meio complicado para mim, mas precisava te contar algo muito importante.

— O que foi? Aconteceu alguma coisa com a minha menina? — exaltou-se assim que ouviu minhas palavras, ela sabia que todos os assuntos importantes que me levavam até ela tinham a ver com minha princesa. — É algo grave?

— Sim e não — respondi, sendo dúbio. — Aconteceu algo, mas não é nada grave — expliquei. — Fiquei sabendo ontem à noite que ela se casa hoje.

— Então, a minha menina está definitivamente perdida para nós dois? — Vi decepção, angústia e tristeza passarem pelos seus olhos. — E, pelo jeito, não quis dividir isso com a gente. Nem eu que sou avó, sou digna de participar desse momento importante da vida dela. — Uma lágrima rolou dos seus olhos.

— Não fica assim, vó. Ela não merece — argumentei. — Eu disse que ela é como a mãe, a senhora não quis acreditar e sempre a defendeu.

— Meu querido, ela está longe de ser como a mãe — replicou. — Minha menina foi criada por mim e eu conheço o coração enorme que ela tem. E nós dois sabemos da necessidade que ela sempre teve de agradar ao pai e à mãe em busca de carinho e atenção — continuou. — Tudo o que ela fez foi para tentar agradar Maria Lúcia. Sempre ávida por migalhas de demonstração de carinho e amor, que serão sempre falsos, que ela só conseguirá enquanto fizer todas as vontades da mãe e financiar suas ambições. — Suspirou. — Mas, amor de verdade, vindo da mãe, ela jamais terá. Ela só não se deu conta disso ainda, mas quando der, tudo vai mudar — mais uma lágrima correu pela sua face e ela se apressou em enxugá-la com a palma da mão. — Minha menina é totalmente carente de carinho materno e está fazendo de tudo para conquistá-lo e não foi diferente com o pai também. Acredito que tudo o que ela fez até agora, inclusive abandonar você, o amor da vida dela, foi por causa dessa carência. E você também não ajudou muito deixando-a de lado e se afundando no trabalho.

— A senhora sabe que não foi bem assim, eu não a abandonei pelo trabalho, muito pelo contrário, eu trabalhava para construir o nosso futuro juntos, para nos casarmos e sermos felizes pelo resto de nossas vidas. Eu queria dar a vida de princesa que ela merecia. Mas, se é a vó Chica que está dizendo, eu não vou questionar. — Enxuguei uma lágrima que insistiu em rolar pelo meu rosto. — Tem um outro detalhe também, sonhei com a Janaína durante toda essa semana e foi um pesadelo horrível — contei para ela em detalhes tudo o que acontecia no sonho. — Só agora descobri o significado dele, era por causa desse casamento, só que no sonho estávamos em posição invertida. Quem se afundou num buraco fui eu, fiz coisas que nunca tinha feito, como largar o bar por conta da minha irmã, sozinha e tem coisas que fiz e nem me lembro. Afundei-me na bebida tentando em vão esquecê-la.

— Eu imagino o tamanho da sua dor, meu querido. Com certeza não é menor que a minha. — Segurou minha mão. — Mas você não deve sair por aí fazendo besteira cada vez que souber de algo sobre a nova vida da Jana. Você precisa se cuidar. — Sorriu me fazendo um carinho no rosto. — Só achei estranho o seu sonho, não sei se você fez a interpretação correta, na minha opinião significa que, em busca de migalhas de carinho da mãe, a minha menina está se afundando num buraco, fazendo coisas que não quer e nem deveria, e que você não conseguiu salvá-la por estar distante. Mas, enfim, são tantas as interpretações para um sonho que pode ser que não seja nenhuma das nossas, a correta.

— Talvez, mas acho que nunca saberemos a verdade. Como a senhora mesmo me disse, a Janaína está perdida de vez para nós dois.

— Nossa! Que distraída que eu fui! — exclamou como se estivesse caindo na real. — Vou fazer um cafezinho com algumas bolachinhas para você comer.

— Não precisa, vó. — Sorri com o canto da boca. — Preciso mesmo ir, já está tarde e hoje é sábado. Deixei a Prih sozinha ontem, e tenho que compensar isso hoje. E para piorar, estamos precisando de mais funcionárias, teremos que contratar uma garçonete urgente. Eu só vim mesmo para contar a novidade, além do que, meu estômago está péssimo. — Abracei-a com carinho. — A senhora vai ficar bem?

— Claro que sim, meu querido! — Abraçou-me de volta ternamente. — Acho que posso superar isso! Boa sorte no trabalho e que você encontre uma nova funcionária o mais rápido possível. Vá com Deus e volte sempre que quiser!

— Amém! — respondi despedindo-me e beijando-lhe novamente a mão e o topo da cabeça.

Saí de lá e fui direto para o Taberna, no caminho pensei muito em tudo o que vó Chica havia falado sobre a minha princesa e, no fundo, sabia que ela estava certa na maioria das coisas, eu precisava me desculpar com a Prih e ainda teria que enfrentar a Amanda, e sem lembrar o que havia se passado ontem. Espero não ter feito nenhuma besteira da qual possa me arrepender.

— O que você está fazendo sentada aí? — bradei assim que entrei no bar e vi a Amanda sentada no banco que era da minha Jana.

— Como assim? Estou fazendo aquilo que você me pediu ontem à noite enquanto transávamos — respondeu incrédula. — Você me pediu para ser sua nova princesa e quando eu perguntei sobre o banco, você disse que ele era todo meu, que eu poderia sentar nele e fazer o que quisesse.

— Amanda. — Cocei minha cabeça, nervoso. — Desculpe-me, eu não quero magoar você, mas eu não me lembro de quase nada da noite de ontem, estava muito bêbado — fui logo me justificando. — Por favor, esqueça tudo o que eu falei, inclusive isso e saia desse banco, ainda não estou preparado para isso e nem sei se um dia vou estar.

Ela levantou-se com cara de choro e lágrimas nos olhos e correu para o banheiro, provavelmente para chorar, e eu passei as mãos pelos meus cabelos de forma nervosa, olhei para minha irmã e fui para o meu escritório.

— O que foi isso que eu acabei de presenciar? Pelo visto a notícia desse casamento mexeu profundamente com você — falou Prih, entrando no meu escritório logo atrás de mim.

— Por favor, Prih, eu sei que lhe devo um pedido de desculpas, mas agora não. — Passei a mão na nuca tentando massageá-la. — Eu me lembro de pouca coisa de ontem, acordei e estou com uma ressaca terrível. Antes de vir para cá, passei na vó Chica e ela me deu muito o que pensar. Quando chego aqui, vejo a Amanda no banco da Janaína e fico sabendo que fiz e falei besteira ontem e ainda tenho que trabalhar a noite inteira. É muita coisa para eu digerir. Me dá um tempo?

— Você tem o tempo que quiser, irmãozinho lindo. — Beijou minha face e foi saindo em direção à porta. — Mas não demore muito a se recompor — falou voltando-se novamente na minha direção. — Temos que fazer a prestação de contas do fechamento do caixa de ontem à noite e, de quebra, ainda quero saber os detalhes da sua conversa com a vó Chica. Estou louca para saber o que ela lhe disse, que está fazendo você pensar tanto. — Jogou um beijo no ar e saiu, deixando-me sozinho com meus pensamentos.

04

Janaína

Acordei assustada com o mesmo pesadelo que me atormentou durante toda aquela semana. Fiz o que eu costumava fazer sempre que acordava daquela maneira, levantei-me com as pernas trêmulas e fui beber água na cozinha. Surpreendi-me ao ver que daquela vez minha mãe nem se preocupou em ver como eu estava. Constatei, mais uma vez, que não era comigo que ela se preocupava e sim com que meu casamento milionário acontecesse. Agora que ele não aconteceria mais, ela estava pouco ligando se eu estava bem ou não.

Peguei meu copo d'água, fui para a sala e comecei a olhar pela janela. Já estava quase amanhecendo e a natureza me proporcionava um espetáculo maravilhoso. Saí na sacada e, enquanto assistia ao sol nascer, comecei a pensar em meu sonho, e foi aí que comecei a decifrá-lo e entendi tudo.

O significado dele era mais simples do que eu imaginava. Eu deveria ter me casado com o Mah, mas fiz besteira e, mesmo contra a minha vontade, iria me casar com o Paulo. Tudo para fazer a vontade da minha mãe e ver se, pelo menos assim, eu teria um pouco de amor e carinho vindo dela. Mesmo que fosse bem pouco. Mas sofri um golpe do destino e o Paulo me roubou, tirou-me tudo o que eu tinha de valor e as únicas pessoas que me amavam de verdade e iriam me ajudar e estender a mão seriam minha avó Francisca e meu ex-noivo Matheus.

Não havia mais dúvida, eu já sabia o que deveria fazer. Eu voltaria para a minha pequena cidade no interior de São Paulo naquele mesmo dia. Iria ao encontro de minha avó e do homem que eu amava e sempre amei. Com ela, seria mais fácil, mas com o Mah, com certeza eu travaria uma luta árdua para conseguir reconquistar sua confiança. Mas eu iria tentar até o fim, só não tinha certeza se conseguiria reconquistar o seu amor. E eu queria muito isso, eu precisava disso. Queria estar nos braços dele, o único lugar que me senti totalmente segura em toda minha vida.

Já estava resolvido, retornaria para Estrela Santa e lutaria pelo amor das duas pessoas que mais me amaram nessa vida. Será que o Matheus conseguiria perdoar o meu erro, meu vacilo?... Nem eu mesma sei como chamar o que eu fiz. Não sei se eu conseguiria me perdoar por isso, mas eu tinha que tentar e, se existisse uma chance mínima que fosse, eu queria meu príncipe Matheus de volta em minha vida e faria o possível e o impossível para conseguir.

Mas teria que deixar isso para depois, mais tarde eu ligaria para vó Chica, no fundo eu sabia que ela acordava bem cedo e já estaria de pé assim que o sol nascesse, mas eu não sabia como ela reagiria ao ouvir minha voz e fiquei cheia de receio.

Primeiro, eu teria coisas importantes para resolver antes de conversar com ela e dar um novo rumo à minha vida, mas teria que ser antes que minha mãe descobrisse e tentasse me impedir. Ela ia surtar do mesmo jeito quando eu lhe contasse minha decisão, mas não teria como me impedir de ligar e acertar as coisas com minha avó. Além do que, eu nunca mais deixaria que ninguém influenciasse minhas decisões. A partir de hoje, eu seria dona da minha vida, do meu próprio nariz. Ninguém mais me veria fazer a vontade de outras pessoas e mendigar por amor.

Tomei um banho rápido, coloquei uma calça jeans e uma blusa de alça e saí em direção ao apartamento do doutor Armando. Pedi-lhe ajuda para vender meu carro e o de minha mãe. Ele me levou até uma garagem de automóveis, onde consegui pagamento à vista pelos dois. Claro que me pagaram um preço abaixo do que eles valiam, mas eu precisava de dinheiro para sanar algumas dívidas, e foi o que eu fiz.

Primeiramente, fui direto à rodoviária e comprei duas passagens para retornarmos a nossa cidadezinha. A viagem seria no horário noturno. Pretendia resolver todas as minhas pendências e partir o mais rápido possível.

Depois procurei pela dona do ateliê de alta costura que havia confeccionado meu vestido e acertei seu pagamento, como havia prometido. E, por fim, com o auxílio do doutor Armando, fui até o cerimonial e o *buffet* acertar parte da minha dívida, e, como eu havia previsto, o dinheiro dos carros não daria para pagar tudo. Mas ele me ajudou na negociação e conseguimos que aceitassem parte do pagamento naquele momento e o restante aos poucos. Eu lhes garanti que pagaria tudo, e eu realmente pretendia pagar, mas eles me fizeram, mesmo assim, assinar um documento me comprometendo a efetuar o pagamento.

Terminado tudo, voltamos para casa, porém, antes de ir para meu apartamento, tive uma conversa séria com doutor Armando. Expliquei-lhe que pretendia retornar para a casa da minha avó no interior de São Paulo, se caso ela me perdoasse e me aceitasse por lá. Deixei endereço e telefone para que ele entrasse em contato se tivesse alguma novidade.

Pedi para que ele entregasse as chaves do meu apartamento para os novos proprietários, porque teríamos que fazer isso no dia seguinte, mas não pretendia estar mais lá. Queria começar a minha nova vida o mais rápido possível. Eu precisava, ansiava e merecia isso.

Agradeci por tudo o que ele fez por mim, por toda ajuda prestada e pelo carinho dispensado. Antes de ir embora, despedi-me dizendo-lhe que eu nunca havia tido o amor de meu pai, mas que pelo jeito e o carinho com que ele me tratou, eu tinha certeza de que ele era um excelente pai. Minhas palavras fizeram com que ele se emocionasse e enchesse os olhos de lágrimas. Depois de um abraço carinhoso, voltei para meu apartamento.

Fui até o quarto de minha mãe e vi que ela ainda estava deitada, dormindo, fiquei preocupada que ela pudesse ter feito uma besteira, mas, ao me aproximar, vi que ela estava respirando e se mexeu um pouco com a minha aproximação. Com certeza, havia tomado remédio e estava dormindo para esquecer.

Aproveitei a oportunidade para ligar para minha avó, antes que ela acordasse e tentasse me impedir.

— Alô! — Vó Chica atendeu no terceiro toque.

— Vó... sou eu... — falei com a voz embargada de emoção, foi aí que percebi o quanto ela me fez falta durante todo aquele tempo.

— Minha menina, você está bem? Fiquei sabendo do seu casamento hoje — foi logo falando assim que reconheceu minha voz.

— Não vai haver mais casamento, vó. Aconteceu tanta coisa, nem sei por onde começar a contar. Só sei que preciso muito de você.

— O que foi que aconteceu, meu anjo? — Suspirou com aflição. — Assim você me deixa preocupada.

— Me perdoa, vó! Era tudo mentira, eu fui vítima de um golpe e não tenho mais nada, nem onde morar. — Tomei fôlego. — Quero voltar para casa e preciso que você me ajude e me receba de volta. Eu e minha mãe.

— Querida, comece do princípio, conte-me tudo para que eu entenda e possa ajudar.

Foi aí que abri meu coração e contei tudo a ela, desde o princípio e com detalhes. Falei sobre o início de nossa vida no Rio de Janeiro, do começo do meu relacionamento com o Paulo, o aparecimento da Márcia em nossas vidas, o casamento e, por fim, sobre o golpe que havia sofrido. Ela ouviu tudo atentamente e sem me interromper; às vezes, eu a ouvia fungar, sabia que ela estava chorando por mim, mesmo depois de tudo o que fiz, de eu tê-la abandonado.

— Minha menina, você sabe que minha casa está de portas abertas para você, sempre. — Suspirou profundamente. — Você precisa de dinheiro para a viagem?

— Vendi nossos carros para pagar alguns credores, mas antes retirei uma pequena quantia em dinheiro, o suficiente para comprar duas passagens de ônibus. — Sorri preocupada. — Com certeza minha mãe vai surtar, além de voltar para aí, vai ter que viajar de ônibus. O dinheiro que nos resta não dá nem para irmos de avião. — Respirei fundo. — Mas não se preocupe, pretendo arrumar trabalho e vou procurar assim que chegarmos aí. A senhora poderá contar com minha ajuda nas despesas. Sei que nunca trabalhei na minha vida, mas deve existir algo que eu saiba fazer.

— Não se preocupe com isso, minha menina! Aqui nós voltamos a conversar. — Tentou me acalmar. — Preocupe-se em convencer sua mãe a vir e chegar bem. O restante nós resolvemos quando vocês chegarem.

— Obrigado, vó! — falei com a voz embargada. — Principalmente por me perdoar.

— Não há o que perdoar, querida! Você é mais do que uma neta, é uma filha. Fui eu que te criei, estou e sempre estarei aqui para você — fez uma pequena pausa e, após respirar fundo, continuou —, mas você sabe que tem alguém aqui que você precisa pedir perdão especial, uma pessoa que sofreu muito com a sua partida e ausência.

— Eu sei! — Sabia que ela estava se referindo ao Matheus. — Pretendo fazer isso assim que estiver preparada. Espero que ele consiga me perdoar.

— Ele ainda te ama, minha menina, e o amor tem dessas coisas. Talvez ele relute um pouco no início, mas quando está no destino, ninguém muda isso. — Soltou o ar pelo nariz. — E acho que esse mesmo destino deu um golpe para unir vocês e dar uma nova chance para viverem esse amor lindo.

— Tomara que a senhora esteja certa — respondi pensativa. — Agora preciso desligar, tenho que conversar com minha mãe e preparar nossa volta. Nossa viagem será noturna e, por causa da distância e algumas paradas, devemos chegar aí amanhã pela manhã.

— Um beijo, minha querida! Façam uma boa viagem, estarei esperando por vocês.

Assim que nos despedimos, desliguei o telefone e fiquei um tempo ali olhando para a parede, pensativa. Quando me virei, levei o maior susto.

— Posso saber o que significa esse telefonema? — esbravejou minha mãe. — Você não está pensando em voltar para aquela cidadezinha, eu me recuso a fazer isso, ainda mais de ônibus.

— Pelo jeito, a senhora ouviu toda a conversa e vai me poupar saliva — sentei-me no sofá de frente para ela. — Essa é nossa única alternativa e eu já decidi que vou, se a senhora não quiser ir, pode ficar. Só não sei como, já que perdemos tudo e ficaremos sem ter onde morar a partir de amanhã.

— Mas por que temos que ir de ônibus, se temos carros? — indagou. — Pelo menos podemos voltar por cima, de cabeça erguida, com nossos carrões.

— Não temos mais carros, eles foram vendidos para cobrir as despesas com os credores do casamento. Paguei o vestido e parte do cerimonial e do *buffet*. — Passei as mãos pelos cabelos, abaixei a cabeça e voltei a encará-la. — Devido à natureza de tudo que foi contratado, ainda faltou dinheiro, a venda dos nossos carros não foi suficiente para pagar tudo. Mas me comprometi e vou pagar o restante aos poucos, com o salário do emprego que pretendo arrumar.

— Como você ousou vender meu carro sem minha autorização? Emprego? — Soltou uma gargalhada me provocando. — Você acha que alguém vai dar trabalho para uma "*patricinha*" mimada que nunca fez nada na vida?

— O seu carro foi comprado com o meu dinheiro, eu tinha o direito de vendê-lo para sair de uma situação em que você ajudou a me colocar. Quanto ao emprego, por que não? — retruquei. — Eu sou jovem, inteligente, saudável e posso aprender.

— Isso é o que veremos! — dessa vez sorriu com deboche. — E já vou avisando, eu não vou trabalhar nem dividir um quarto minúsculo com ninguém. Você e sua avó que se virem.

— Eu não esperava nada diferente de você. Agora, se me dá licença, eu vou tomar um banho e arrumar minhas coisas para partirmos, e se eu fosse você, faria o mesmo... — Entrei para o meu quarto fechando a porta atrás de mim sem ao menos dar chance para que ela respondesse e me chateasse mais.

Não foi nada fácil aguentar minha mãe falando na minha cabeça durante todo o nosso trajeto até a rodoviária. Ela não cansava de falar sobre a humilhação de ter que usar o transporte coletivo, que eu deveria ter reservado um dinheiro para o táxi e eram tantos os resmungos que resolvi me desligar do mundo e fingir que estava ouvindo. Depois de tanta sandice dita, enfim chegamos.

— Isso é um absurdo sem tamanho — ela continuava a falar. — Você deveria ficar aqui e tentar reaver o que é seu, voltar para aquela cidade e aquela casa infecta não vai levar você a nada.

— Não chame a casa da minha vó dessa maneira — retruquei já sem paciência nenhuma. — E dê-se por satisfeita por ela nos perdoar e nos aceitar de volta, nós a abandonamos à própria sorte e nem sei se merecíamos uma segunda chance.

— Perdão... E você acha que ela me perdoou? — indagou ironicamente. — Com certeza é por você que ela está fazendo isso. Tudo você... Sempre você. Eu sou apenas a filha interesseira, arrogante e que só se mete em confusão.

— Talvez se tivesse agido de forma diferente durante toda a sua vida, ela se importasse mais com você.

— Janaína Albuquerque, o que deu em você? — alterou a voz exasperada. — É a segunda vez que você se altera e me responde dessa forma. Não estou acostumada com isso, sempre fui eu quem ditou as regras e tudo sempre aconteceu como eu quero.

— Pois vá se acostumando, mãe, aquela Janaína que fazia todas as suas vontades e lhe obedecia cegamente por pequenas migalhas de amor, atenção e carinho, não existe mais. — Parei à sua frente, encarando o seu olhar. — A partir de hoje eu não sou mais a mesma garota submissa às suas vontades e loucuras. Estou tomando as rédeas da minha vida, ninguém mais vai me dizer o que fazer, falar ou como viver. Eu sou uma nova mulher e vou em busca do que quero e das pessoas que amo. E nada e nem ninguém, muito menos você, vão me fazer mudar de ideia.

— Aposto que o filho do dono do boteco está incluso entre essas pessoas. — Sorriu ironicamente. — Duvido que ele perdoe você, pode ir tirando o seu cavalinho da chuva — fez uma pequena pausa e depois continuou. — E tem mais, logo que você recuperar todo o seu dinheiro, vamos voltar para o Rio e você vai encontrar outro marido rico. Não vou ficar naquele fim de mundo por muito tempo e, dessa vez, veja se não fica com muita frescura por causa do botequeiro e laça logo o milionário para não dar tempo de ele desistir.

— Como é? Qual a parte de que o Paulo é um golpista estelionatário que a senhora não entendeu? — comecei a falar sem parar. — Ele nos roubou e fugiu com a comparsa dele. Nem sei se conseguiremos reaver alguma coisa e, se conseguir, a polícia e o doutor Armando deixaram bem claro que seria apenas uma parte. Com certeza, nosso dinheiro já deve estar sendo gasto por eles. — Respirei fundo. — E tem mais, pare de me culpar — falei pausadamente. — Você me forçou e me convenceu a vir, você tem mais culpa nisso tudo do que eu. E eu não vou mais voltar para o Rio nem procurar marido rico, vou procurar um emprego, trabalhar e levar uma vida digna. Nem sei se quero recuperar alguma coisa, esse dinheiro só me trouxe tristeza e desilusão, afastou-me das pessoas que amo e a única coisa que quero agora é recuperar tudo o que perdi por culpa da sua ambição. Essa é a sua passagem... — Entreguei-lhe. — Se você vai comigo nessa viagem ou não, você é quem vai decidir. Mas tenha certeza absoluta de que tudo em mim mudou e nada mais será como antes. E quanto ao Mah, ele está na lista de pessoas que eu quero de volta na minha vida e vou fazer o possível e o impossível para reconquistá-lo, nem que isso seja a última coisa que eu faça na minha vida — suspirei fundo, soltando o ar pela boca. — Agora eu vou subir naquele ônibus e esperar que você tome a sua decisão. Se você resolver não ir, venda a passagem para conseguir dinheiro pelo menos para comer e boa sorte.

Virei-me de costas sem dar chance para que ela respondesse e entrei no ônibus, alguns minutos se passaram e ele já ia partir. Achei que minha mãe cometeria mais uma loucura na vida dela e ficaria sozinha no Rio de Janeiro sem eira nem beira, mas, por incrível que pareça, ela me surpreendeu e, quando vi, ela estava se sentando na poltrona ao meu lado.

— Eu vou, mas reitero que não irei trabalhar nem dividir aquele quarto minúsculo de visitas da casa da sua avó com ninguém. Vocês que se virem — entonou de forma arrogante.

— Você já me disse isso — falei olhando profundamente em seus olhos. — E a minha resposta continua a mesma da primeira vez, eu não esperava nada diferente da senhora. Agora, por favor, fique quieta e me deixe dormir, esses dois últimos dias somados aos pesadelos de toda a semana me deixaram exausta.

Virei-me para o canto, ajeitando-me no banco e logo adormeci. Nem eu mesma tinha noção do tamanho do meu cansaço e exaustão.

Matheus

Fiz tudo o que eu tinha para fazer no escritório, demorei mais do que o esperado, na verdade enrolei e fiz hora para evitar a conversa com a minha irmã. Conhecendo a Prih como eu conheço, tenho certeza de que ela me passaria o maior sermão pela forma com que falei com a Amanda, daria-me conselhos sobre recomeçar por causa do casamento de Janaína e diria que eu estava me iludindo pensando e ponderando sobre as coisas que vó Chica havia dito a respeito da minha princesa.

Não sei por quê, às vezes, eu ainda a chamava dessa forma. Ela poderia ser e realmente era uma princesa, toda delicada, sensível, carinhosa e parecida com um cristal frágil que poderia se quebrar a qualquer momento, mas não era minha, não mais e isso me consumia. A falta que eu ainda sentia dela era descomunal, será que algum dia eu conseguiria esquecê-la?

Olhei para o relógio que ficava sobre a minha mesa e vi que já estava na hora de o Taberna abrir, pelo menos por hoje eu havia escapado de ter aquela conversa com a minha irmãzinha. Mas tenho certeza de que de amanhã não passa, porém hoje, a última coisa que eu queria era ouvir sermão de minha irmã caçula, por isso evitei e retardei nossa conversa. Já saí direto do escritório conferindo alguns ajustes, passando as últimas ordens e me posicionei no caixa, meu principal local de trabalho nas noites de casa cheia.

Vi que Amanda também já estava preparada para começar os trabalhos, porém, ela nem me olhou. Isso era outro assunto que teria que resolver, mas também deixaria para o dia seguinte. Esperava que ela me ouvisse e entendesse, o Taberna dependia da nossa boa convivência e ela era uma ótima funcionária, eu não queria perdê-la. Não como mulher, na verdade isso pouco me importava, mas como profissional.

— Mah ... — Minha irmã me trouxe de volta dos meus pensamentos apontando com a cabeça para a entrada do bar.

Fiquei muito surpreso ao ver que dona Francisca estava posicionada lá procurando por alguém. Com certeza era por mim, por isso fui em sua direção o mais rápido possível e cheio de preocupação.

— Vó Chica, aconteceu alguma coisa? A senhora está se sentindo mal? Eu sabia que não deveria tê-la deixado sozinha depois da notícia que dei — desatei a falar tudo de uma só vez, de forma rápida e quase sem respirar.

— Eu estou bem, meu querido! — Segurou firme em minha mão. — Mas tenho algo importante para contar, uma coisa que você precisa muito saber e que eu não quero que saiba pela boca de outra pessoa. Por isso me apressei em vir ainda hoje — explicou-se.

— É alguma coisa com a minha princ... com a Janaína? — logo corrigi. — Ela está bem?

— Sim, é algo que você precisa saber sobre a sua princesa — pude percebê-la segurando um sorriso de canto de boca. — Mas acho melhor conversarmos em particular, se você não se importar, é claro.

— Desculpe! É claro que não me importo, vamos até o escritório — segurei em seu braço e seguimos para lá de braços dados sendo observados por alguns curiosos, entre eles Gil, Priscila e Amanda.

Durante todo o pequeno e rápido percurso até meu escritório, mil coisas passaram pela minha cabeça. Uma notícia pior que a outra, a morte da minha Jana, ela estar grávida, talvez doente e mais uma porção de coisas ruins. Nem sei dizer ao certo como minha imaginação trabalhou rápido durante aqueles poucos minutos, só sei que fui tomado por uma dor terrível, senti meu coração disparar, minha boca secar e um enorme frio na boca do estômago. O que havia acontecido de tão importante e urgente para vó Chica se abalar sozinha, durante a noite, até o Taberna, para conversar comigo?

— Sente-se aqui no sofá. — Ajudei-a a se acomodar confortavelmente e me sentei ao seu lado.

— E então, o que foi que aconteceu? — perguntei com o coração batendo rápido como um cavalo cavalgando em disparada. — Não me diga que ela, além de se casar, está grávida e vai ter nossos filhos com outro homem. Eu não sei se consigo suportar isso.

— Calma, meu querido! — começou a contar. — O casamento não aconteceu. Na verdade, a minha menina foi vítima de um golpe. O suposto noivo era um estelionatário, usava falsa identidade e roubou tudo o que ela tinha.

— Poupe-me dos detalhes, vó — cortei-a, tentando não ser mal-educado. — Vá direto ao ponto.

— Sua princesa está voltando, chega amanhã bem cedo — se meu coração já estava disparado, quando ouvi aquela notícia, achei que ele fosse sair pela minha boca. — O seu sonho estava certo, meu querido, ela realmente estava precisando de sua ajuda. E você não conseguia ajudá-la porque estava longe e não sabia de nada. Mas agora você terá chance de fazê-lo se assim o desejar.

— Não me leve a mal, vó Chica, mas eu vou continuar ajudando a senhora no que for preciso. Sempre que houver necessidade, a senhora pode me chamar que eu atenderei de imediato. — Fiz uma pequena pausa buscando por melhores palavras para dizer. — Mas quero manter distância da Janaína. Depois que ela partiu com um cara que mal conhecia por achar que ele era milionário, tenho para mim que ela é como a mãe. Não vou me reaproximar e abrir meu coração novamente para ser trocado, mais uma vez, pelo próximo cara mais rico que aparecer. Eu não suportaria passar por tudo aquilo novamente, a senhora melhor do que ninguém sabe como meu coração ficou destroçado. Eu sinto muito e espero que a senhora me entenda.

— É claro que entendo, meu querido! Seu coração ainda está machucado, mas lembre-se, no fundo, você ainda a ama. Vocês ainda se amam! E não adianta querer negar, sou uma mulher vivida, vejo e percebo isso com muita clareza —Acariciou meus cabelos. — Prometa-me apenas que abrirá sua mente e que pensará na possibilidade de que tudo o que acabou de acontecer possa ser um golpe do destino para aproximar e unir vocês de novo.

— A senhora é muito sábia e tem me dado muito que pensar desde nossa conversa de hoje cedo — admiti.

— Que bom! Fico feliz em saber disso e espero estar ajudando — sorriu, acariciando minha mão. — Só quero fazer mais um pedido, não a maltrate. Ela está sensível, precisando de ajuda e apoio. Se não puder ajudar, pelo menos não a faça se sentir pior, ela chorou muito comigo no telefone e pediu o meu perdão.

— E, pelo jeito, nem perguntou por mim — falei com amargura, forçando um sorriso. — Fique tranquila, só vou me manter distante, não pretendo maltratá-la.

— Folgo em saber disso e, se isso lhe faz bem saber, ela falou sobre você — levantou-se. — Mas veja se não vai me abandonar e deixar de me visitar, gosto muito de sua amizade e companhia.

— Isso, jamais! — Levantei-me do sofá também. —Vou achar uma maneira para continuarmos nos vendo.

— Agora eu preciso ir, já é um pouco tarde e não quero atrapalhar o seu trabalho mais do que já atrapalhei.

— A senhora nunca atrapalha. Vou pedir para uma das meninas acompanhá-la até em casa, já é tarde para andar pelas ruas sozinha.

— Eu agradeço, querido.

Beijei sua mão e o topo de sua cabeça e a acompanhei até a porta.

Regina, uma de nossas garçonetes, acompanhou-a até em casa e, dessa forma, ela partiu, deixando-me confuso e com a cabeça cheia de coisas para pensar, aquela seria uma noite e tanto.

— O que ela queria? — Assustou-me, Prih, chegando pelas minhas costas sem avisar. — Que assunto tão urgente ela tinha para tratar com você que veio até aqui tarde da noite?

— Sua amiga de infância está voltando. — Percebi um leve brilho de felicidade nos olhos de minha irmã, não era só eu quem sentia falta daquela bandida. — Os detalhes te conto amanhã, junto com a conversa que tive com ela hoje à tarde, eu prometo. Mas não me faça falar sobre isso agora porque tenho muita coisa para digerir. — Soltei o ar pela boca. — Agora vamos trabalhar porque essa noite promete.

— Como quiser, mas amanhã você não me escapa. Estou ficando cada vez mais curiosa. — Deu uma piscadinha e voltou ao seu posto.

O resto da noite foi como um borrão para mim, trabalhei o tempo inteiro no automático, minha cabeça a mil por hora, pensando em tudo que eu ficara sabendo desde o dia anterior. E confesso que, por mais que eu tentasse evitar, fiquei ansioso com a volta da minha princesa e me bateu uma vontade sem limites de vê-la novamente.

Depois que acabou o movimento, fiz o fechamento do caixa e o pagamento das gorjetas, fechei o bar e fui embora para casa. Naquela noite não levei ninguém comigo. Queria ficar sozinho com meus pensamentos.

05

Janaína

— Acorda, dorminhoca! Ou vai querer seguir viagem com o ônibus de volta ao Rio de Janeiro? — Assustei-me com minha mãe me cutucando. — Apesar de que isso não seria uma má ideia.

— Já chegamos? — Abri os olhos assustada e olhei pela janela. — Nem vi a hora passar.

— Infelizmente, sim! Deu para perceber que você apagou, nem acordou nas paradas que o ônibus fez. — Minha mãe levantou-se do assento e começou a retirar nossas malas de mão que estavam no bagageiro, acima de nossas cabeças. — Ande logo, antes que eu perca a coragem de voltar a morar nessa biboca e desista.

— Se isso acontecesse, a senhora sabe que voltaria para o Rio sozinha, eu vim para ficar e recuperar tudo o que perdi — respondi sem rodeios, dando-me conta de que aquela era a primeira noite que eu não tinha aquele pesadelo horrível, mas preferi não comentar nada. Para mim, era mais um sinal de que eu estava fazendo a coisa certa.

— Quanta ilusão! — Balançou a cabeça de forma negativa. — Já parou para pensar que o botequeiro pode estar casado?

— Prefiro não pensar nisso agora e a senhora não vai conseguir me desestruturar com esse assunto. — Levantei-me rapidamente, pegando minha mala de mão que ela estava segurando. — Agora vamos rápido, temos um longo caminho a percorrer até a casa da vovó.

— Longo caminho a percorrer? — indagou incrédula. — Você está querendo dizer que vamos até lá a pé? Não acredito que você não providenciou dinheiro para um táxi ou um coletivo, que seja.

— É isso mesmo que eu quis dizer, dona Maria Lúcia, não temos mais um centavo sequer para gastar, vamos ter que ir a pé — respondi em tom irônico. — E nada de reclamações, ok? São apenas doze quarteirões.

Saí do ônibus deixando-a para trás me olhando de boca aberta. Pegamos nossas malas que estavam no bagageiro maior, embaixo do ônibus e saímos em direção à rua. Assim que saí da rodoviária, sorri como uma criança e meu coração se encheu de alegria. Eu estava muito feliz em voltar! Pouca coisa havia mudado, tudo ainda era muito igual ao que eu me lembrava.

Não foi nada fácil carregar nossas coisas, principalmente as da minha mãe, que tinha três malas enormes e mais uma de mão. Eu não ficava muito atrás, tinha duas malas grandes. A sorte é que todas elas tinham rodinhas e era só puxar pelas calçadas. Nem preciso dizer que minha mãe pegou apenas uma mala grande e as duas de mão e me deixou dar conta sozinha das outras quatro malas. Isso era a cara dela! Puxei duas malas com cada mão e apesar do peso e dificuldade, não reclamei. Estava me sentindo muito feliz para isso.

Durante o percurso, fiquei imaginando se eu realmente precisaria ter trazido tanta coisa. Quase nada daquelas roupas sofisticadas serviriam para alguma coisa na vida simples que eu começaria a viver dali para frente, mas, enfim, eu não teria onde deixá-las no Rio de Janeiro mesmo, não pretendia voltar mais para lá, e com a pressa com que resolvi partir, não deu tempo de pensar em doação. Lembrei-me da Márcia dizendo que ia doar as coisas que estavam nas malas no carro dela e senti meu estômago revirar de nojo. E pensar que fui amiga dela por tanto tempo e nunca desconfiei de nada.

Avistei a casa de minha avó de longe e afastei quaisquer pensamentos ou lembranças ruins da minha cabeça. Quando vi minha avó nos esperando no portão, tive vontade de sair correndo ao encontro dela, abraçá-la, beijá-la e pedir perdão mais uma vez. Teria feito se as malas não estivessem me atrapalhando tanto.

Como que percebendo minha ânsia e desejo, ela começou a se movimentar em minha direção com os braços abertos. Sorri largamente para ela, um sorriso alegre, feliz, de verdade, como fazia tempo eu não sorria. Quando ela se aproximou mais, vi que lágrimas se formavam nos olhos dela e foi aí que percebi que as minhas já rolavam pela minha face.

— Vozinha! — corri para abraçá-la, deixando as malas para trás.

— Minha linda menina! — tomou-me em seus braços com muito amor e carinho.

Permanecemos abraçadas e chorando por algum tempo, aproveitei o momento para pedir perdão repetidas vezes e dizer o quanto a amava e estava arrependida. Até que nos afastamos e percebemos que minha mãe não estava entre nós, provavelmente já havia entrado na casa.

— Desculpa, vó! — falei olhando no fundo dos olhos dela. — Não está sendo nada fácil para ela, a senhora melhor do que ninguém conhece sua filha.

—Tudo bem, querida.Vamos entrar e acomodar vocês duas e as coisas que trouxeram. — Soltou o ar pela boca. — Com a sua mãe eu converso mais tarde.

Ela me ajudou com as malas e entramos, a casa estava exatamente igual desde que partimos, uma nostalgia enorme tomou conta do meu coração. Dei alguns passos pela sala e comecei a olhar saudosa as peças de decoração e os porta-retratos com fotos nossas. Não pude deixar de perceber na mesa de canto ao lado do sofá, uma foto minha com o Matheus, aproximei-me e segurei-a em minhas mãos. Nós dois muito jovens, logo no início do namoro, abraçados no sofá da sala. Ah, aqueles lindos olhos verdes que eu tanto amava! Senti uma vontade desenfreada de vê-lo e até mesmo de tocá-lo.

— Ele queria que eu tirasse a foto daí — minha avó aproximou-se acariciando o meu braço. — Deu o que falar para convencê-lo do contrário.

— Como ele está? Tem muito ódio de mim? — perguntei com medo de ouvir a resposta.

— Ele ainda ama você, se é o que quer saber — respondeu, virando-me de frente para ela. —Vocês ainda se amam! Mas não se engane, minha menina, ele fechou o coração e não vai ser nada fácil conseguir fazer com que ele o abra de novo. Porém, se você quer seu amor de volta, não desista.

— É o que eu pretendo fazer, não desistir e lutar com todas as minhas forças para reconquistá-lo. Só não sei como nem quando terei coragem de procurá-lo.

—Você saberá no momento certo — abraçou-me carinhosamente.

Naquele momento, fomos interrompidas por minha mãe, que descia as escadas fazendo muito barulho com seus tamancos de salto.

— Oi! — ela falou secamente para minha avó.

— Como vai, minha filha? — apesar de tudo, percebi amor e carinho na voz de vó Chica.

— Péssima! — respondeu sem sequer dar um aperto de mão na minha avó. —Voltar a esse fim de mundo e ter que morar nesse pardieiro, para mim é a morte. E tem mais, não vou dividir meu quarto com ninguém, pode tirar aquele colchão lá do chão, a Janaína que se vire. Também não vou trabalhar para ajudar em nada. Foi ela quem quis voltar, então que durma no sofá da sala e trabalhe feito uma "camela" para me sustentar — mal acabara de dizer aquilo, subiu novamente as escadas e se trancou no quarto.

Eu e minha avó ficamos ali, olhando para ela, incrédulas e sem nada dizer. Demorei um pouco para me recompor e tentar me desculpar.

— Eu sinto muito! — falei em voz baixa. — Acho que o problema dela é mais comigo do que com a senhora. Tivemos uma discussão feia antes de partirmos para cá. Deixei claro para ela que eu havia mudado e não deixaria mais ela e nem ninguém me manipular. Respondi e alterei a voz com ela como nunca tinha feito antes e quase a deixei sozinha no Rio de Janeiro — completei. — Mas eu não me importo, posso dormir tranquilamente no sofá e amanhã mesmo começo a procurar um emprego para ajudá-la com as despesas da casa, nunca trabalhei, mas deve haver algo que eu saiba fazer. Tem alguma sugestão de por onde eu devo começar a procurar? — sorri.

— Tudo bem, minha querida, você vai ficar junto comigo no quarto e vai dormir na minha cama, que é de casal, tem espaço suficiente para nós duas. Vamos acomodar suas coisas lá — pegou minha mão e me puxou escada acima. — Quanto ao emprego, tem um certo bar que está precisando de garçonete — sorriu sorrateiramente. — Foi o próprio dono quem me falou.

— Vó, eu não posso simplesmente reaparecer pedindo trabalho para o Matheus, eu não acredito que ele me ajudaria. Nós precisamos de um tempo, ele precisa se acostumar com a ideia de que voltei e não sei se é o momento certo para conversarmos. Eu preciso me preparar.

— Como quiser, querida! Eu duvido que ele deixaria de atender a um pedido meu. Você pode e deve falar em meu nome — acariciou meus cabelos. — Mas se isso lhe faz sentir-se melhor, a cidade ainda tem uma agência de empregos. O único problema é que pertence à família do seu falecido pai e você sabe que eles não perderão tempo em humilhar você.

— Eu sei, mas preciso tentar. Isso faz parte do que eu quero a partir de agora: arrumar um emprego, ter as rédeas da minha nova vida nas mãos, tomar minhas próprias decisões e reconquistar o Mah — suspirei fundo. — Acho que esse último objetivo vai ser o mais difícil, mas vou lutar por isso com unhas e dentes. Amanhã mesmo vou à agência de empregos.

— E eu desejo boa sorte! — sorriu. — Agora arrume suas coisas enquanto eu preparo o almoço, depois conversamos mais e você me dá maiores detalhes sobre a discussão que teve com sua mãe. Quero muito saber como foi.

—Vó? — chamei-a antes que saísse do quarto e ela virou-se em minha direção. — Já que a senhora me perdoou e quer que eu durma aqui com você, será que mais tarde a senhora pode me dar colo? Estou precisando tanto de carinho.

— Com todo o prazer do mundo, minha menina! — sorriu de volta para mim, deu uma piscadinha e saiu do quarto me deixando sozinha com minhas coisas e meus pensamentos.

Matheus

Aquela noite não foi nada fácil, não tive o maldito pesadelo, mas também não dormi direito. Meu sono foi leve, acordava a toda hora e demorava a pegar no sono novamente. Mil coisas passando pela minha cabeça, mas tinha uma que eu não conseguia parar de pensar, minha princesa não havia se casado e estava voltando.

Estava totalmente perdido e sem saber o que fazer, razão e emoção travavam uma guerra dentro da minha cabeça. A razão me dizia para cumprir minha palavra e me manter afastado dela como falei para vó Chica, mas a emoção me dizia que eu precisava vê-la de novo, nem que fosse de longe.

E foi isso que eu fiz... Logo que amanheceu, tomei um banho rápido, coloquei uma bermuda e uma camiseta, peguei meu carro e fui para perto da rodoviária. Posicionei-me em um lugar estratégico onde eu pudesse ver quem entrava e saía dela. Um local suficientemente distante para que ninguém me visse. E com a ajuda da película escura de *insulfilm* no vidro, deduzi que ela não conseguiria me ver.

Vó Chica disse que ela chegaria logo de manhã, porém minha princesa já devia estar chegando. O duro seria vê-la ao lado daquela mulher horrível, que nunca gostou de mim, sempre fez tudo para nos separar e, se o que vó Chica dizia fosse verdade, teria muita participação na nossa separação.

Fiquei ali refletindo por um momento e, quando estava prestes a desistir e ir embora, eu a vi saindo, puxando quatro malas enormes pelas mãos, enquanto "aquela mulher" puxava apenas uma e na outra mão carregava duas pequenas bagagens de mão. Senti vontade de descer do carro e dizer poucas e boas para ela e ajudar minha Janaína. Mas me segurei e fiquei apenas observando.

Como pode isso? Ela estava ainda mais linda! Seus cabelos agora estavam mais curtos, um pouco abaixo do queixo, num corte Chanel moderno. Ainda eram castanhos e tinham luzes, o que realçava ainda mais seus lindos e grandes olhos castanhos. E quando ela sorriu, meu coração deu cambalhotas dentro do meu peito. A emoção tomou conta de mim e lágrimas começaram a brotar em meus olhos. A sensação de vê-la de novo era a melhor coisa do mundo naquele momento.

Ela estava feliz por estar de volta, eu podia ver isso no seu sorriso e no brilho do olhar. Eu a conhecia o suficiente para reconhecer suas emoções. Será que vó Chica tinha razão em tudo que me disse quando defendeu minha princesa? Será que ela realmente se deixou levar pela ambição da mãe? Será que ela ainda me ama? Será?... Será?... Será?... São tantas dúvidas, tantas incertezas!

Vi quando as duas começaram a se movimentar em direção à casa de dona Francisca. Janaína estava vestida de forma simples, uma calça jeans e uma blusa fina de alças; nos pés, um tênis de couro. Enquanto sua mãe mais parecia uma árvore de Natal, toda emperiquitada e usando saltos altos.

Fiquei ainda mais surpreso quando vi que ela realmente não ajudaria Janaína com as malas grandes. Tive vontade de dar partida no meu carro e ir até elas, oferecer carona e ajuda para a Jana e deixar aquela mulher sozinha pelas ruas. Eu queria e precisava tanto chegar mais perto dela. Foi quando percebi duas mulheres na esquina que olhavam na direção das duas, depois para mim e cochichavam.

Maldita cidade pequena! Todos conhecem todo mundo, elas deviam saber da nossa história e estavam comentando. Talvez até rissem de mim e me chamassem de chifrudo. Comecei a me sentir mal por isso.

Foi aí que recobrei a razão, eu não deveria ter ido até ali. Eu não podia fraquejar no meu propósito. Eu precisava me manter firme e distante dela, quanto mais longe melhor. Eu não queria e não podia abrir meu coração novamente, nem entregar meu amor mais uma vez a ela. Para mim, ela era como a mãe, e se fosse isso mesmo, ela me abandonaria de novo assim que aparecesse o primeiro cara milionário.

Não, eu não queria nem merecia passar por tudo aquilo de novo, enxuguei algumas lágrimas que teimaram em molhar meu rosto, dei partida no meu carro e fui embora sem olhar para trás.

O restante do meu dia foi como todos os outros, só com uma diferença, a lembrança de Janaína sorrindo na porta da rodoviária povoava meus pensamentos, mas não contei a ninguém o que fiz. Almocei com minha mãe e no final da tarde fui para o Taberna, onde encontrei minha irmã e tive que ter com ela a conversa adiada no dia anterior. Ela ouviu tudo calada e pareceu animada ao saber que sua amiga Jana estava de volta.

— Que bom, meu irmão! — sorriu amplamente com seus dentes brancos. — Eu concordo com a dona Francisca, o destino está dando a vocês dois a oportunidade de se reencontrarem e serem felizes juntos. Vocês precisam se ver e conversar, deixar para trás...

— Chega, Prih! — calei-a com a voz alterada. — A minha opinião sobre ela continua a mesma, nada mudou. Não vou voltar atrás nem me entregar a esse amor novamente. Para mim, acabou há um ano e não tem mais volta. E, por favor, não insista nem fale mais desse assunto.

— Tudo bem, eu vou respeitar a sua vontade — olhou-me com pena e eu detestei aquilo. — Mas você não acha que vocês deveriam conversar, que você deveria ouvi-la e deixar que ela se explique? De repente, vocês poderiam tentar novam...

Priscila mesmo se interrompeu ao perceber o meu olhar de reprovação. Acho que percebeu que eu não queria mais falar sobre aquele assunto, abaixou a cabeça e me deixou sozinho no escritório.

Trabalhei a noite inteira tentando esquecer a cena linda dela sorrindo que vi pela manhã, peguei-me sorrindo sozinho várias vezes só de lembrar. Confesso que foi difícil e não consegui, por isso me arrependi por ter sucumbido às minhas emoções e ter ido até a rodoviária.

Após a saída do último cliente, fechei o caixa, paguei as gorjetas, mas daquela vez não fui sozinho para casa, antes de ir embora levei Raquel, uma de nossas garçonetes, para o meu escritório. Tudo o que eu precisava para tirar Janaína da minha cabeça era uma boa dose de sexo selvagem... E era isso que eu iria fazer.

06

Janaina

Acordei na manhã seguinte feliz e animada, tomei um banho rápido, fiz minha higiene pessoal, preparei-me para procurar a agência de empregos e fazer minha primeira entrevista. Eu estava confiante, o carinho de minha avó me dava forças e algo me dizia que eu conseguiria um trabalho.

Olhando para todas as minhas roupas, fiquei pensando em como deveria me vestir. Como será que uma pessoa se veste para procurar um emprego? Confesso que fiquei muito em dúvida e no fim das contas escolhi uma calça jeans com uma blusa de alças nude e, como havia chovido durante a noite, coloquei um blazer preto por cima. Nos pés, scarpins de saltos grossos, pretos.

Gostei da minha imagem no espelho, estava simples, porém elegante. Mas mesmo assim fiz uma anotação mental para fazer uma pesquisa no *Google* sobre que roupa usar em uma entrevista de trabalho. Para hoje, como eu estava vestida, devia bastar, afinal estava indo preencher um currículo em uma agência de empregos, ou eu pelo menos achava que era assim que funcionava.

Desci as escadas e fui tomar meu café da manhã, minha avó me recebeu com um sorriso largo de bom dia, já minha mãe deu um risinho frouxo de deboche.

— Tem alguma coisa errada comigo? — perguntei encarando-a seriamente.

— Só não acredito que você vai insistir nessa sandice — gargalhou. — Você acha que alguém vai dar emprego a uma pessoa que nunca trabalhou e não sabe fazer nada na vida?

— Eu já disse que posso e vou aprender, sei que deve existir algo que eu saiba e possa fazer — encarei-a firmemente nos olhos. — E já que você, que já trabalhou e sabe fazer algo, não se habilita, serei eu que terei que fazer.

— Vai ser humilhada, vão rir da sua cara e depois não me venha com chororô, eu não vou consolar ninguém.

— Como se você já tivesse feito isso por mim alguma vez — retruquei.

— Chega! As duas — fomos interrompidas por minha avó. — Você não devia menosprezar sua filha dessa forma, Maria Lúcia, muito pelo contrário, você deveria incentivá-la.

— Incentivar a viver de salário mixuruca? Jamais! Se ainda fosse uma grande empresa do Rio de Janeiro ou de São Paulo, para garfar um milionário e ficar rica, teria todo o meu apoio. Mas para arrumar emprego nessa cidadezinha infecta, de jeito nenhum. Vou ter até vergonha de dizer que é minha filha.

— Chega! — gritei mais alto do que pretendia. — Você não vai me derrubar, vou ser faxineira se preciso for e provar a você que posso ser muito feliz com as minhas escolhas — respirei fundo. — Agora se me dá licença, eu perdi a fome e não vou mais tomar café. Vou agora atrás de começar a mudar minha vida e nada nem ninguém vai me fazer desistir disso — saí de casa batendo a porta da frente.

— Querida, você não pode sair sem comer — falou minha avó, que foi atrás de mim. — Leve pelo menos essa maçã — estendeu-me a fruta que estava em sua mão.

— Obrigada, vó! Não se preocupe, eu vou ficar bem, só não quero ficar ouvindo as sandices de minha mãe, isso me deixaria mais nervosa do que já estou.

— Fique tranquila, minha menina, tudo dará certo.

— Obrigada, vó! — abracei-a e beijei sua face. — Onde mesmo a senhora disse que é a agência?

Uns vinte minutos depois que saí de casa caminhando, estava na entrada da agência de empregos, que por coincidência ficava em frente ao Taberna, bar da família do Matheus. Fiquei olhando para ele por alguns segundos enquanto tomava coragem de entrar, imaginando se ele estaria lá. Com certeza não, se o bar funcionava de noite, naquela hora da manhã ele deveria estar dormindo.

Percebendo que não ia adiantar fazer hora, enchi-me de coragem e entrei. O lugar era bem simples, havia uma secretária atrás de um pequeno balcão, que devia ser nova na cidade, não me lembrava de tê-la visto antes e algumas cadeiras ocupadas por pessoas que deviam estar lá pelo mesmo motivo que eu.

— Pois não?! — falou a secretária. — Em que posso ajudá-la?

— Eu vim à procura de um emprego — ela me olhou de cima a baixo como se estivesse me analisando.

— Em que área? — indagou.

— Na verdade, ainda não sei — sorri sem graça. — Acho que qualquer uma, desde que seja algo que eu saiba e consiga fazer.

— E o que seria essa coisa? — abaixou os óculos e me olhou com desdém.

— Eu também não sei — respondi sem graça, percebendo que todos estavam me observando. — Estou aqui para tentar descobrir isso. Que opções vocês têm?

— Já vi que vai ser difícil — resmungou. — Acho melhor deixar para a dona Vanessa lhe entrevistar e preencher toda a ficha. Pode pegar uma senha e aguardar, por favor.

Fiz o que ela me pediu e sentei em uma cadeira num cantinho afastado para que as pessoas não continuassem me olhando como se eu fosse de outro mundo. O pior era saber que quem me entrevistaria era Vanessa, a filha mais velha e cruel do meu pai. Se eu já estava me sentindo humilhada só pela secretária, poderia imaginar como seria minha conversa com ela. Olhei pela janela e pude ver o bar do Matheus e isso me deu forças. Por ele, eu não devia desistir. Se eu o quisesse de volta, teria que provar que mudei e arranjar um emprego era apenas o começo para isso.

As horas foram passando, as pessoas foram sendo atendidas e saíam de lá felizes e com boas notícias e isso me enchia de esperanças. Quase uma hora e trinta minutos depois, chegou a minha vez, tive que me encher de força e coragem novamente para não desistir e entrei.

— Eu não acredito que é realmente você — gargalhou alto e com desdém. — Quanta cara de pau a sua, bastardinha. Posso saber o que você quer aqui?

— Eu vou bem, sim, Vanessa, e você? — falei com ironia. — Acho que você sabe muito bem o que eu estou fazendo aqui, isso é uma agência de empregos, não é? — enchi os pulmões de ar. — Eu estou aqui à procura de um emprego.

— Torrou toda a grana que o papai lhe deixou achando que ia se casar com o milionário e ele não aguentou você e fugiu? — deu mais uma gargalhada.

— Na verdade, eu fui vítima de um golpe, mas não quero nem vou conversar sobre isso com você — olhei-a nos olhos. — Você tem ou não um emprego para mim?

— Com toda essa empáfia? Não tenho, nem vou procurar nos meus arquivos. Vai ter que se mostrar mais humilde e se desculpar se quiser um emprego pela minha agência.

— Desculpe-me, Vanessa! — percebi um sorrisinho vitorioso no canto de sua boca e engoli em seco. — Eu estou um pouco nervosa e preciso muito de um emprego para ajudar minha avó com as despesas da casa.

— Melhorou um pouquinho — sorriu cinicamente. — Então vamos lá! O que temos aqui? NADA. Ulalá! Pelo jeito a Juju nem conseguiu começar a preencher sua ficha — deu mais uma gargalhada. — Em que área você quer trabalhar?

— Você sabe que eu não sei, que nunca trabalhei, mas deve existir algo que eu saiba ou possa aprender a fazer, só preciso descobrir.

— Assim fica difícil! Sem currículo, sem experiência, acho que só conseguiria coisas pequenas, como faxineira. Mas isso com certeza você não vai querer, não é mesmo?

— Eu não me importo, eu faço faxina se for preciso. Eu só quero e preciso de um emprego.

— Mesmo assim não temos vagas e a maioria das patroas exige referências de empregos passados para pesquisar, e no seu caso... — mostrou a folha em branco com um sorriso cínico estampado na cara. — Vamos fazer o seguinte, sua ficha fica aqui e se aparecer alguma coisa, nós a chamamos.

— Mas você não preencheu a minha ficha — concluí.

— Sem problemas, querida, eu sei tudo sobre você, se aparecer algo, sei onde te encontrar. Mas, se preferir, pode manter contato por telefone com a Juliana, nossa secretária, para obter informações — tombou a cabeça para o lado. — Agora vá, já perdi muito tempo com você.

Ela abaixou a cabeça olhando alguns papéis sobre a mesa e me ignorando completamente como se eu nem estivesse lá.

— Você não vai me arranjar um emprego, não é mesmo? — indaguei.

— O que você acha? — respondeu sem ao menos se dar ao trabalho de me olhar.

— Eu não esperava grande coisa de vocês mesmo, mas não custa nada tentar — levantei atordoada. — Mas fique sabendo que não vou desistir, manterei contato com a Juliana até conseguir algo.

Saí da sala me sentindo sem chão, confesso que totalmente desanimada e me sentindo desamparada. Passei pela recepção e a tal secretária apenas acenou para mim com um sorrisinho irônico.

Ao sair na calçada, deparei-me novamente com a imponência do Taberna, agora ele era maior, ocupava quase que o quarteirão inteiro e tinha ares de sofisticação. O Matheus realmente havia feito um ótimo trabalho. Lembrei-me de quantas noites passei ao lado dele naquele bar, na época bem menor e mais simples, mas o Mah já batalhava para transformá-lo. E ele havia conseguido.

— Se eu fosse você não faria isso! — fui tirada dos meus devaneios por uma voz estridente e irritante.

Olhei para trás e vi Fernanda, a outra filha do meu pai. Um pouco menos má que Vanessa, mas que me odiava do mesmo jeito.

— Oi, Fernanda! — cumprimentei-a por educação. — Não faria o quê?

— Atravessar a rua e ir até o Matheus, ele odeia você, te expulsaria de lá em dois tempos — sorriu com maldade, apontando com a cabeça para o bar. — Se não ele, alguém da família ou a Amanda Bueno. Sabia que os dois estão namorando?

— Não sabia, mas de qualquer forma eu não pretendia ir até lá — respondi disfarçando a decepção em minha voz. — Estava só olhando — virei-me de costas e fui saindo.

— Eles estão pensando até em se casar, você já era na vida dele. Eles estão superfelizes!

— Que bom para os dois — respondi, virando-me na direção dela. — Na verdade, eu sempre soube que ela era doida para ficar com os meus restos — disse com voz embargada, tentando conter o choro, e consegui alcançar o meu objetivo.

Depois me virei novamente e segui em direção à casa de minha avó, duplamente decepcionada. Não consegui emprego e descobri que o Mah estava namorando e prestes a se casar com a Amanda. Por que será que minha avó me escondeu isso?

Uma semana se passou e nada de eu conseguir o meu emprego tão esperado, entrei em contato com a tal Juliana, secretária da agência, por telefone algumas vezes, mas ela sempre me tratava com indiferença e acabei desistindo. No fundo, elas nunca me chamariam para trabalho nenhum e eu sabia disso. Quanto ao Matheus, não falei nada com minha avó sobre o namoro dele com a Amanda, ela devia ter seus motivos para me esconder isso. Mas essas duas coisas estavam me consumindo.

Sentei na mureta do alpendre perdida em pensamentos, sem saber o que fazer e tentando achar uma solução. Pensei em tentar emprego por conta própria, até cheguei a ir a algumas pequenas empresas da cidade, mas como não tinha currículo para deixar, acabou dando em nada. Cheguei a ir a algumas casas de madame oferecer-me para o serviço de faxina, mas isso foi mais humilhante ainda, muitas delas zombaram da minha cara.

E ali estava eu, mais uma vez voltando à estaca zero. Sabia que não iria ser fácil começar uma nova vida, mas eu achava que encontraria mais pessoas de bom coração, dispostas a me ajudar e me dar uma chance. Mas não foi isso que aconteceu. Todos me humilhavam por causa da minha mãe.

— Posso saber por que minha menina está tão triste? — perguntou minha avó sentando-se de frente para mim.

— Estou mais preocupada do que triste, não consigo arrumar um emprego para lhe ajudar — deitei-me com a cabeça em seu colo. — As pessoas são más, recusam-se a me ajudar, todos me comparam com minha mãe e ela não sai dessa casa, só sai do quarto para comer, estou preocupada com a saúde dela. Sei que ela não merece, mas é minha mãe. E ainda tem o fato de eu ter descoberto que o Mah está namorando a Amanda.

— Namorando? A Amanda?... — minha avó sorriu acariciando meus cabelos. — Minha querida, o Matheus está namorando a cidade inteira. Eu disse que ele havia fechado o coração para o amor e não que havia virado um monge — deu uma gargalhada. — Ele é homem e tem suas necessidades, mas não namora sério com ninguém, só tem sexo com algumas garotas para se satisfazer, porém não mantém um relacionamento com nenhuma delas. Você foi a única namorada dele de verdade e, sim, a Amanda Bueno é uma dessas garotas, mas nenhuma delas foi capaz de fazê-lo esquecer você.

— Mas a Fernanda me disse que eles estão até pensando em se casar e estão muito felizes juntos.

— E você acreditou na sua meia-irmã que te odeia? Minha menina, ela só queria te provocar, e, pelo jeito, conseguiu — levantou-me de seu colo me virando para olhar nos olhos dela. — Eu acho que está na hora de vocês dois conversarem. Lembra-se do seu sonho? Eu e ele lhe estendendo as mãos? A vaga de garçonete ainda não foi preenchida, a maioria das pessoas está inscrita na agência da Vanessa e ele se recusa a fazer negócio com a família do seu pai, por isso fica mais difícil encontrar alguém para trabalhar lá. Encontrei a Priscila ontem no supermercado e foi ela mesma quem me contou, aliás, mandou um beijo para você e disse que está com saudades.

— Vó, não posso simplesmente aparecer na frente dele pedindo um emprego. Quero conversar com ele e pedir perdão, mas queria estar empregada, recomeçando minha vida para mostrar para ele que eu mudei.

— Minha querida, isso ele vai ter que descobrir aos poucos enquanto você trabalha para ele — sorriu levantando-se da mureta. — Só ele pode lhe ajudar com esse emprego, ele não me negaria isso. Vou lhe deixar sozinha para que você pense mais um pouco e, se resolver que sim, vá procurá-lo e fale em meu nome. Esse emprego já é seu e você poderá ficar mais perto do seu homem e dessa forma reconquistá-lo. Agora eu preciso fazer o nosso almoço — beijou minha testa e entrou, deixando-me sozinha com muita coisa para pensar.

Matheus

Acordei na manhã seguinte, sentindo-me muito mal comigo mesmo. Usei Raquel para tentar esquecer a Jana, mas foi em vão. O tempo todo pensei na minha princesa e tive que ficar de olhos fechados imaginando que era ela para conseguir "chegar nos finalmente". Na hora H, senti uma vontade súbita de gritar o nome dela, foi difícil mas consegui me controlar, não podia fazer isso com a Raquel. E, se tivesse feito, estaria me sentindo pior ainda.

O pior é que sempre dava certo, sempre conseguia esquecê-la depois de um bom sexo com outra garota. Esquecer é um pouco de exagero, mas sempre conseguia me concentrar na garota em questão e ficava mais relaxado, o que me fazia dormir tranquilo sem que as lembranças dela me alcançassem. Mas desta vez não foi assim, pensei nela o tempo todo e ainda fui para casa com a lembrança do maldito sorriso dela na rodoviária. Estava começando a me odiar por isso.

Eu sempre ia para o Taberna na parte da tarde, mas não sei por que motivo resolvi ir pela manhã. Na verdade, lembrei-me de que tinha que organizar o estoque, sempre fazia com a ajuda da Priscila e Amanda, mas achei que elas não achariam ruim se eu começasse sozinho, muito pelo contrário, elas adorariam, pois era algo muito chato de se fazer. O importante é que exigia muita concentração no que eu estaria fazendo e achei que isso me ajudaria a esquecer Janaína, pelo menos por um tempo.

Estava absorto no meu trabalho quando fui colocar alguns itens numa prateleira perto da janela e acabei olhando através dela. Parecia cena de filme, Janaína linda, de calça jeans, blusa de alças, blazer e sapatos de salto, saía de dentro da agência de empregos que ficava em frente ao bar. O que ela estaria fazendo naquele lugar? Pedindo algo para a família de seu falecido pai? Achei improvável!

Aproximei-me mais da janela e comecei a observá-la, ela tinha o semblante triste e preocupado, dava para perceber algo como uma decepção em seu olhar. Ela ficou parada do outro lado da rua olhando na direção do Taberna, parecia perdida em pensamentos, em lembranças, talvez. Tive a impressão de que ela gostava do que estava pensando. Sorri vendo a cena. Será que ela estava pensando em mim? Lembrando-se de nós dois?

Sacudi a cabeça em negativa tentando não criar ilusões, nem expectativas. Ela estava tão linda, não consegui distinguir qual cena seria mais difícil de esquecer, Janaína sorrindo na porta da rodoviária ou ali parada olhando para o bar, perdida em pensamentos.

Foi quando percebi ela se assustar e vi que alguém havia chamado sua atenção, chegando pelas suas costas. Fiquei alarmado de início, mas logo vi que era Fernanda, sua irmã por parte de pai. Pude perceber que elas falavam algo sobre o meu bar, pois Fernanda apontou para ele com a cabeça. Pude ver também que ela falou algo que decepcionou e entristeceu a Jana, que manteve a pose e parece ter respondido à altura, virando-se de costas e seguindo o seu caminho, enquanto sua meia-irmã, de boca aberta, a observava se afastar.

Confesso que fiquei curioso sobre o que elas teriam conversado e aí me dei conta de que jamais descobriria. Falar com a Jana estava fora de cogitação, não fazia parte dos meus planos voltar a falar com ela, isso só iria piorar as coisas para mim. E confesso que não estava nem um pouco a fim de aguentar a Nanda se insinuando e se oferecendo para mim. Ela sempre quis ter algo comigo, mas daquela família eu queria distância. Eu sabia tudo o que Janaína tinha passado na mão daquelas pessoas e mesmo não confiando nem estando mais com ela, eu sabia que deveria manter distância delas.

Depois desse dia, confesso que passei a ir para o Taberna todos os dias de manhã para ver se eu a via, mesmo que de longe. Mas isso não aconteceu novamente e já fazia uma semana. Lembrei-me de vó Chica e da promessa que eu havia feito para ela de não me afastar e dar um jeito de nos vermos novamente. Senti-me mal ao perceber que estava sendo relapso com ela e que estava faltando com minha palavra. E eu não gostava nada disso.

Teria que encontrar uma maneira de vê-la, ela foi meu apoio nos momentos mais difíceis de minha vida e me amava como um neto. Eu também a amava e precisava fazer algo a esse respeito. Tomei a decisão de pensar em uma solução, mas teria que ser na ausência de Janaína, eu não estava preparado para vê-la de perto, nem mesmo para conversarmos.

Não resistir e fazer de tudo para vê-la de longe era uma coisa, estar perto era algo muito diferente. Meu lado emocional, meus pensamentos e meu coração ansiavam por isso, mas minha razão me dizia que não, que era para eu me manter afastado, era isso que eu vinha fazendo e até aquele momento estava conseguindo.

Tenho que confessar que parei de levar garotas para o meu escritório, motéis ou para casa. Eu não queria me sentir mal por usá-las pensando na minha princesa. Primeiro, teria que descobrir uma maneira de controlar meus pensamentos. Era incrível o poder que essa mulher ainda exercia sobre mim, bastou vê-la duas vezes de longe para as coisas começarem a mudar.

Mas eu já estava decidido, manteria distância e jamais voltaria a abrir meu coração para ela, poderia abrir para outra pessoa, mas para Janaína, nunca. Algo me dizia que assim que aparecesse outro milionário, ela me abandonaria de novo. Na minha cabeça, ela era como a mãe e eu não merecia, nem queria passar por tudo aquilo mais uma vez.

E foi assim, com todas essas dúvidas e pensamentos, com essa guerra enorme entre minha razão e minha emoção, que terminei mais uma noite de trabalho e fui para casa sozinho com meus pensamentos e lembranças. E só me restava esperar que eu sonhasse com ela.

07

Janaína

Tive uma noite de sono muito tumultuada e mais uma vez dormi pouco, mas agora não era o pesadelo que me atormentava, eram as preocupações em conseguir um emprego e tudo o que minha avó havia me dito sobre o Matheus.

Pensei e repensei muito em tudo grande parte da noite, não consigo precisar ao certo em que momento adormeci, mas sei que devo ter dormido pouco, pois estava me sentindo muito cansada.

Mas o fato é que acordei decidida a dar um rumo em minha vida e foi para o que me preparei para fazer. Coloquei um short jeans e uma *baby look* branca, tomei um bom café da manhã com minha avó, minha mãe ainda não havia se levantado, e saí para caminhar e espairecer para o que estava por vir.

Depois de uma hora de caminhada, voltei para casa renovada, tomei um banho rápido, fiz uma hora no quarto evitando falar com minha avó e minha mãe sobre minha decisão. Deixaria para falar na hora certa. Durante o almoço, percebi alguns olhares de minha avó em minha direção. Com certeza, como me conhecia muito bem, ela devia saber que eu havia tomado uma decisão baseada na conversa que tivemos no dia anterior e devia estar curiosa para saber qual era.

Continuei sem dizer nada, subi de novo para o quarto e comecei a me arrumar. Como estava muito calor, optei por um vestido amarelo, estampado em azul, de alças e com comprimento próximo aos joelhos. Calcei sapatilhas para aguentar a caminhada. Não queria que parecesse vulgar, nem que eu estivesse lá para me jogar em cima de alguém.

Fechei meus olhos, preparando-me para o que estava por vir. Estava ansiosa, preocupada, amedrontada e uma porção de outras emoções tomavam conta de mim. Sensações inexplicáveis! Abri os olhos, saí do quarto e desci as escadas. *"Seja o que Deus quiser!"*, murmurei para mim mesma.

— Posso saber onde a senhorita pretende ir arrumadinha desse jeito? — indagou minha mãe curiosa.

— Tomei uma decisão importante e vou dar um rumo em minha vida — respondi sem dar muitos detalhes e saí pela porta, fechando-a sem olhar para trás.

— Janaína, minha querida, essa sua decisão tem a ver com nossa conversa de ontem? — disse minha avó, que parecia estar me esperando no alpendre.

Nada consegui dizer, apenas assenti afirmativamente com a cabeça. Minha avó sorriu, acariciou meus cabelos e, dando-me um beijo na testa, desejou-me boa sorte.

— Que bom que já se resolveu, espero que tenha tomado a decisão certa, aquela que vai ser melhor para você, estiver no seu destino e for da vontade de Deus.

— Espero que a senhora esteja certa — sorri de forma nervosa.

— Quando o assunto é amor, eu dificilmente erro, minha menina! — sorriu de volta para mim, porém de forma tranquila. — Agora vá e faça a coisa certa! O seu destino está em suas mãos.

Beijei as mãos de minha avó e segui minha caminhada rumo ao desconhecido. Eu não sabia como seria, mas precisava tentar. Quanto mais perto eu chegava, mais minha boca secava, meu coração disparava, as borboletas no estômago aumentavam e eu ficava mais ansiosa.

Quando cheguei ao meu lugar de destino, fiquei olhando o prédio imponente, todas as mudanças que aquele lugar havia sofrido desde a minha partida. Tomada pelo medo, senti vontade de jogar tudo para o alto e voltar para trás. Quando estava prestes a fazer isso, ouvi uma voz conhecida atrás de mim.

— Janaína Albuquerque, não acredito, amiga, é você mesma — Priscila me envolveu em um abraço, toda animada. — Quem bom te ver! O que você está fazendo aqui fora? Vamos entrar agora — saiu me puxando pela mão.

— Na verdade, Prih, eu vim pelo anúncio de vaga para garçonete — puxei minha mão da dela, parando no corredor de entrada. — Mas não sei se eu deveria ter vindo — abaixei a cabeça sem graça. — O Mah pode não gostar disso.

— Só saberemos depois que você falar com ele, se fosse eu quem cuidasse das contratações não pensaria duas vezes e você estaria empregada — fez uma pausa soltando o ar pela boca. — Mas quem é responsável por essa parte, é ele, então vocês terão que conversar.

— Acho melhor, não! Com certeza, não é o melhor momento — vireime de costas para ela e fui em direção à saída.

— De jeito nenhum, eu não vou deixar você desistir — senti que ela segurava com força o meu braço e praticamente me arrastava de volta para dentro do Taberna. — Vocês vão conversar sim e vai ser agora — levou-me até o balcão onde havia alguns funcionários. — Gil, avise o Matheus que temos uma candidata à vaga de garçonete para ser entrevistada.

— Pode entrar, moça bonita, o patrão vai recebê-la agora — sorriu amigavelmente.

— Vai lá e abala as estruturas dele — encorajou-me, Priscila. — Você sempre foi especialista nisso, não me decepcione agora. O escritório ainda é no mesmo lugar.

Fiz que sim com a cabeça e segui em frente totalmente desamparada e angustiada, quando passei por trás do balcão, vi o banco que eu ocupava quando ainda éramos noivos no mesmo lugar de sempre. Parei e encarei a Prih, que me deu um sorriso cúmplice de afirmação e me encorajou a seguir em frente.

Parei em frente à porta do escritório ingerindo mais uma dose de coragem, respirei fundo, bati de leve na porta e girei a maçaneta abrindo-a. A visão que tive foi a coisa mais bela da minha vida. Matheus, com seus lindos olhos verdes e cabelos castanho-escuros penteados com gel, estava sentado atrás da mesa. A barba por fazer lhe conferia um look ainda mais sexy. E ele olhava intensamente em minha direção.

Como que sendo atraída por um ímã, aproximei-me da mesa. Ficamos frente a frente, encarando-nos. Pude ver nos olhos dele, um mix de emoções, surpresa, espanto, amor e raiva. Mas existia amor e isso era evidente, lágrimas de emoção começaram a se formar em meus olhos. Não resisti ao desejo e levantei a mão para tocar seu lindo rosto, totalmente hipnotizada com tamanha beleza. Vi que ele repetiu o meu gesto e meu coração se encheu de alegria, ele também ansiava me tocar.

— Janaína Albuquerque? — esquivou-se de mim, sentando-se na cadeira antes que eu pudesse tocá-lo. — Desculpe, mas me falaram que era alguém interessada na vaga de garçonete. Se eu soubesse que era você teria pedido para a Prih ou a Amanda atender — nervoso, ele passava as mãos pelos cabelos, bagunçando-os. O que o fazia ficar ainda mais sexy. — Se me dá licença, eu vou chamar uma das duas e fazer isso agora mesmo.

— Eu vim por causa da vaga... — falei baixo e hesitante. — Quero ser garçonete do Taberna.

— Como é? — olhou-me surpreso. — Você quer trabalhar no meu bar e de garçonete? É isso mesmo?

— É. Você já deve saber o que aconteceu lá no Rio de Janeiro — parei e engoli em seco. — Sobre o golpe do qual fui vítima.

— Fiquei sabendo por alto, mas não me interessei pelos detalhes — olhou-me de forma dura. — Nada a seu respeito me interessa mais.

— O fato é que preciso de um emprego, tenho que ajudar minha avó com as despesas da casa — completei abaixando minha cabeça e sentindo o chão ceder sob meus pés.

— Mas de garçonete, Janaína? E aqui? — indagou incrédulo.

— Eu tentei outras coisas e outros lugares, mas como nunca trabalhei, nem fiz uma faculdade, não consegui nada — abaixei de novo a cabeça, envergonhada do que acabara de dizer. — Aí, minha avó me contou sobre a vaga de garçonete, ela disse que você não negaria isso a ela e me encorajou a falar em seu nome. E eu resolvi tentar.

— Janaína... — retirou os óculos de grau e massageou os olhos e a testa. — Pelo que me lembro, você é um pouco estabanada. Ou será que o ano no Rio de Janeiro mudou isso em você?

— Ainda sou — olhei para ele com olhar suplicante. — Mas eu posso aprender.

— Depois de quebrar meu bar inteiro? — falou evitando me olhar nos olhos. — Veja, Janaína, eu preciso de alguém com experiência. Isso aqui não é uma brincadeira.

— Posso aprender, no início posso segurar a bandeja com as duas mãos — implorei. — Por favor!?... — quando percebi o olhar inflexível dele, cortei na hora o que eu estava falando. — Desculpa, eu não devia ter vindo. Foi besteira dar ouvidos à minha avó — virei as costas e saí em disparada em direção à porta.

— Janaína, espera! — parei no instante em que ouvi sua linda voz me chamar. — Sua avó tem razão, não posso negar isso a ela. Nós vamos fazer um período de experiência de uma semana. Se você conseguir, fica. Se não, eu coloco o anúncio novamente e contrato outra pessoa.

— Uma semana? Mas não vai dar nem para eu começar a aprender. Achei que o período de experiência fosse de três meses — tentei argumentar.

— Não no seu caso, Janaína. Não posso ficar perdendo tempo com alguém que não sabe a função, nem tem experiência — engoliu em seco. — Só estou fazendo isso pela sua avó, para não dizerem que neguei isso a ela.

— Um mês... Por favor?!... — pedi, suplicante. — Garanto que você não vai se arrepender, vou aprender tudo direitinho e você não vai precisar procurar outra funcionária.

— Está legal, Janaína! — soltou o ar pelo nariz, passando as mãos nervosas pelos cabelos e coçando a nuca. — Um mês, nem um dia a mais.

— Obrigada! — agitei-me animada na cadeira. — Você vai ver, eu vou conseguir.

— Assim espero! Você pode começar amanhã, por hoje vá para casa se preparar — olhou-me intensamente por alguns segundos. — A Priscila vai lhe apresentar para os novos funcionários e tudo o que você precisar, por favor, trate direto com a Amanda. Quero o mínimo de contato possível com você, só me dirija a palavra quando for estritamente necessário.

— Com a Amanda? — minha voz estava carregada de decepção com o que eu acabara de ouvir. — Não pode ser com a Priscila, a Amanda não gosta de mim, nunca gostou. E você sabe disso.

— Que seja com a Priscila, então. Desde que mantenha distância de mim e me dirija a palavra o mínimo possível, por mim tudo bem — falou tudo de cabeça baixa sem olhar para mim. — Agora você pode ir, tenho muita coisa para fazer e resolver.

— Obrigada! — agradeci mesmo que ele não estivesse olhando para mim e me levantei. — Mah! — enchi-me de coragem para dizer algo que ele precisava saber. — Quero que saiba que aquela Janaína submissa aos desejos da mãe não existe mais — ele levantou a cabeça, olhando-me intensamente. — Aprendi muito com o que aconteceu no Rio de Janeiro e resolvi mudar, tomar as rédeas da minha vida e não deixar que mais ninguém me manipule — ele continuava me olhando. — E o fato de eu estar aqui hoje é a prova viva disso. Por ela eu jamais teria voltado e muito menos estaria procurando por um emprego de garçonete.

— Isso vai ser bom para você — afirmou, retirando novamente os óculos e me fitando com seus lindos olhos verdes. — Não sei se você se lembra, mas eu conversei com você várias vezes sobre isso no passado, inclusive sobre trabalhar e estudar também. Tudo poderia estar diferente para você agora — colocou os óculos de novo e abaixou a cabeça fingindo estar olhando alguns papéis. — Pena que você nunca tenha me escutado, sempre tenha dado mais ouvidos à sua mãe e que seja tarde demais para nós dois!

— Espero que algum dia você consiga me perdoar! — falei baixo e relutante, sentindo minhas forças se esvaírem.

— Acho muito difícil! — respondeu colocando as mãos sobre os olhos, evitando me olhar. — Quase impossível!

— Ok! Até amanhã, então — foram as únicas palavras que me vieram à mente, virei-me de costas e fui embora com o coração partido.

Matheus

Aquela noite havia sido mais tranquila, talvez pelo cansaço causado pelo excesso de pensamentos e lembranças, adormeci, diria que praticamente apaguei e acabei acordando bem tarde. Fiz o que eu sempre fazia todos os dias, tomei um bom banho e fui almoçar na casa de meus pais. Depois de permanecer lá com eles por algum tempo, curtindo minha família, voltei para o meu apartamento, tomei um novo banho e no final da tarde fui para o Taberna.

Não posso dizer que havia me esquecido da Janaína por completo, mas confesso que estar na companhia das pessoas que amo me fez muito bem e acabei pensando um pouco menos nela. Minha mãe, a pedido de Priscila, tentou conversar comigo a respeito da volta dela, mas pedi com muito jeitinho e de coração que não falássemos sobre aquele assunto. Deixei claro que aquilo ainda me machucava e minha mãe respeitou minha vontade, assim como meu pai. A Prih relutou um pouco, mas, quando viu que era minoria, acabou desistindo.

Cheguei ao bar e fui direto ao escritório, tinha muita coisa para resolver, havia chegado mercadoria nova para conferir e ainda tinha a preocupação com a necessidade de uma nova funcionária, o Taberna está crescendo e os negócios estão indo de vento em popa. Já havia recebido até mesmo um telefonema de uma revista conceituada da capital, querendo enviar um crítico para avaliar o bar. Não preciso dizer que ficamos todos muito felizes com isso, não é mesmo?

Lembrei-me também de que precisaria ter uma conversa séria com Larissa, nossa hostess, que sempre faltava, inventando alguma desculpa esfarrapada, nas noites de casa cheia. Depois que ela havia começado a namorar, parecia que não queria mais trabalhar aos fins de semana. Mas eu teria que fazer uma reunião com ela e acertar isso, precisávamos de funcionários comprometidos com o bar, e se ela quisesse continuar trabalhando lá, teria que pegar firme no trabalho. E, é claro, ela não poderia faltar de jeito nenhum no dia da visita do crítico.

Estava perdido em meus pensamentos e resolvendo meus problemas, quando Gil, o nosso barman, avisou-me que havia uma candidata ao cargo de garçonete. *Opa, hoje é o meu dia de sorte*, pensei comigo mesmo e pedi para que ele mandasse a garota entrar.

Tive uma grande surpresa quando ela bateu em minha porta e entrou no escritório timidamente. Era Janaína, minha princesa, linda em um vestido amarelo de alças, um modelo simples, mas que, como sempre, deixava-a muito sexy e linda. Não contive a emoção e fiquei olhando para ela, embasbacado.

Ela se aproximou me prendendo em seu olhar, por alguns minutos fiquei perdido nele. Como são lindos seus grandes olhos castanhos! Percebi emoções na face dela, parecia amor, saudade, desejo...Todas brigando em seu semblante. E quando ela estendeu a mão para me tocar e eu quase retribuí o gesto, percebi que não poderia cair novamente naquela armadilha. Sentei-me rapidamente, esquivando-me dela.

A mulher da minha vida estava na minha frente, pedindo-me um emprego. Um trabalho para o qual ela não tinha nenhum talento, sempre fora meio estabanada e derrubava quase tudo por onde passava e agora queria trabalhar equilibrando bandejas. Quanta ironia do destino!

Tentei me desvencilhar dela, mas no fim não tive coragem, acabei cedendo e concordando com um período de experiência. Inicialmente pensei em uma semana, mas depois cedi aos seus apelos e concordei com um mês. Como dizer não a essa mulher?! Usei como pretexto algo que ela mesma havia dito no início da conversa, que eu não poderia deixar de atender a um pedido de vó Chica, mas a verdade é que eu a queria perto de mim, precisava tê-la debaixo dos meus olhos. Depois de estar tão perto, eu não poderia deixá-la partir.

Porém, sem dar o braço a torcer, pedi para que mantivesse distância de mim e que só falasse comigo o necessário. Mas, no fundo, o que eu mais desejava era tê-la em meus braços e beijá-la com toda a força do desejo que estava sentindo. Com muito esforço, consegui mandá-la embora e pedi que voltasse para começar a trabalhar só no dia seguinte. Na verdade, eu precisava de um tempo para colocar minha cabeça no lugar e me preparar para estar com ela todos os dias, por um mês.

A minha surpresa foi ainda maior, quando, antes de deixar o escritório, ela me disse que havia mudado, não era mais a mesma mulher insegura, e que esperava que um dia pudesse perdoá-la. Totalmente sem prumo e sem chão, tentei ser duro com ela, simulando indiferença, mas sem olhar em seus olhos. Isso eu não suportaria!

Assim que ela deixou o meu escritório, percebi a razão e a emoção travando mais uma guerra dentro de mim. Eu a amava, queria muito tê-la ao meu lado, mas eu tinha medo, muito medo de passar por tudo aquilo de novo. Não resisti e deixei a emoção tomar conta de mim, Janaína era a única mulher capaz de fazer eu me sentir assim.

Joguei as coisas que estavam sobre minha mesa no chão, sem me preocupar com o barulho e, muito menos, com quem iria ouvir. Todas as emoções que estavam represadas dentro de mim foram saindo.

Minha irmã entrou correndo em minha sala e olhou tudo em volta com semblante assustado. Com certeza devia ter ouvido o barulho das coisas caindo. Veio em minha direção, eu agora estava sentado no chão, encostado contra a parede. Ela me abraçou forte, com muito carinho.

— Calma, Mah! — acariciou os meus cabelos. — Tudo vai ficar bem! — tentou me acalmar. — Pelo jeito a conversa entre vocês não foi das melhores, a Jana saiu daqui com o emprego que queria, mas com o olhar muito triste. Enquanto você, ah, meu irmão, olha o seu estado... — beijou o topo de minha cabeça. — Mas fique tranquilo, tudo ficará bem! — permanecemos ali, naquela mesma posição, até eu me acalmar.

08

Janaína

Voltei para casa bem devagar, refletindo sobre tudo o que havia acontecido naquele escritório. A verdade é que ele disse que não havia mais esperanças para nós dois, mas eu vi amor no seu olhar. Sei que o machuquei muito, mas ele ainda me queria. Eu pude perceber, o conheço bem o suficiente para decifrar cada emoção que passa pelo seu rosto.

Mas pude perceber também que ele não facilitaria as coisas, eu teria que lutar muito, com todas as minhas forças, para tê-lo de volta. E eu faria isso, saí do Rio de Janeiro decidida a fazê-lo e não iria desistir. Não seria nada fácil, mas eu teria Matheus a meu lado novamente. Quanto mais difícil, melhor a vitória!

Cheguei em casa ainda entristecida pelas coisas que ele havia me dito, porém mais determinada do que nunca a reconquistá-lo, só precisava de uma estratégia. A verdade sobre minha tristeza é que eu não estava acostumada a ouvir coisas duras vindas dele. Ele sempre foi tão doce comigo! Mas estava preparada para o que viesse.

— Que cara é essa? — indagou minha mãe assim que entrei pela porta, pelo menos agora ela não ficava só trancada no quarto. — Aposto que foi humilhada pelo botequeiro e não conseguiu o emprego.

— A senhora está enganada, dona Maria Lúcia, o emprego é meu — respondi encarando-a com firmeza. — Eu começo amanhã.

— Se conseguiu o que queria, por que essa tristeza? — confrontou-me.

— Não quero falar agora, muito menos com a senhora — comecei a subir as escadas. — Estou cansada, vou para o quarto.

Pude perceber minha avó me seguindo até lá. Ela nada disse no caminho, mas eu sabia que perguntaria. E eu contaria tudo a ela, sabia que podia confiar nela. Mais do que ninguém, era seu desejo que nos acertássemos e ficássemos juntos.

— O que foi que aconteceu? — perguntou logo que entrou no quarto. — Algo saiu errado? Ele a maltratou? Porque ele me prometeu que não faria isso.

— E não o fez, só foi um pouco duro e inflexível — respondi cabisbaixa. — Me tratou bem, foi cordial na medida do possível e, apesar de relutar muito, concordou em me dar o emprego por um período de experiência de um mês. Agora preciso aprender minha função direitinho nesse tempo para que ele não me mande embora. Pior que nem sei por onde começar.

— Comece me contando a conversa que tiveram desde o início e com detalhes — pediu sorrindo. — Talvez eu tenha algumas sugestões para dar.

Contei tudo a ela, seus olhos brilhavam a cada interação que eu contava que tivemos, por mínima que fosse. Ela ouviu tudo atentamente, como sempre e, quando acabei de falar, foi a vez dela com seus sábios conselhos.

— Raramente me engano quanto a sentimentos, minha menina — começou dizendo. — Como eu previa, vocês dois ainda se amam e não é um sentimento unilateral. Mas prepare-se, não vai ser nada fácil para você — sentou-se ao meu lado na cama e segurou firme em minha mão. — Ele ainda está magoado e com medo de passar por tudo aquilo de novo. Eu vi o quanto ele sofreu. Você vai ter que lhe provar que mudou e que o quer de verdade. E acredite em mim, quanto mais difícil, melhor e maior a sensação da conquista. Não desista!

— Eu não pretendo desistir, só não sei por onde começar.

— Que tal pelo início? — sorriu com carinho. — Mostre a ele o quanto esse emprego é importante para você, aprenda direitinho as suas funções, dê tudo de si e, principalmente, mostre que você quer estar ao lado dele, que esse emprego não é só importante do ponto de vista financeiro, mas é a forma que você encontrou de tê-lo por perto.

— Mas onde eu vou aprender, vó? — indaguei pensativa. — Sei que existem cursos, mas não tenho como pagá-los, além disso, teria que ir para outra cidade, o que significa mais despesas. É um gasto que não posso ter no momento, além do que sou meio desajeitada, posso quebrar tudo que estiver na minha bandeja em um instante, o que o levaria a me dispensar por justa causa.

— Calma, querida! Também tenho a solução para esse problema — sorriu ainda mais confiante. — Você conheceu o Gil, o barman do Taberna?

— Por alto, a Prih ficou de me apresentar melhor amanhã todos os funcionários — expliquei. — Acho que ela percebeu que eu estava sem cabeça para apresentações hoje, a conversa com o Matheus foi muito tensa. Mas eu vi um moço lá, talvez fosse esse Gil. Foi ele quem me anunciou para a entrevista.

— Ótimo! Então você o conheceu, ele é o único homem que trabalha lá — explicou. — E é com ele que você fará amizade e pedirá ajuda. Ele vai te ensinar a manejar uma bandeja como ninguém. Assim como com o Matheus, diga que foi um pedido meu.

— Mas ele é barman, talvez fosse melhor eu pedir ajuda para alguma garçonete, elas saberão melhor sobre o ofício — argumentei.

— De jeito nenhum, querida! Como já lhe disse, o Matheus tinha encontros fortuitos com várias garotas, e nenhuma garçonete do bar deixou de sucumbir ao charme dele. Com certeza não vão gostar nada de você ter voltado e estar trabalhando lá, vão fazer de tudo para que perca o seu emprego — respirou fundo. — Além do mais, o Gil era garçom antes de mudar de função e fui eu que convenci o Matheus a dar uma chance a ele. Então, como vocês jovens dizem por aí, ele está me devendo uma.

— Ah, vó, só você mesma! — sorri aliviada. — Até parece que já tinha tudo esquematizado para minha volta.

— Não vou negar que eu sonhava com ela e me preparei bem para o caso dela acontecer — gargalhamos em uníssono. — Agora vamos lá, afaste esse olhar triste do seu semblante, o seu homem a ama e tudo o que você tem que fazer é reconquistá-lo. E você tem que estar linda, descansada e com aparência saudável para isso.

— Obrigada, Vó! — abracei-a com carinho, beijando-lhe a face. — Eu não sei o que seria de mim sem você.

— Seria uma cópia de sua mãe, mimada e interesseira — beijou-me de volta. — Mas ainda bem que fiz um bom trabalho ao criar você, que se transformou em uma pessoa diferente. E agora que se libertou do domínio e tirania de sua mãe, será uma pessoa ainda melhor.

A noite foi tranquila, conversar com minha avó renovou minhas forças e esperanças. Depois de nossa conversa, tomei um bom banho e após o jantar, fui descansar e acabei dormindo tranquilamente. As coisas começavam a entrar nos eixos.

Acordei superanimada. Fiz minha caminhada matinal imaginando como seria estar ao lado dele todos os dias, menos às segundas, quando o bar ficava fechado. Fiquei pensando em maneiras de agir, de me comportar e de me fazer presente. Seria complicado, afinal ele não queria que eu lhe dirigisse a palavra, mas acho que "bom dia", "boa tarde", "boa noite", "olá", nada disso seria invasivo demais e não teria problema. Afinal, teríamos que conviver em harmonia para o bem maior do Taberna.

Criei mentalmente situações que poderiam ocorrer no nosso dia a dia, para que eu não perdesse a chance de me fazer presente como minha avó havia dito. Tudo dará certo, tinha que dar!

Voltei para casa e, depois de tomar banho, ajudei minha avó com o almoço. Em seguida, subi para o quarto para me preparar para o meu primeiro dia de trabalho. Escolhi uma calça jeans, com uma blusa de decote frente única verde-bandeira e nos pés, sandálias de salto Anabela azul. Provavelmente eu teria que usar uniforme, mas como não haviam entregado o meu ainda, resolvi me vestir de forma discreta. Estava ansiosa, porém animada.

— Já está indo, minha querida? — perguntou minha avó assim que me viu descendo as escadas.

— A Prih pediu para eu estar lá mais cedo para conhecer o pessoal e me inteirar de meu trabalho.

— Que bom! — aproximou-se e beijou minha testa. — Boa sorte, minha menina! E lembre-se, "Faça-se presente"!

— Eu me farei — segurei em seu braço indo até a porta. — E, mais uma vez, obrigada pela força!

— Estou até vendo você voltar chorando para casa porque perdeu o emprego no primeiro dia — resmungou minha mãe, que estava sentada no sofá vendo TV.

— Obrigada pelo incentivo, mãe! — sorri com ironia e saí rumo ao meu futuro.

— Amiga linda, que bom que você chegou! Estou tão feliz em tê-la trabalhando com a gente. Nós temos tantas coisas para conversar, mas teremos que deixar para depois — disse Priscila, envolvendo-me em um abraço acolhedor. — Venha conhecer o pessoal — levou-me para perto do balcão onde todos estavam reunidos. — Esse lindo jovem moreno e de olhos azuis, que você já conheceu ontem, é o Gil, nosso barman. E essas são Ângela, Regina, Paola, Sandra e Raquel, nossas garçonetes e suas novas colegas de trabalho — apontou uma a uma para eu saber identificar. — E, pessoal, essa é a Jana, minha amiga de infância, ex-cunhada e, agora também, companheira de trabalho de todos vocês.

— Seja bem-vinda, moça bonita! — cumprimentou-me Gil, enquanto as outras funcionárias apenas falaram "oi" ou sinalizaram com a cabeça.

— Obrigada! — sorri para todos sem distinção.

— Então você veio mesmo? — ouvi a voz de gralha da Amanda nas minhas costas. — Estou imaginando o que você pretende com essa história.

— Oi, Amanda, como vai? — ignorei suas gracinhas.

— Preparada para ser o seu maior pesadelo — sorriu cinicamente. — Aqui está seu uniforme, pode tirar essa sua blusinha sexy e mal-intencionada e colocá-lo, você deve sempre usá-lo com calça jeans e sapatos de salto baixo, para não correr o risco de estabacar-se no chão com uma bandeja cheia e quebrar todo o bar — gargalhou. — Se bem que conhecendo você como eu conheço, acho que nem os sapatos baixos poderão te salvar — virou-se de costas para mim e foi sentar em uma mesa.

Aproveitando a distração dela, coloquei a língua para fora e sacudi a cabeça, imitando-a com desdém. Quando vi, Priscila e Gil estavam de frente para mim olhando e dando risadas.

— Desculpa, foi mal! — falei sem graça. — Onde eu posso me trocar?

— No banheiro feminino, querida! — falou Raquel com cara de poucos amigos, enquanto as outras me olhavam de cima a baixo.

Pelo jeito, minha avó tinha razão, minhas colegas de trabalho não estavam gostando nada da minha volta e eu trabalhar no bar não estava ajudando em nada, muito pelo contrário, só piorando as coisas.

Entrei no banheiro para me trocar e, ao abrir o pacote do uniforme, vi que ele era composto de uma *baby look* branca, com emblema do Taberna em vermelho no canto esquerdo e um avental vermelho, com emblema no peito em branco, um ao contrário do outro. Coloquei-o e saí para ser treinada para minha função.

— Gente bonita é a coisa mais incrível, fica bem até de uniforme — cantarolou Gil, deixando-me sem graça.

— Imagina, obrigada! — agradeci encabulada.

— Grande coisa! — retrucou Amanda. — Você hoje vai ficar com as cinco mesas do fundo, vai começar com poucas para se acostumar. Depois que nossa *hostess* acomodar o cliente, você vai até a mesa e anota os pedidos. Traz aqui para o balcão que a Priscila ou eu ajeitamos tudo na bandeja e você volta para servir a mesa. Se pedirem comida, você deve ficar atenta na cozinha, onde Dulce e Sônia, que você ainda não conheceu porque ainda não chegaram, avisarão quando a comida estiver pronta para você servir aos clientes. Fique atenta também nas mesas, com certeza vão lhe pedir mais bebidas. Você acha que dá conta de fazer isso, querida? Ou é demais para você? — sorriu com ironia e deboche.

— Se eu não der conta, peço ajuda a alguém. Menos para você, é claro!

Antes que ela pudesse me responder, fomos interrompidas por Priscila, que se aproximava para me apresentar às cozinheiras, que haviam acabado de chegar. Elas me olharam de forma não muito amistosa ao me cumprimentar. Comecei a imaginar se até as duas senhoras haviam cedido aos encantos do Mah. Será? Acabei rindo sozinha com meus pensamentos.

Depois disso, Amanda, Gil e Priscila ficaram conversando em um canto sobre novas bebidas, batidas e drinks que iriam entrar no cardápio na semana seguinte. As cozinheiras foram pré-preparar algumas comidas e porções e eu e as outras garçonetes fomos arrumar as mesas que iríamos atender. Acabei primeiro que todo mundo, já que as minhas mesas eram em número bem menor e como todos ainda estavam entretidos, vi, nessa hora, a oportunidade de ir até o escritório.

Cortei sorrateiramente o salão e passei rápido por trás do balcão fazendo de tudo para não ser vista e impedida de ir ver o meu amor. Quando cheguei à porta, respirei fundo, bati levemente e entrei.

— Oi!

— O que foi agora, Janaína? — passando os olhos da tela do computador diretamente para mim. — Acho que fui bem claro ao dizer que você deveria manter distância de mim.

— Eu só vim avisar que eu cheguei, achei que você fosse gostar de saber que não desisti e estou animada para o meu primeiro dia de trabalho — expliquei-me.

— Janaína, eu não vejo motivo para os meus funcionários virem à minha sala me avisar quando chegam para o trabalho; a Priscila e a Amanda estão lá fora para checar isso. E vejo menos sentido ainda em eu ficar feliz com isso.

— Ok, eu vou indo, então — dirigi-me à porta, mas, antes de sair, virei para trás e o confrontei olhando bem dentro dos seus olhos. — Quer saber de uma coisa? Você não vai conseguir nada com essas atitudes, eu não vou desistir e você vai ter que me engolir — passei a mão pelo meu cabelo. — E pode ter certeza de que o emprego não é a única coisa que desejo aqui nesse bar.

Virei e saí batendo a porta nas minhas costas, mas não sem antes saborear o gostinho de vê-lo me olhando incrédulo e de boca aberta.

Matheus

Fiquei alguns instantes parado, em transe, praticamente petrificado, sentado em minha mesa. *Que diabos essa maluca quis dizer com isso?*, pensei comigo mesmo. Quando dei por mim, estava saindo do meu escritório, correndo pelo corredor até alcançá-la. Peguei forte em seu braço e a puxei de encontro a mim.

— O que você quer dizer com isso? — olhei profundamente dentro dos olhos dela.

— Será que não está na cara? — respondeu afrontando-me. — Não me diga que perdeu seu senso de percepção e vou ter que explicar com detalhes.

— É melhor você parar por aí mesmo e ficar calada — alterei o tom da minha voz. — Você acha que é simples assim? Que vai poder entrar no meu escritório a hora que quiser, falar-me um monte de asneiras e sair batendo a porta na minha cara? — passei a mão que estava livre nos cabelos, bagunçando-os e demonstrando o quanto estava nervoso. E é claro que ela percebeu, conhece-me bem o suficiente para isso. — Não sei se você se lembra, mas sou seu patrão, não mais o seu noivo que fazia todas as suas vontades e com quem você fazia o que queria. No mínimo, você me deve respeito se quiser continuar trabalhando aqui.

— Desculpa! — abaixou a cabeça sem graça. — É que você está me tratando muito mal, até parece que tenho uma doença contagiosa — argumentou.

—Você me faz mais mal do que qualquer doença ruim — fui inflexível e vi dor e tristeza passar pelos seus lindos olhos. —Agora vá, está quase na hora do Taberna abrir as portas. Assuma o seu posto e tente fazer um bom trabalho se quiser manter seu emprego — soltei o braço dela contra minha própria vontade, apesar de estar nervoso com a situação, o contato com a pele macia dela era maravilhoso.

— Ok! — foi a única coisa que ela me respondeu antes de sair para o salão com o rosto marcado pela tristeza e decepção.

Perceber que eu a havia machucado acabou me machucando também. Precisava mantê-la longe de mim, meu medo de me entregar a ela novamente era maior do que qualquer outra coisa. Só não era maior que o amor que sinto por ela, mas eu tinha que ser forte, nem que para isso tivesse que machucá-la e, por consequência, o meu coração também.

Voltei para minha sala e fui logo preparando uma dose de uísque para relaxar. Minha adrenalina estava a mil, a presença da Janaína me desestruturava por completo. Era uma loucura! E o que será que ela quis dizer com aquela história de que não era só o emprego que ela quer aqui? Será que ela quis falar que me quer? Um frio tomou conta do meu estômago.

Larga de ser bobo, Matheus, não relaxa, nem se entrega, ela pode te abandonar de novo!, fiquei repetindo essa frase dezenas de vezes na minha cabeça como um mantra, tentando me convencer de que ela não me merecia e que eu não devia ceder. Depois de três doses de uísque, acalmei-me e fui para o salão para começarmos os trabalhos. Aquela noite seria tensa, eu sentia isso. E talvez as outras também, todas seriam enquanto Janaína insistisse em trabalhar ali. Esse mês seria complicado, mas eu sabia que ela não seria capaz de manter o emprego, ela não daria conta, era delicada demais, logo tudo estaria acabado.

— Linda, não é mesmo? — assustei-me com a voz da minha irmã falando no meu ouvido. Ela me pegou totalmente absorto na imagem da Jana servindo as mesas e desfilando pelo salão do Taberna.

— Mais desajeitada do que linda — tentei desconversar. — Estava atento à falta de talento dela para a coisa. E isso de segurar a bandeja com duas mãos é no mínimo ridículo. Estou começando a achar que fiz a coisa errada dando-lhe essa oportunidade.

— Ela não está indo tão mal assim, e pelo que conheço da determinação da minha amiga, acho que logo estará fazendo malabarismo com a bandeja.

— Acho totalmente improvável, os dias dela aqui no bar estão contados — ri com ironia.

— Será? — Priscila me confrontou.

Que diabo está acontecendo com essas mulheres, todas resolveram me tirar do sério e me confrontar? Resolvi ignorar minha irmã e continuei observando a minha princesa, ela estava tão linda! Poucas mulheres conseguem ser lindas de qualquer jeito e com um uniforme de garçonete é mais difícil ainda, mas Jana é uma dessas mulheres.

Fui buscar no estoque algumas coisas que as cozinheiras estavam precisando na cozinha. Quando estava voltando, ouvi um barulho enorme, um verdadeiro estrondo de coisas caindo e se quebrando. Na hora veio à minha cabeça que só poderia ser a Janaína, com certeza deveria ter deixado cair a sua primeira bandeja. Onde eu estava com a cabeça, ela vai destruir o meu bar. Mas ela também poderia ter se machucado, essa ideia me revirou o estômago e voltei o mais rápido possível para o salão.

Quando adentrei nele, minha ira só fez aumentar. Sérgio, um desafeto desde a época do colégio, que tentou tirar a Jana de mim várias vezes, segurava o braço dela com força e era por isso que a bandeja havia caído. Deu para perceber nitidamente que ela tentava se soltar dele.

— Mah, calma, meu irmão! — ouvi Prih me dizer baixinho quando passei por ela, porém continuei minha caminhada até eles. Percebi também os olhares aflitos dos meus outros funcionários e o de condenação da Amanda. Parei a alguns centímetros de distância observando e ouvindo a conversa deles.

— Que isso, gatinha, eu posso lhe dar casa, comida e roupa lavada — ele dizia para a minha princesa. — Se o Matheus não a quer, eu lhe dou um trato. Garanto que sou melhor que ele na cama.

— Me solta, Sérgio, você vai me fazer perder o meu emprego — ouvi-a pedir com voz de súplica.

— Comigo você não vai mais precisar desse emprego, gostosa — ele insistiu. — Para que viver de migalhas do Matheus, se você pode ter isso tudo só para você? — apontou para si próprio.

— Por favor, me larga, eu não estou interessada em você, nem em nada do que tenha a me oferecer.

— Não solto! Você vai sair daqui comigo agora — começou a puxá-la na direção da porta, enquanto ela tentava se desvencilhar dele sem sucesso. — Desde menino sou louco para foder você.

— ME SOLTA, você está bêbado e me machucando — vi quando ela alterou a voz com ele e resolvi intervir.

— Solta ela — aproximei-me mais dos dois e falei em alto e bom som, consumido por ódio e pelo ciúme. Ele estava tocando e machucando minha princesa.

— Ora, ora, o chifrudo do ex-noivo defendendo a traidora — gargalhou.

— Eu disse para largá-la — empurrei-o com toda força contra a parede, conseguindo fazer com que ele soltasse o braço dela. — Não é o ex-noivo defendendo alguém e sim o patrão defendendo a funcionária — peguei-o com força pelo braço, tirando-o do meu bar. — Sempre soube que você queria tudo que é meu, mas não imaginava que chegaria a tal ponto. Agora vai embora e só volte aqui quando aprender a ter respeito pelas pessoas.

Os seguranças o conduziram até o carro dele, ele se foi proferindo palavrões e maldições a meu respeito. Olhei para Jana, que acariciava seus braços olhando as marcas e fui até ela.

— Você está bem? — peguei de leve e com todo carinho do mundo em seu punho virando-o e analisando. — Olha só isso, você está toda marcada — acariciei sua pele macia.

— Acho que vão ficar alguns hematomas — ela disse mais para si mesmo do que para mim, aproximando-se um pouco mais, como se quisesse um abraço.

— Pelo menos, na medida do possível, tudo terminou bem! — disse, tentando demonstrar indiferença e comecei a me afastar.

— Mah! — parei no instante que ouvi sua linda voz me chamar e me virei em sua direção. — Obrigada por me ajudar e desculpe pelo prejuízo... As coisas que estavam na bandeja se quebraram.

— Não precisa agradecer, como eu já disse, teria feito isso por qualquer um dos meus funcionários. E quanto às coisas quebradas, não foi culpa sua — afastei-me dela para conter o desejo de tomá-la em meus braços e enchê-la de carinhos. — É melhor voltarmos ao trabalho.

09

Janaína

— Está com a bola toda, hein, moça bonita? — Gil se referiu a mim em tom de brincadeira. — Dois gatos, incluindo o patrãozinho, brigando por sua causa.

— Você não diria isso se tivesse a pele sensível como a minha — mostrei meus braços cheios de marcas.

— Poxa, isso vai ficar marcado por um bom tempo e os hematomas devem escurecer um pouco mais — constatou segurando meus braços. — Tem marcas de dedos do patrãozinho aí também.

— Não, só do idiota do Sérgio — acariciei meu antebraço, onde estavam as marcas.

— Idiota, mas gato, não acha? — provocou-me para ver minha reação. — Apesar do patrãozinho ser mais *tudo de bom* que ele — sorriu para mim com cumplicidade.

— Na verdade, nunca reparei muito nele. Sempre fui muito apaixonada pelo Mah... theus. — logo corrigi, percebendo que talvez estivesse me abrindo demais com um estranho.

— Não se acanhe, querida! Todo mundo aqui nesse bar conhece a história de vocês dois.

— Ou pelo menos a versão dele — concluí. — Mas deixa isso para lá. Quero lhe fazer um pedido, posso?

— Desde que não seja para parar de achar o patrãozinho gato, você pode me pedir o que quiser, moça bonita — ponderou por um instante. — Só não sei se poderei atendê-la.

— São duas coisas... — sorri. — Uma é simples, me chamar de Jana, a outra é um pouco mais complicada... — olhei bem dentro dos seus olhos. — Preciso que me ajude a ser uma boa garçonete, que me ensine a manejar a bandeja com mais destreza.

— Você quer que eu faça um milagre? — gargalhou. — Dizer que você é muito ruim é elogio. Você é péssima!

— Não é um pedido meu, é da minha avó. Ela disse que se eu pedisse em seu nome, você me ajudaria e que não conhece ninguém melhor para me ajudar nesse desafio — terminei de falar lançando um olhar suplicante.

— Dona Francisca... — pensou por um instante. — Sua avó é uma mulher incrível, sabia? Ela lhe contou como me ajudou?

— Mais ou menos, disse que havia convencido o Mah a lhe dar uma promoção, de garçom a barman — expliquei. — E que você devia uma para ela.

— Se fosse só isso, estava bom — ficou pensativo. — Já é tarde, vamos fazer o seguinte, te acompanho até em casa e conto tudo o que ela fez por mim e por que não posso negar um favor a ela. Vou ajudar você — suspirou. — Aproveitamos também para combinarmos como e onde faremos nossas aulas.

— Aulas de quê? — fomos interrompidos por Priscila.

— Vou ensinar essa linda jovem a manejar uma bandeja, para que ela não perca o emprego — explicou Gil. — Só não sei onde poderei ministrar as aulas.

— Pode ser lá na minha avó mesmo — sugeri.

— De forma alguma — disse Prih de forma animada. — Será lá em casa, podemos usar a área da piscina. Lá teremos bastante espaço.

— Não sei, o Matheus pode não gostar de me ver por lá — ponderei.

— Amiga, meu irmão não mora lá. Você se esqueceu disso? — completou animada. — Além do que, minha mãe está doida para te ver. Como eu, ela nunca desistiu de vocês dois e está superfeliz com a sua volta — suspirou. — Além do que, também quero participar dessa sua conquista. Faço questão e não aceito um "não" como resposta.

— Resolvido e combinado, então — acrescentou Gil. — Amanhã pela manhã sem falta na casa da família real.

— Família real? — indaguei surpresa. — Se vocês acham prudente, quem sou eu para ser do contra?

— É assim que chamo a família do patrãozinho e da "patroinha" — explicou-se Gil, apontando para Matheus, que fazia o fechamento do caixa, e depois para Priscila, que estava ao nosso lado. — Agora vamos pegar nossas gorjetas da noite e ir descansar, amanhã ainda é domingo e temos que treinar o dia inteiro e depois trabalhar. E ainda vou lhe acompanhar até em casa, é tarde para uma jovem tão linda andar por essas ruas sozinha. Ainda mais depois de ser atacada no bar.

— Obrigada — dei-lhe um beijo carinhoso no rosto. — Tanto pelas aulas quanto pela companhia, você é um perfeito cavalheiro.

— Estou mais para dama, querida — riu de forma escrachada. — E você vai entender melhor minha colocação depois que ouvir o que tenho a lhe dizer sobre minha amizade com sua avó.

— Vocês dois aí, vão pegar suas gorjetas ou vão deixar para mim? — Matheus nos olhava com cara de poucos amigos. — Eu não tenho a noite inteira.

— Calma, patrãozinho! Já estamos indo — Gil passou por mim. — Ciumento! — sussurrou no meu ouvido.

— Será que alguém deixou alguma coisa para a garçonete desajeitada? — brinquei com Matheus, tentando amenizar a tensão entre nós.

— Mais do que eu esperava — concluiu com um sorriso tímido nos lábios.

— Acho que não fui tão mal no meu primeiro dia, então — sorri timidamente.

— Apesar de toda a confusão, parece que gostaram de você — continuou, sem olhar em minha direção. — Ou ficaram com dó.

— Pode ser — abaixei a cabeça, um pouco constrangida. — Tudo isso? — fiquei surpresa quando ele me entregou duzentos reais, divididos em quatro notas de cinquenta. — Poxa, minha avó vai ficar superfeliz com isso, ela já estava começando a ficar um pouco apertada com as contas.

— Posso te dar um conselho? — perguntou com ar de preocupado. — Não deixe que sua mãe descubra o valor de sua gorjeta, nem que a chantageie e fique com seu dinheiro. — Segurou meu punho, com arrepios percorrendo todo o meu corpo, colocou o dinheiro na palma da minha mão e a fechou lentamente. — Você e sua avó precisam dele para sobreviver — soltou meu braço.

— Eu não vou deixar que ela se aposse dele — olhei profundamente dentro dos seus olhos, com uma vontade enorme de tocar seu rosto. —

Como te disse ontem, eu mudei, sou uma nova mulher e isso inclui não ceder aos caprichos da minha mãe.

— Moça bonita, é melhor nós irmos, está ficando cada vez mais tarde — Gil falou com carinho e depois, encarando o Mah, completou. — Sem estresse, patrãozinho, só vou acompanhá-la até em casa para garantir que chegue em segurança. Além do que, você sabe que comigo não existe perigo — saiu me puxando pela mão.

— Mas o Mah e a Amanda vão ficar? — parei na porta, puxando minha mão e olhando para os dois que conversavam no interior do Taberna.

— Deixa de ciúmes, moça bonita — puxou-me para fora do bar. — O patrãozinho já teve emoções suficientes por essa noite, além do que a única coisa que pode rolar ali, depois que ele saiu em sua defesa, é uma bela de uma discussão.

— E, então? Você me disse que me contaria sobre a sua dívida com minha avó. Confesso que estou curiosa! — falei quebrando o silêncio que imperava entre nós durante o percurso para casa.

— Você já deve ter notado pelo meu jeito que sou gay — abaixou a cabeça timidamente e continuou. — Eu sou da capital e um belo dia me apaixonei por um lindo par de olhos castanhos, ele era do interior e estava na capital a trabalho, envolvemo-nos numa tórrida e quente paixão, até que ele teve que ir embora e nos separamos. Mas eu não aguentei a saudade e resolvi enfrentar minha família, assumir-me e ir embora para me encontrar com ele. Meus pais surtaram e me expulsaram de suas vidas.

— Na verdade, percebi pelos elogios que você fez ao Mah e ao Sérgio, você não tem jeito muito afeminado, é bem discreto — expliquei-me. — Mas e sua mãe, também te renegou?

— Eles se dizem muito religiosos e que não poderiam aceitar isso na família deles. Para eles eu sou coisa do demônio — olhou-me de forma triste. — Mas, na ocasião, eu não me importei, eu iria viver minha história de amor — continuou. — Mal sabia eu o quanto estava enganado. Cheguei aqui e descobri que ele é casado, tem família e não poderia me assumir. Fiquei jogado sem eira nem beira numa cidade onde eu não conhecia ninguém.

— Meu Deus, que história triste! — pronunciei-me. — E vocês dois nunca mais se viram?

— Ainda estamos juntos, vivendo nosso amor em momentos esporádicos — explicou.

— E onde minha avó entrou nessa história? — perguntei sem entender a participação dela.

— Eu era *barman* numa boate na capital e fui procurar trabalho no Taberna — começou a me contar. — Eles não precisavam de um *barman*, mas tinha vaga de garçom e eu me agarrei com unhas e dentes nessa oportunidade oferecida. Depois que contei ao patrãozinho a minha história, ele me falou sobre sua avó, uma senhora sozinha que talvez me acolhesse em sua casa até eu arrumar um lugar para morar. E assim nós fomos apresentados e ela me ofereceu ajuda, mesmo sabendo que eu não poderia pagar grande coisa pelo quarto. Tornamo-nos amigos e ela conseguiu fazer com que o Matheus criasse uma vaga de *barman* para mim no bar. Acho que posso dizer que lhe sou grato pelo que sou e tenho hoje.

— Minha avó e o Mah são mesmo incríveis! — paramos em frente à casa da minha avó. — Me surpreendem a cada dia mais.

— Ela é uma grande mulher e nunca cansou de dizer a mim e ao Matheus que você também era, pois havia sido criada por ela sem influência negativa de ninguém, diferente de sua mãe que foi influenciada pelo pai inescrupuloso. Ela costumava dizer que você ainda não havia se dado conta da pessoa maravilhosa que se tornara e que quando isso acontecesse tudo mudaria em sua vida — sorriu. — Quanto ao patrãozinho, ele é todo coração. E te ama muito, apesar de todo o tipo que vem fazendo.

— E seu namorado, existe alguma chance de se assumirem e ficarem definitivamente juntos um dia? — perguntei curiosa.

— Acho difícil! Como te disse, ele tem uma família e jamais abandonaria a vida boa de viagens, grana, festas e tudo mais que ele tem — colocou as mãos no bolso e completou com um sorrisinho maroto. — Na verdade, ele é seu cunhado, o Tony, marido da Vanessa, dona da agência de empregos.

— O Antônio Carlos? Você está brincando comigo? — indaguei incrédula. — Mas ela sempre se gabou tanto de ser feliz e realizada no casamento.

— Só fachada — soltou um risinho frouxo. — E ela sabe que eu existo, mas não larga o osso.

— Eu espero que um dia ele descubra o quanto você é especial e lhe dê o devido valor — falei acariciando-lhe a face. — O Tony também não é uma pessoa ruim, apenas um pouco ambicioso e come o pão que o diabo amassou nas mãos da Vanessa.

— Quem sabe um dia? — sorriu. — Mas por enquanto terei que me contentar com migalhas. Se não se importa, agora eu preciso ir, tenho mais uns dez quarteirões de caminhada até minha casa.

— Não quer entrar um pouco? — perguntei solícita. — Acho que minha avó adoraria te ver.

— Já é tarde, moça bonita, e não adianta reclamar, é assim que vou te chamar, ela deve estar dormindo. Amanhã pela manhã passo aqui para nossa primeira aula e aproveito para vê-la.

— Ok! — despedi-me com um abraço e caminhei até a porta. — Gil? — chamei-o de volta. — Muito obrigada por tudo! — ele jogou um beijo no ar e seguiu seu caminho.

Matheus

— Será que agora nós podemos conversar? — Amanda se aproximou me interrogando.

— Amanda, por favor, o dia hoje não foi fácil, a noite está sendo longa e ainda tem toda a tensão do primeiro dia de trabalho da Janaína. Será que podemos deixar essa conversa para outra hora? — a última coisa que eu precisava era de uma discussão àquela hora da madrugada.

— Não podemos, não! — respondeu, intimando-me. — E é exatamente dessa *pessoinha* que quero falar. Na realidade, sobre essa sua reação inesperada com o Sérgio, um dos nossos melhores clientes.

— O que você queria que eu fizesse? Ele estava machucando o braço dela — tentei argumentar. — Eu fiz o que faria por qualquer outro funcionário.

— Mentira! — bradou, enfrentando-me. Ela devia ter bebido, estava visivelmente alterada. — Você fez porque era ela. O Sérgio vive se engraçando com nossas funcionárias, um dia estava tão bêbado que deu em cima até do Gil e você nunca o colocou para fora do bar. Que ideia estúpida foi essa que você teve?

— Ele nunca pegou ninguém à força, estava tentando arrastar a Janaína para fora do bar e ela não queria — suspirei fundo. — Eu só queria ajudar.

— E para isso precisa expulsar o nosso melhor cliente do bar? — colocou a mão na cintura, exigindo explicações.

— Ok, Amanda, você quer uma explicação? — perguntei já sem nenhuma paciência. — Quer que eu assuma que fiquei com ciúmes? Eu admito, assumo, fiquei cego, doente de ciúmes ao ver o Sérgio tocando nela. Eu amo aquela mulher e nunca neguei isso a ninguém e todos sabem que sempre existiu certa rivalidade entre mim e o Sérgio por causa dela.

— Que ótimo! Você ama e assume assim, sem nenhum pudor, os seus sentimentos — alterou a voz e começou a falar de uma só vez, atropelando tudo. — Essa mulher enrolou você por anos, te traiu, foi embora com um milionário e te abandonou aqui sozinho. Agora ela volta e você está prestes a perdoá-la, vão voltar e assim que aparecer o primeiro cara mais rico que você, ela vai te abandonar na rua da amargura de novo — encarou-me com muita raiva no olhar. — E quando isso acontecer, nem adianta me procurar.

— Amanda, eu sei e me lembro muito bem de tudo que a Janaína me fez e você não precisa ficar me lembrando a todo momento para me machucar — encarei-a de forma séria para que tivesse certeza de que eu não estava brincando. — Eu não disse que vou perdoar e voltar com ela, o que falei é que ainda a amo e, como tal, sinto ciúmes. Mas isso não significa que entregarei meu coração a ela novamente. Acabou, não existe mais nenhuma possibilidade de eu perdoá-la. Eu não quero nem mereço passar por tudo aquilo de novo. Meu medo me impede de dar mais uma chance para a minha princesa.

— Bom saber que você tem consciência disso tudo — encarou-me com um olhar sedutor. — Espero que se desculpe com o Sérgio pela besteira que fez — foi se aproximando e colocou os braços em volta do meu pescoço tentando me seduzir.

— Por favor, Amanda, eu estou cansado e, como já disse, o dia de hoje não foi nada fácil. Estou sem cabeça para qualquer outra coisa — retirei seus braços do meu pescoço. — Só quero ir para casa e relaxar... sozinho. Acho melhor irmos embora.

— Que isso, gato? Você sabe que eu posso fazer você relaxar rapidinho, é só irmos para o escritório e eu faço uma massagem, dou aquele trato e você fica bem rapidinho. Não tem mais ninguém aqui, estamos sozinhos e estou ardendo de desejo por você — aproximou-se novamente roçando os seios no meu tórax, insinuando-se.

— Não se rebaixe tanto! — afastei-a novamente. — Não me obrigue a rejeitá-la com palavras, eu não quero te magoar — engoli em seco tentando conter a minha irritação. — Hoje não é um bom dia e, depois dessa conversa, não estou nem um pouco animado. Acho melhor irmos embora — saí em direção à porta.

— Acho que perdi o último ônibus e estou sem carro hoje. Você vai ter que me levar para casa — sorriu de forma cínica e com ar de quem estava aprontando alguma. — A não ser que você prefira me levar para "dormir" em seu apartamento — fez sinal de aspas no ar.

Mostrando toda a minha irritação, passei as mãos de forma nervosa pelos cabelos e engoli em seco. Pelo jeito ela estava a fim de me provocar mesmo e não iria desistir. Fechei as portas do Taberna com força e brutalidade. Quando olhei em sua direção, ela já estava esperando por mim ao lado da porta do passageiro da minha Ranger Rover. Caminhei em direção a ela indo para a porta do motorista.

— Não vai abrir a porta para mim, Mah? Perdeu os modos de cavalheirismo? — provocou-me.

Caminhei em sua direção com cara de poucos amigos e, antes de abrir a porta, olhei de forma severa para seu rosto.

— Eu já disse para não me chamar assim e vou pedir mais uma vez: *pare de me provocar.* Eu não quero perder minha pouca paciência com você e ter de ser rude.

— Uiii! Esqueci-me que só sua *"princesa"* pode te chamar assim — falou com desdém. — Adoraria ver seu lado rude! — passou o dedo indicador no meu peito indo em direção a minha virilha.

— Acredite em mim, você não gostaria nem um pouco! — abri a porta para que ela entrasse e depois fechei.

Dei a volta no carro e assumi o volante, segui em direção à sua casa de forma tensa e calado, enquanto ela não parava de falar e jogar charme para mim. Tentei me acalmar pensando em outras coisas para não dar atenção às asneiras que ela estava falando. Inevitavelmente, comecei a pensar na minha princesa e não pude deixar de sorrir ao lembrar o jeito desajeitado dela, a total falta de intimidade com a bandeja.

— Chegamos — parei em frente à casa de Amanda. — Você pode descer agora e tenha um boa-noite.

Sem que eu esperasse, ela se jogou em mim e começou a me beijar, abrir os botões da minha camisa e se esfregar em mim. Confesso que fiquei totalmente sem reação. *O que aquela maluca estava pretendendo?* Empurrei-a para longe de mim e desci rapidamente do carro, abri a porta para ela e pedi que saísse.

— Eu sabia que você não resistiria e acabaria passando a noite comigo — jogou-se em cima de mim de novo.

Afastei-a de mim e, olhando bem dentro dos seus olhos, procurei ser o mais sincero e honesto possível.

— Você bebeu e está fora de si. Eu não quero e não vou ficar com você — soltei o ar pelo nariz, exasperado. — Você já me desrespeitou e me tirou do sério o suficiente hoje. Agora você vai entrar na sua casa e dormir. Conversaremos melhor sobre isso amanhã ou outro dia — saí puxando-a em direção à porta e abri para ela. — E que isso não se repita mais ou terei que tomar medidas drásticas e dispensá-la do trabalho.

Coloquei-a em casa, fechei a porta atrás de mim e fui embora para meu apartamento, imaginando se, daqui para frente, todos os meus dias seriam tão malucos e cheios como o de hoje.

10

Janaina

Acordei na manhã seguinte animada para minha primeira aula. Eu sabia que conseguiria, não seria nada fácil, mas eu daria conta do recado. A gorda gorjeta que recebi no primeiro dia fazia com que eu acreditasse que não era tão ruim afinal. Recusei-me a dar ouvidos à opinião do Matheus de que poderiam ter me dado gorjetas por dó. Quem no mundo faria isso?

Tomei um banho e me arrumei. Como estava quente optei por um short Jeans e uma blusinha com decote nadador na cor pink, nos pés optei por uma rasteirinha azul, não queria correr o risco de virar o pé e cair de cara no chão, ou de quebrar as coisas de dona Anésia, mãe do Mah. Fora que eles não eram mais vizinhos da minha avó, tinham mudado para o lado nobre da cidade desde que as coisas começaram a melhorar e até chegar lá seria uma longa caminhada.

Desci a escada toda contente com o dinheiro da minha primeira gorjeta em mãos para entregar para minha avó. Eu sabia que ela ficaria muito feliz por mim e desconfiava de que não fosse querer pegar aquele dinheiro, ia dizer para que eu ficasse com ele e comprasse algo que estivesse precisando, mas de forma alguma eu aceitaria aquilo. Estava feliz e realizada em poder ajudá-la.

— Já acordada, minha menina? — perguntou com um sorriso encantador.

— Hoje vai ser minha primeira aula de como manejar uma bandeja — ri de mim mesma. — O Gil aceitou me ajudar e a Prih também quer participar, minhas aulas serão na casa de dona Anésia. Só não sei se o Mah vai gostar dessa ideia.

— Não se preocupe com ele, minha querida, ele está dando uma de durão, mas no fundo tem o coração mole e enorme. Isso tudo é para fazer tipo e você sabe disso, conhece-o melhor do que qualquer um.

— Espero que a senhora tenha razão, ele tem feito um jogo muito duro comigo — aproximei-me, dando-lhe um beijo na face. — Mas não pretendo desistir.

— Fico feliz em saber disso, quero muito ver vocês dois juntos novamente e vivendo esse amor lindo que vocês sentem e sempre sentiram um pelo outro.

— A senhora sempre torceu tanto por nós, não sei onde eu estava com a cabeça quando não a escutei e fui embora, abandonando-o. Foi a maior besteira que já fiz em minha vida. Mas, enfim, o que está feito, está feito. Não tem como voltar atrás — suspirei. — Agora é correr atrás do prejuízo... Por falar nisso, tenho uma surpresa para a senhora, abra a mão e feche os olhos — ela sorriu, obedecendo-me de imediato e eu coloquei o dinheiro da minha gorjeta na palma da sua mão e a fechei cuidadosamente. — Agora pode abrir, é a minha primeira gorjeta.

— Oh, minha menina, esse dinheiro é seu, guarde-o e compre algo que queira muito. Eu posso dar conta das despesas da casa sozinha, o dinheiro é curto e teremos que abrir mão de algumas coisas, mas vamos conseguir sobreviver.

— Por favor, vó, não me tire essa alegria. Eu faço questão de que a senhora fique com ele — olhei-a nos olhos. — Isso faz parte do que eu quero para minha nova vida, é mais um passo para minha mudança. Eu preciso que a senhora aceite para me sentir útil — abaixei a cabeça pensativa. — Além do que, o que eu mais quero nessa vida é o Mah e ele não está à venda. Só peço uma coisa, não deixe minha mãe saber desse dinheiro, nem das minhas gorjetas, ou ela tentará me extorquir.

— Tudo bem, querida, se é tão importante para você, vou ficar com esse dinheiro — nesse momento, fomos interrompidas pelo toque da campainha.

— Deve ser o Gil, ele ficou de passar aqui para irmos juntos para a casa de dona Anésia e vai aproveitar para lhe dar um beijo — falei animada. — Deixa que eu mesma abra a porta.

— Oi! Como passou a noite? — cumprimentei-o ao abrir a porta.

— Bem, e você?

— Um pouco ansiosa para minha primeira aula e animada também — sorri. — Você chegou um pouco mais cedo, ainda não tomei meu café da manhã. Você não vai entrar para ver vó Chica?

— Eu vim mais cedo com um propósito, quero conversar com você antes. Você se incomoda de me acompanhar aqui fora? — indagou receoso.

— Claro que não, aconteceu alguma coisa? — perguntei preocupada. — Não vai me dizer que você desistiu de me dar aulas.

— Ainda não, mas preciso, antes de começar, te fazer uma pergunta e você tem que ser sincera comigo em sua resposta — assenti com um movimento de cabeça. — Você realmente veio para ficar ou vai magoar o patrãozinho e sua avó partindo novamente?

— Tudo o que eu mais quero nessa vida é ficar e ter os dois para sempre ao meu lado. Eu os amo muito, são as pessoas mais importantes da minha vida. Sei que eu errei muito partindo e os abandonando, mas agora quero me redimir e recuperar o tempo perdido — respirei fundo. — Sei que minha avó já me perdoou e que com o Matheus vai ser mais difícil, mas não pretendo desistir.

— Ótimo! Agora posso lhe dar aulas despreocupado, assim como os dois são importantes para você, também são para mim. Eles me ajudaram muito quando eu mais precisei e se fosse para você pisar na bola com eles de novo, jamais te ajudaria com as aulas ou qualquer outra coisa.

— Fico feliz em saber do seu carinho pelos dois! Acho que acabamos de descobrir algo em comum, amamos as mesmas pessoas — aproximei-me dando-lhe um abraço fraterno. — Não se preocupe, eu não pretendo magoá-los novamente. Agora vamos entrar e tomar um café gostoso, estou morta de fome — segurei em sua mão e fui levando-o para dentro de casa.

— Moça bonita? — ele parou, puxando-me pela mão e detendo-me na entrada da sala. — Pode contar comigo para reconquistar o patrãozinho, está na cara que vocês se adoram.

— Obrigada, Gil! — dei-lhe um beijo na face. — Acho que entre nós está nascendo uma grande amizade, você é uma pessoa muito especial.

Depois dessa conversa sincera, entramos para tomar nosso café, minha avó recebeu Gil com um abraço caloroso e fez questão que ele também comesse com a gente. A conversa foi muito prazerosa! Depois nós dois seguimos para a casa de dona Anésia, conversando animadamente. Ri muito das histórias sobre as peripécias que Gil já havia aprontado nessa vida. Ele era uma companhia agradável e me trazia felicidade e bem-estar. Eu realmente não estava enganada quando disse a ele que estava nascendo ali uma grande amizade. Quanto mais eu conhecia Gil, mais meu carinho por ele aumentava.

— Olhem só quem está aqui? Janaína, minha querida, você continua muito linda! — dona Anésia me envolveu em um doce abraço. — Veja só, Antônio, nossa norinha está de volta.

— Não deixe o Mah ouvir isso! — retribuí o abraço. — Com certeza ele não vai gostar muito.

— Teimoso como é, vai dizer que você é somente uma funcionária do bar — gargalhou senhor Antônio. — Agora venha cá, também quero um abraço — puxou-me, envolvendo-me em seus braços.

— Preciso pedir perdão a vocês dois por toda a dor que causei ao Matheus. Sei que não foi nada fácil para ele e que vocês, como os pais maravilhosos que são, devem ter sofrido junto — acariciei o rosto dos dois com minhas mãos. — Eu me arrependi muito do que fiz e voltei determinada a corrigir tudo. Sei que não vai ser fácil, mas preciso tentar — meus olhos começaram a marejar. — Eu o quero de volta em minha vida. Arrependi-me no momento em que parti, mas não sabia o que fazer e acabei piorando as coisas. Na verdade, acho que estou feliz por tudo não ter passado de um golpe do Paulo e eu estar de volta. É muito bom rever e estar com todos vocês — lágrimas rolaram dos olhos de nós três.

— Não vou negar que sofri horrores com meu filho, vê-lo pensar em atentar contra a própria vida me fez chorar demais. Cheguei a odiar você, desejei coisas horríveis, muito piores do que o golpe que você sofreu — dona Anésia soltou o ar pelo nariz. — Cheguei a questionar a sua volta e confesso que, de início, não gostei nada dela. Mas após conversar muito com Antônio e ponderar sobre as considerações de Priscila, percebi que eles tinham razão, que a felicidade do Matheus está em você. Pude perceber, por mais que ele negue, mudanças no comportamento dele desde que você o procurou no Taberna. Apesar de negar ou de ainda não ter se dado conta, ele está mais feliz — ela se aproximou e olhou fixamente para dentro dos meus olhos. — Mas preciso passar um recado de mãe agora: *Não magoe meu filho de novo ou você não terá uma terceira chance. Eu te acho onde você estiver e acabo com a sua vida* — ficamos nos olhando fixamente por alguns instantes. — Não vou permitir que meu filho passe por tudo aquilo de novo e você saia impune. Entendeu?

— Quanto a mim... — Senhor Antônio limpou a garganta chamando atenção para si. — Na verdade, minha querida, se o Matheus tivesse ouvido meus conselhos, teria embarcado para o Rio de Janeiro e trazido você de volta para a vida dele, nem que fosse à força, mas ele é orgulhoso como a mãe, então... — gracejou senhor Antônio, tentando acalmar os ânimos e todos riram, menos eu, que me senti constrangida com as palavras da minha ex/futura sogra.

— Majestades! — disse Gil se referindo aos pais do Mah. — Odeio atrapalhar esse momento lindo em família, mas temos que começar nossas aulas. Não temos muito tempo e para uma garçonete crua e desajeitada como você, moça bonita, um mês é muito pouco e temos que aproveitar cada segundo disponível — falou Gil.

— Vamos para a área da piscina, organizei tudo lá com algumas bandejas e copos de plástico para não destruir toda a louça da minha mãe — emendou Priscila e foram ouvidas mais risadas.

Muito treino, tentativas fracassadas, líquidos derramados e copos caídos no chão depois, comecei a melhorar um pouquinho e conseguia equilibrar a bandeja em apenas uma das mãos por míseros segundos. Confesso que achei que seria mais fácil, talvez o Matheus tivesse razão e eu fosse estabanada demais para esse emprego. Mas eu não podia desistir, era o único emprego que eu tinha conseguido e também a chance de ficar perto do meu amor. Eu precisava dar conta e convenci meus amigos a tentar uma última vez antes de pararmos os treinos devido à proximidade do horário do almoço.

— Está legal, moça bonitinha, última tentativa e aí vamos embora almoçar porque eu estou varado de fome. Amanhã continuamos de onde paramos, ok?

Enchi-me de coragem, peguei a bandeja com os copos cheios de água e comecei a caminhar na passarela que eles haviam improvisado para que eu treinasse. Estava totalmente decidida a atravessar toda ela segurando a bandeja com uma só mão. Confesso que achei que conseguiria, mas acabei tropeçando no caminho e comecei a cair junto com a bandeja e os copos, que, felizmente, eram de plástico, pois do contrário eu iria me machucar.

Foi quando senti que fui amparada por braços fortes, senti seu cheiro maravilhoso e familiar inundar meus sentidos. Olhei para cima e me deparei com o mais lindo par de olhos verdes que já vi em minha vida. Eu estava nos braços do Mah, encarei-o com devoção e percebi que ele me olhava com amor e desejo, apesar de um pouco assustado. Ficamos nos olhando fixamente, perdi-me na imensidão daqueles olhos e pude perceber que ele também se perdeu nos meus.

Matheus

Cheguei em casa estressadíssimo. O que afinal havia dado na cabeça de Amanda? Está certo que ela estava bêbada, mas daí a praticamente me atacar, era uma coisa completamente diferente. A partir de amanhã eu teria que ficar atento para que esse episódio desagradável não voltasse a acontecer.

Resolvi tomar algumas doses de uísque e pensar em coisas mais agradáveis para ver se eu conseguia relaxar e dormir. Por mais que eu tentasse, não consegui pensar em nada mais agradável do que sentir o toque da mão de Janaína. Foi tão mágico e gostoso segurar na mão dela enquanto entregava sua gorjeta. Foi uma sensação maravilhosa que percorreu todo o meu corpo e quase me levou à loucura. E o que dizer do brilho nos olhos dela enquanto eu envolvia sua pequenina mão nas minhas e a aconselhava a tomar cuidado com a gorjeta por causa da sua mãe? Naquele momento, fiz um esforço enorme para não envolvê-la em meus braços e cobri-la de beijos.

Dirigi-me para o aparador que ficava no *hall* de entrada do meu apartamento e tirei de uma das gavetas uma foto nossa. Ela estava tão linda! Na época seus cabelos eram um pouco mais compridos e ela estava linda em um vestido preto sexy, sentada em meu colo e olhávamos um intensamente para o outro. Nossas testas coladas e nossas bocas quase se tocando. *Meu Deus, quanta saudade!*

A foto havia sido tirada pela minha irmã Priscila no meu aniversário de vinte e três anos, um ano antes de ela me deixar. Estávamos tão felizes! Por mais que eu tentasse, não conseguia enxergar quando tudo havia mudado, quando ela havia deixado de me amar e, muito menos, quando havia se tornado uma mulher interesseira como sua mãe.

Meu Deus, o que eu estava fazendo? Estaria abrindo a guarda e permitindo que ela entrasse em minha vida novamente? Isso não poderia acontecer, o medo de passar por tudo aquilo de novo inundou meu coração e me colocou em desespero. Corri para o aparador e coloquei a foto de volta na gaveta. Ela não deveria sair de lá, eu não deixaria que saísse mais.

Terminei mais uma dose de uísque, tomei um banho e fui para a cama em uma tentativa em vão de dormir sem pensar nela e mais uma vez fracassei. Por incrível que pareça, só adormeci depois que cedi aos apelos do meu coração e voltei a pensar na minha princesa, no toque da sua mão e no seu olhar fixo no meu.

Acordei tarde no dia seguinte, há tempos não dormia tão bem e pensar que isso poderia estar acontecendo por me permitir pensar nela estava me deixando louco. Eu tinha total consciência de que eu a amava e a desejava, mas o medo de que a dor e o sofrimento que passei se repetissem me consumia. Eu não queria passar por aquilo de novo e não passaria, tinha que manter Janaína longe de mim. E eu faria isso, nem que fosse a última coisa que eu fizesse em minha vida.

Como de costume fui almoçar na casa dos meus pais.

— Onde estão todos? — perguntei para Vilma, nossa empregada.

— Na área da piscina, seu Matheus.

Achei estranho, meus pais e minha irmã na piscina na hora do almoço. Meus pais raramente usavam a piscina ou as dependências dela, a não ser que houvesse uma festa ou estivessem recebendo convidados, mas, de qualquer forma, dirigi-me para lá. Levei o maior susto quando Janaína, como um trem desgovernado, veio caindo em minha direção e derrubando tudo à sua frente.

Não hesitei em segurá-la, ela podia se machucar. Quando a segurei em meus braços, nossos olhos se cruzaram e mais uma vez me senti perdido. Passei alguns segundos olhando fixamente em seus lindos olhos castanhos. Tão lindos! E ela me retribuiu o olhar com a mesma intensidade.

Foi quando dei por mim e me afastei dela sacudindo minha camisa toda molhada com o líquido que preenchia os copos que estavam sobre a bandeja que ela carregava.

— Tinha que ser você, não é, Janaína?

— Desculpa, Mah! — ela me olhava assustada. — Eu tropecei e caí, não foi de propósito.

— Calma lá, maninho! Lugar errado, na hora errada. A Jana não tem culpa se você atravessou o caminho dela logo agora — argumentou Priscila.

— Posso saber o que ela está fazendo aqui? — foi aí que caiu minha ficha. — Espera aí, não vai me dizer que o lugar que você pretende aprender e treinar suas funções no Taberna é a casa dos meus pais?

— Foi ideia da Prih — ela sussurrou baixinho.

— Vocês só podem estar de brincadeira comigo. Eu não posso nem mais almoçar na casa dos meus pais, você vai invadir minha vida e minha rotina dessa forma?

— NÃO! É claro que não! Eu só aceitei ter aulas aqui porque a Prih e o Gil acharam que eu precisava de um lugar com mais espaço para não me atrapalhar muito. Eu posso treinar na casa da minha avó, essa era a minha ideia principal — Janaína tentou se explicar, toda constrangida. *Será que eu estava pegando pesado demais?* — Você está todo molhado, se quiser eu posso passar sua camisa no ferro, em minutos vai estar sequinha.

— Creio que não será preciso, querida! O Matheus tem algumas peças de roupa que ele deixa aqui em casa no quarto que ele ocupa quando dorme conosco. Fique tranquila! — minha mãe se intrometeu no meio da nossa conversa. — Quanto às aulas, elas continuarão acontecendo aqui, podemos repensar horários para ninguém se sentir incomodado e você, filho, está sendo indelicado com a visita, não acha que deve se desculpar?

— Era só o que me faltava! Essa mulher quase acaba com a minha vida, magoa-me profundamente e quando volta é acolhida por toda a minha família e eu ainda tenho que lhe pedir desculpas?

— Não precisa! A culpa foi minha por ser tão desajeitada. Eu já estava mesmo de saída, nem sei por que insisti em mais uma tentativa — começou a se explicar. — Minha avó está me esperando para o almoço. Gil, você vai comigo?

— Claro, moça bonita! Até logo a todos!

Eles pegaram as coisas deles e foram se dirigindo para a saída, quando passou por mim, Janaína me encarou por alguns segundos. Havia tristeza e constrangimento no seu olhar, mas pude perceber que também existia amor, carinho, talvez desejo.

— Mah! — ela me chamou de volta, antes de sair. — A última coisa que eu quero é te privar da companhia da sua família, magoar e constranger você novamente. Sinto muito pelo que aconteceu aqui hoje!

Dito isso, ela virou-se de costas e se foi. E eu fiquei ali, estático, olhando na direção do lugar em que minha princesa se encontrava minutos antes.

11

Janaina

Voltei para casa calada e visivelmente abalada. A reação do Matheus me pegou de surpresa, eu não imaginava que fazia tão mal a ele ou que o incomodava tanto. Vários pensamentos povoavam minha cabeça e ainda bem que Gil me respeitou, fazendo o caminho de volta em silêncio também.

— Você está bem? — indagou Gil assim que chegamos na porta da casa de minha avó. — Quer falar sobre o assunto?

— Tudo bem! Só a reação do Mah e a maneira com a qual ele me tratou que me surpreenderam — suspirei fundo. — Eu não imaginava que minha presença estivesse fazendo tão mal a ele a ponto de praticamente me expulsar da casa dos pais dele.

— Ok! Se precisar e quiser conversar é só chamar, moça bonita! Agora preciso ir, o Tony ficou de aparecer para almoçarmos juntos.

— Bom almoço para vocês dois! Nós nos vemos à noite.

— Fique bem! Acho que o patrãozinho está passando por um momento difícil com a sua volta, mas logo tudo se ajeita, vocês se amam.

— Tomara! Gil, você se importa se mudarmos as aulas para cá? — pedi. — Não quero impor minha presença ao Matheus.

— Por mim, tudo bem, querida! Se a Priscila e os pais dela concordarem, eles parecem estar decididos sobre as aulas continuarem sendo lá.

— Eu converso com eles depois, mas acho que será melhor para todos que minhas aulas sejam aqui.

— Talvez! Seja qual for sua decisão, estou do seu lado. Agora preciso mesmo ir, se cuida! — beijou o topo de minha cabeça e partiu rumo à sua casa.

— Que carinha triste é essa? — perguntou minha avó assim que entrei na cozinha. — Você saiu daqui tão animada. O que foi que aconteceu?

Contei a ela tudo o que havia acontecido na casa de dona Anésia, desde o momento que cheguei até a hora que saí, deixando claro que minha tristeza era por causa da reação inesperada do Matheus e das coisas que ele disse.

— O pior, vó, é que não consegui segurar a bandeja nem por um minuto inteiro.

— Minha querida, as coisas são assim mesmo. Ninguém aprende algo que não sabe da noite para o dia, é preciso dedicação e treino. Você vai conseguir — abraçou-me pelas costas. — Quanto ao Matheus, dê tempo ao tempo, minha menina. Ele ainda está ferido e machucado, vai levar um tempo até se acostumar com a sua volta e presença.

— Ok! Que ele tenha o tempo que precisar, mas não vou mais impor minha presença, talvez as minhas aulas passem a ser ministradas aqui se não tiver problema para a senhora.

— É claro que não, querida. Essa casa também é sua, fique à vontade.

— Obrigada, vó! Agora vou subir e tomar um banho antes de almoçar — beijei sua testa e subi para o nosso quarto.

— Até que enfim você chegou, Janaína. Está atrasada — Amanda me repreendeu assim que cheguei ao Taberna.

— São só cinco minutos, Amanda. E posso garantir que isso não vai interferir no meu desempenho.

— Assim espero — fez uma careta entortando a boca para o lado. — O Matheus quer falar com você, pediu que fosse até a sala dele assim que chegasse — deu um sorriso irônico e completou. — Não sei o que você aprontou, mas ele está com cara de poucos amigos. Acho que seu emprego está com os dias contados — virou-se de costas e eu aproveitei para fazer uma careta bem feia para ela.

Quando vi, Gil e Prih estavam olhando em minha direção e rindo. Mais uma vez eles haviam me pegado no pulo. Isso estava começando a virar lugar-comum.

— Sinto muito por hoje cedo, amiga — aproximou-se Priscila me dando um abraço. — Sei que a reação do meu irmão a machucou.

— Você está melhor, moça bonita? — Gil acariciou meu braço.

— Pronta para o próximo *round* e parece que vai ser agora, o Matheus quer falar comigo. Melhor eu ir direto à sala dele antes que ele resolva fazer na frente de todo mundo — desviei-me deles e segui rumo ao escritório.

— Posso entrar? — perguntei após bater e entreabrir a porta.

— Claro, eu estava aguardando você — fez sinal para que eu me sentasse na cadeira à sua frente.

— Olha, Matheus, eu sinto muito por hoje na hora do almoço — comecei a falar ainda de cabeça baixa, evitando olhar nos seus lindos e irresistíveis olhos verdes. — Eu já estava de saída, só propus uma última tentativa e foi quando você chegou e tudo aconteceu. Não fui eu quem sugeriu que as aulas fossem lá, foi sua irmã e seus pais concordaram. Aliás, eu amei vê-los de novo — puxei o ar com força pelo nariz. — Se você quiser, posso mudar as aulas para a casa da minha avó. Eu não me importo e além do mais não quero lhe incomodar com a minha presença.

— Ótimo! Eu só a chamei aqui, Janaína, para conversarmos sobre essas malditas aulas e chegarmos a um acordo — levantei minha cabeça e olhei nos seus olhos, perdendo-me naquela imensidão verde. — Mas agora já está um pouco tarde e me parece que você chegou atrasada ao seu segundo dia de trabalho, portanto nossa conversa vai ter que ficar para mais tarde. Após o término do funcionamento e o fechamento do caixa, preciso que você fique até mais tarde para conversarmos. E não precisa se preocupar com horário, pretendo levá-la até sua casa para que você chegue em segurança.

— Obrigada! — desviei meu olhar do dele. — É claro que eu posso ficar. E quanto ao atraso, foram só cinco minutos, desculpe-me, não acontecerá mais.

— Excelente! Agora você pode voltar para o salão e cumprir com seus afazeres, hoje você atenderá uma mesa a mais que ontem e aumentaremos gradativamente durante todo o mês. Você acha que pode dar conta?

— Ok! — foi a única resposta que saiu da minha boca, levantei-me e saí, mas não sem antes olhar para trás e contemplar seu lindo rosto.

O restante da noite correu tudo dentro da normalidade, continuei segurando a bandeja com as duas mãos e de forma desajeitada, mas pude perceber que minha desenvoltura e agilidade haviam melhorado um pouquinho, fruto da minha primeira aula, e confesso que isso me deixou feliz. Algumas vezes, eu me senti observada e me virava para o balcão onde podia perceber que Matheus estava me olhando, mas ele sempre desviava o rosto como se não fosse com ele.

— Onde vão ser nossas aulas, amanhã? — perguntou Gil se aproximando de mim.

— Ainda na casa de dona Anésia, pelo menos até que eu possa conversar e me explicar com eles. E isso também vai depender da conversa entre mim e Matheus essa noite. Não quero e não posso ser mal-agradecida.

— Janaína, só falta você, não vai pegar sua gorjeta? — bradou Matheus visivelmente irritado.

— Vai lá, querida! Nós nos vemos amanhã pela manhã — Gil beijou-me o rosto. — Ahhhh, e se cuida! — gritou enquanto eu me afastava e joguei-lhe um beijo no ar.

— Pessoal, todos já podem ir, eu vou ficar um pouco mais porque tenho assuntos a tratar com a Janaína.

— Talvez eu deva ficar também — interrompeu Amanda. — Afinal, sou a responsável pelos funcionários.

— Não há necessidade, Amanda, eu posso cuidar disso sozinho. Até amanhã! — acrescentou fazendo sinal em direção à porta para que ela saísse.

Assim que ela se retirou, ele fechou as portas e veio em minha direção, segurou o meu punho mais uma vez com delicadeza e colocou o dinheiro de minha gorjeta em minha mão, envolvendo-a cuidadosamente com as suas. Senti todo o seu calor percorrer o meu corpo.

— Acho que não preciso lhe aconselhar novamente sobre o destino desse dinheiro, não é? — apenas assenti com a cabeça diante de seu olhar intenso.

Permanecemos daquela maneira, de mãos dadas e nos olhando intensamente por alguns instantes. O toque dele, nem que fosse só na minha mão, trazia-me sensações incríveis. Era um momento raro entre nós ultimamente e era muito bom.

— Bom! — limpou a garganta se afastando de mim e do meu olhar. — Pedi para que ficasse porque eu tenho uma proposta para fazer, o que aconteceu hoje na casa dos meus pais foi muito desagradável e confesso que me excedi. Eu lhe devo um pedido de desculpas.

— Tudo bem, acho que eu não devia estar lá. Sinto muito se minha presença lhe causa tanto mal. Como já te disse, pretendo mudar as aulas para a casa de vó Chica e, se você quiser, posso voltar à agência de empregos, tentar novos trabalhos e assim que conseguir você não precisará mais conviver comigo.

— Acho que não vai ser preciso tanto, a Priscila tem razão quando diz que a casa da sua avó é pequena e tem pouco espaço para as aulas, portanto elas podem continuar sendo na casa de meus pais, só preciso que você vá embora mais cedo para que eu não tenha que cruzar com vocês todos os dias. Além do que, não quero que você destrua a casa da vó Chica — olhei-o com reprovação. — E não adianta me olhar assim, eu não tenho medo de cara feia. Quanto ao trabalho, sou um homem de palavra, se eu disse que você vai cumprir um período de experiência de trinta dias, é porque você vai. Depois desse tempo, podemos pensar sobre o que fazer — soltou o ar pelo nariz. — Você acha que pode fazer isso por mim?

— Claro que posso, em momento algum eu quis impor minha presença. Sinto muito, de verdade, pelo que aconteceu hoje cedo.

— Estamos combinados, então — falou, dando o assunto por encerrado. — Me espere só alguns instantes que vou fechar a cozinha, o estoque e o escritório e já retorno para levá-la para casa.

— Não precisa, posso pegar o ônibus.

— De jeito nenhum, Janaína. Já está tarde para uma mulher bo... para você andar sozinha pelas ruas — corrigiu-se antes de dizer e ter que assumir que me acha bonita. — Volto logo.

Ele ainda me acha bonita!, repeti para mim mesma internamente, comemorando com uma dancinha ridícula e, toda saudosa, resolvi sentar no meu antigo banco, aquele onde eu sentava quando ainda éramos noivos e felizes, enquanto esperava ele fechar tudo e me levar para casa.

— Você está maluca? — vi Matheus avançar em minha direção com um olhar insano e me retirar à força do banco. — O que você acha que está fazendo sentada nesse banco?

— Desculpa, eu só estava te esperando...

— Que direito você acha que tem de sentar aí? — ele gritava enfurecido. — Ninguém senta aí, entendeu? Esse era o banco onde a minha falecida noiva se sentava para me esperar.

— Mah, mas eu estou viva — gritei de volta, na tentativa de ser ouvida.

— Não. Você é apenas o lado podre e ruim dela que restou — pude ver confusão em seu olhar. — Minha princesa morreu há pouco mais de um ano quando me deixou e eu descobri que tipo de mulher ela realmente era.

Afastei-me dele em transe, puxando os meus braços que ele segurava com força e através dos quais ele me sacudia com frenesi, eu agitava inconscientemente minha cabeça de um lado para o outro em negação. Abri a porta do bar e, antes de sair, olhei em sua direção e o vi totalmente transtornado, acenei um adeus com as mãos e saí correndo em direção ao caminho de casa. De longe, ouvi seus gritos me chamando.

Matheus

Aquele definitivamente não era o meu dia, depois de ouvir um sermão de meus pais por ter tratado mal a Janaína e no final ter que concordar com eles e resolver ter uma conversa séria essa noite com ela, ainda tive que colocar a Amanda no seu devido lugar por causa da noite de ontem. Quando ela me prometeu que não aconteceria mais e eu esperava que ela realmente estivesse sendo sincera. Fora passar a noite toda admirando a beleza da minha princesa e me remoer de ciúmes com os olhares de cobiça que muitos clientes lançavam para ela. E agora isso...

— Janaína, volta aqui, agora! — gritei ao vê-la sair incrédula pela porta do Taberna. — Deixa de ser teimosa, eu vou levá-la para casa.

Saindo do meu transe e voltando ao meu estado normal, concluí que ela não voltaria. Aliás, com a maneira que saiu daqui ela provavelmente devia estar longe e sozinha... *Droga! Que diabo de garota teimosa!* Fechei o bar, peguei o meu carro e saí vagando pelas ruas à procura dela. Pânico tomava conta de mim, se algo acontecesse a ela, eu não me perdoaria...

— Janaína, entre nesse carro AGORA — bradei totalmente irritado ao localizá-la e me aproximar.

— Não preciso da sua carona. As pessoas têm medo de fantasmas e se eu estou morta, eles vão correr de mim e não me farão nenhum mal. Qualquer um vai correr da alma penada. Fique tranquilo!

— Deixe de bobeira, eu estava nervoso e fora de mim — expliquei-me. — Colabora comigo e entra nesse carro agora.

— Não, eu quero ir para casa sozinha. Não preciso de você.

Acelerei meu carro estacionando no quarteirão da frente e desci caminhando a passos largos em sua direção.

— Se você não vai por bem, então vai por mal — joguei-a em meus ombros, dei um tapa em seu traseiro sem me importar com seus gritos.

— Me põe no chão agora, seu troglodita — enquanto ela esbravejava, dava-me soco nas costas e debatia-se com suas pernas.

— Você vai sentar aqui e vai ficar quietinha — ordenei com ar sério colocando-a sentada no banco do passageiro e afivelando o cinto de segurança à sua volta.

Dei a volta no carro e quando entrei no banco do motorista ela me deu um sorriso vitorioso e tentou abrir a porta sem sucesso. Tentou mais uma vez e nada. Foi aí que ela me olhou sem entender.

— Já ouviu falar em trava de segurança para crianças? — aí foi minha vez de sorrir vitorioso para ela.

O restante do percurso até a casa de dona Chica, ela fez calada com os braços cruzados junto ao peito e cara de poucos amigos.

— Dá para abrir a droga dessa porta, agora? — ela disparou em minha direção com uma expressão de raiva nos olhos.

— Claro! Só um instante, por favor — ao invés de apertar o botão no painel de controle, desci do carro e fui abrir a porta para ela.

Sem olhar para meu rosto, ela desceu rapidamente e, se esquivando de mim, começou a caminhar até a porta de entrada. Eu já havia até me esquecido o quanto ela ficava linda quando estava brava.

— Janaína, espera! — segurei o seu braço, puxando-a de encontro a mim. — Preciso me desculpar, acho que peguei um pouco pesado com você.

— Um pouco? — rebateu ainda irritada. — Você diz que eu estou morta e acha que pegou "um pouco" pesado comigo?

— Eu não sei o que me deu! — comecei a me explicar. — Ver você sentada naquele banco me remeteu ao passado e fiquei fora de mim. Lembrei-me daquela maldita noite e o medo dela se repetir tomou conta do meu ser. Sinto muito, de verdade! Eu não queria te magoar — virei-me de costas e comecei a caminhar em direção ao meu carro.

— Mah! — ao ouvir sua melodiosa voz me chamando, instantaneamente olhei em sua direção. — Precisamos conversar, acertar nossas diferenças. Temos que nos entender e nos permitir — ela se aproximou e acariciou meu rosto com a palma da mão. — Me perdoa, dá mais uma chance para nós. Eu juro, prometo a você que não vai acontecer de novo. Esquece esse medo e fica comigo.

Nessa hora me entreguei à paixão, olhando profundamente dentro dos seus olhos, eu a tomei em meus braços e a beijei com saudade e desejo. Ela se perdeu no momento, passou as mãos pelos meus ombros, emaranhou os dedos nos meus cabelos e correspondeu ao meu desejo. Ficamos algum tempo entregues àquele beijo maravilhoso.

Mas não precisou muito para minha consciência começar a me atazanar com o passado. No ímpeto, empurrei Janaína para longe de mim. Enquanto eu me afastava de costas, ela me olhava atônita e sem entender nada.

— Sinto muito, princesa, eu não posso... — faltavam-me palavras para dizer. — Eu simplesmente... não consigo.

Virei-me de costas e fui embora, deixando-a sozinha me olhando com tristeza.

12

Janaína

Fazia duas semanas desde que eu tinha pedido uma nova chance ao Matheus e havíamos nos beijado. Infelizmente, ele havia me negado a oportunidade e as coisas estavam estranhas entre nós.

Conforme combinado, continuei tendo aulas na casa de dona Anésia e ia embora mais cedo para que ele não se encontrasse comigo lá. Às vezes, ele chegava um pouco mais cedo e ficava observando minhas aulas da janela de seu antigo quarto, mas quando percebia que havia sido pego no flagra, fechava a carranca e desaparecia sem deixar vestígios.

Quanto às minhas aulas, estava melhorando a olhos vistos e estava muito animada. Tudo me levava a crer que eu conseguiria alcançar meu objetivo de manter o emprego. Apesar de as atitudes do Matheus, às vezes, desanimarem-me um pouco, queria o meu emprego porque precisava ajudar minha avó financeiramente, mas também queria estar perto dele, que a cada dia se mostrava mais distante.

Ele já nem pagava mais minhas gorjetas, acertava com todos os outros funcionários e depois pedia para que Priscila entregasse a minha. Não me dirigia mais a palavra e só conversava comigo sobre trabalho e por intermédio de outras pessoas, geralmente a Prih, a Amanda e eventualmente Gil.

A única coisa que não havia mudado é que ele continuava me observando trabalhar por detrás do balcão e a desviar o olhar quando percebia que eu havia visto, da mesma maneira que fazia na casa de seus pais, enquanto assistia de vez em quando sorrateiramente às minhas aulas.

— Pelo jeito você fez uma grande besteira, não é mesmo?

— Não entendi. O que você quer dizer com isso, Amanda?

— Esse "climão" entre você e o Matheus, está na cara que ele não está nem suportando falar com você — sorriu ironicamente. — Nunca pensei que fosse ser tão fácil tirar você do meu caminho. E nem precisei fazer nada! Você já deve estar com os dias contados aqui no Taberna.

— Eu não teria tanta certeza disso! — rebati. — Meu acordo com o Mah é que, depois de um mês de experiência, se eu estiver apta ao cargo, continuarei no emprego. E como você pode perceber, estou melhorando muito — continuei. — Nessas primeiras semanas, apesar de um pouco desajeitada, ainda não derrubei bandejas nem quebrei nada.

— Vamos ver até quando — empurrou-me para o lado e caminhou em direção ao Mah, que já estava se posicionando no caixa.

— Qual o problema, moça bonita? — aproximou-se Gil, preocupado. — O que a megera falou que lhe deixou com essa carinha?

— Me provocou, como sempre. Acho que esse virou o passatempo preferido dela.

— Não vai me dizer que você ainda lhe dá ouvidos?

— É que ela falou coisas sobre o Matheus não estar me suportando. Será que ele falou alguma coisa para ela?

— Duvido muito, o patrãozinho é muito discreto e não falaria sobre o que rolou com vocês naquela noite nem o motivo dessa distância toda. Aliás, nem nós sabemos. A única pessoa que sabe é ele próprio.

— Com certeza foi porque eu me excedi e passei o carro na frente dos bois. Acho que não era o momento certo de abrir meu coração — suspirei. — Ele estava tão entregue naquele momento que acabei pedindo perdão na hora errada, talvez eu devesse ter esperado mais. Os sinais que ele me enviou me confundiram.

— E terminou num delicioso beijo de tirar o fôlego dos dois.

— Não, Gil, terminou com ele se afastando de mim — sorri com tristeza. — Agora vamos trabalhar que daqui a pouco o bar abre e, se não estivermos prontos, a Amanda volta a encher o saco.

A noite de sábado estava muito movimentada, mais até que o normal. Por milagre a *hostess* havia aparecido para trabalhar e o Mah estava menos atarefado, o que fez com que eu percebesse que ele me observava mais vezes que o normal. Arrisquei um sorriso e fiquei muito surpresa, quando ele, todo encabulado, passou as mãos pelos cabelos e retribuiu. Nessa hora, meu mundo se iluminou e confesso que travei por alguns segundos contemplando o seu lindo sorriso.

— Ei, mocinha, você está em horário de trabalho, dá para se mexer? — Amanda bradou para mim.

— Claro, desculpa! — dirigi-me ao balcão para pegar alguns chopes e drinks que haviam me pedido.

Quando me virei, tropecei nos pés de Amanda, que estava em meu encalço e caí como uma pata no chão, derrubando a bandeja e me molhando toda. A atenção de todos no bar se voltou para mim. Gil e Priscila correram para me ajudar a levantar.

— Oh, que peninha! Acho que você acaba de derrubar sua primeira bandeja e quebrar seus primeiros copos — Amanda falou com desdém. — Que prejuízo! Alguém vai ficar sem gorjeta hoje.

— Você fez de propósito — ela sorriu com escárnio e saiu de perto de mim.

— Desculpa! — olhei nos olhos do Mah que estava se aproximando. — Vou pegar tudo e limpar, pode descontar da minha gorjeta, do meu trabalho, não me importo... — disparei a falar tudo de uma só vez e sem respirar, pegando os cacos do chão.

— Janaína, para! Olha o que você está fazendo... ficou maluca? — ele segurou meus braços com força e só então percebi que minha mão direita estava sangrando muito.

Eu havia me cortado e nem havia percebido.

— Por favor, não me manda embora. Preciso desse trabalho, eu pago o prejuízo.

— A gente conversa sobre isso depois, agora preciso levá-la ao médico. Priscila, você pode cuidar de tudo sozinha, enquanto levo a Janaína ao pronto-socorro?

— Claro, mano, sem problemas.

— Não precisa, é só um corte. Eu amarro uma toalha na mão e continuo a trabalhar.

— Ficou louca, garota? Você está sangrando muito, precisa de um médico. Gil, arruma uma toalha para envolver a mão dela para ver se dá para controlar um pouco esse sangramento até o hospital.

Meu amigo trouxe a toalha conforme lhe foi pedido e o Mah enrolou-a cuidadosamente na minha mão e me pegou no colo com todo o cuidado, como se eu fosse um cristal ou algo muito delicado que poderia se quebrar a qualquer momento. Senti-me superprotegida e a felicidade invadiu meus poros.

— Senhoras e senhores, está tudo sobre controle — Matheus explicou aos clientes que observavam a tudo preocupados. — Vou levá-la ao médico agora e tenho certeza de que tudo ficará bem. O Taberna continuará funcionando normalmente, tenham todos uma boa noite e divirtam-se.

— Matheus, você não acha que é melhor você ficar? A casa está cheia hoje, se quiser eu posso levar nossa querida funcionária até o pronto-socorro — argumentou Amanda sendo irônica e nos seguindo até o carro.

— Não tem porquê, Amanda. A Prih sabe muito bem como se virar sozinha e eu me sinto responsável pela Janaína, preciso levá-la pessoalmente ao hospital — rebateu. — Avisa a Prih que não sei se volto ainda hoje, preciso me certificar de que tudo ficará bem.

Nem preciso falar que dei um sorrisinho irônico de volta para Amanda, não é mesmo? E para completar, Matheus abriu a porta do carona para mim e me posicionou cuidadosamente no banco, debruçando sobre mim para prender meu cinto de segurança. Quando percebi o olhar atônito de Amanda em nossa direção, não pude deixar de fazer uma dancinha interna de comemoração.

Partimos para o hospital em silêncio, nos olhos dele um misto de amor e preocupação. Até quando esse homem ia fugir do que sente, de verdade, por mim?

Matheus

Fizemos todo o percurso até o hospital calados, eu não conseguia dizer nada. Na verdade, estava em pânico com todo aquele sangue que saía da mão de Janaína e o medo de que algo mais grave pudesse afetá-la, de que o ferimento fosse pior do que aparentava, paralisou-me por completo.

Quando chegamos, ajudei-a cuidadosamente a descer do carro, acomodei-a em uma das cadeiras da sala de espera e fui falar com a atendente que estava atrás do balcão da recepção. Fui informado de que Janaína deveria preencher uma ficha de atendimento e aguardar ser chamada, mas que teria que esperar um pouco, pois só havia um médico de plantão e quatro pessoas para serem atendidas na sua frente.

Como ela havia machucado sua mão direita e é destra, comecei a preencher a ficha eu mesmo e nem precisei perguntar muita coisa, é incrível como eu a conhecia bem. Na verdade, só tive que perguntar os números dos documentos, o resto preenchi por conta própria.

— Agora você precisa assinar — entreguei a caneta a ela. — Você acha que consegue?

Ela pegou a caneta com dificuldade, percebi dor em seu semblante. Com muito esforço, ela escreveu seu nome com uma letra feia e trêmula. O ferimento devia estar doendo muito. Entreguei a papelada para a atendente e voltei para me sentar ao lado da Jana, foi aí que a percebi soltar um suspiro profundo.

— Está doendo muito? — perguntei preocupado.

— Um pouco! — a voz dela embargada pela dor que ela estava lutando para não demonstrar.

— Oh, princesa, fica calma, vai passar — falei sem rodeios e segurei sua mão sã e acariciei. — O médico logo a chama, enquanto isso vamos fazer como daquela vez que você caiu e se machucou na cachoeira, lembra? — puxei-a pela mão, colocando-a em meu colo e pousando um beijo em sua testa. — Feche os olhos e pense em coisas boas que a dor passa ou ao menos ameniza. Eu estou aqui com você.

— Mah! — chamou por mim, deitando a cabeça em meu ombro e inalando o meu perfume, provocando um delicioso arrepio. —Você se lembra da minha resposta? Ela continua a mesma.

Fechei os olhos e puxei-a ainda para mais perto, lembrando-me de sua resposta. Ela estava sentada da mesma forma que agora em meu colo e disse que iria pensar em mim, porque eu era a melhor coisa e detentor dos melhores momentos da vida dela. E agora ela estava me dizendo a mesma coisa, não com palavras, mas com insinuações. Foi difícil conter os sentimentos, abracei Janaína com ainda mais força e permanecemos ali, com os olhos fechados e nossos corpos colados, absorvendo o melhor um do outro.

Mas como tudo que é bom dura pouco, o nome de Janaína foi chamado por uma enfermeira e fomos tirados da nossa bolha. Foi aí que me dei conta de que todas as pessoas que estavam esperando para serem atendidas antes dela já haviam partido e outras estavam esperando. Estávamos tão absortos em nosso momento que nem percebemos a movimentação e tão pouco vimos o tempo passar.

Janaína parou na porta que dava acesso ao consultório e olhou para mim, como se estivesse pedindo para que eu a acompanhasse. Logo me lembrei do medo e trauma que ela tinha de agulha e achei melhor entrar junto. Como eu havia imaginado, minha princesa teria que tomar anestesia para que fossem dados doze pontos no corte profundo em sua mão.

Mais uma vez me aproximei dela e segurei firme em sua mão enquanto ela escondia o rosto no meu peito. Aquela proximidade me deixava embriagado de desejo, estava me sentindo em êxtase. Percebi o quanto quero essa mulher de volta em minha vida, que se dane o passado. Mas, como sempre e sem pedir licença, minha consciência começou a me atazanar e acabei me afastando dela e me sentando em um canto da sala enquanto o médico terminava a intervenção em sua mão.

Pude perceber desapontamento em seu semblante, mas eu havia saído do meu transe e escutado a minha consciência que gritava para mim, mais uma vez, que eu deveria me afastar, manter distância dela. Que, se eu cedesse, poderia passar por tudo aquilo de novo, o que não era o que eu queria.

— Acho que já posso voltar ao trabalho — falou assim que saímos da sala do médico.

— De jeito nenhum, vou levá-la para casa. Hoje você vai descansar, amanhã veremos como está sua mão e aí sim decidiremos se você pode e deve ou não voltar ao trabalho — argumentei.

— Eu estou bem! Acho que já... — parou assim que percebeu meu olhar de reprovação. — Tudo bem, eu vou para casa, mas você vai voltar para o Taberna. Eu pego um ônibus no ponto aqui da frente e rapidinho estarei em casa.

— Nem pensar! Eu a levo para casa e a deixo lá em segurança. Vai que sua mão volta a sangrar e você precisa voltar para cá — peguei em sua mão e saí puxando-a até meu carro.

Ajudei Janaína a entrar no carro e afivelei seu cinto de segurança para que ela não movimentasse muito a mão machucada. Na verdade, eu estava com muito medo de que a mão dela voltasse a sangrar, fiquei muito assustado com a quantidade de sangue que ela havia perdido. Fizemos o restante do caminho calados. Pelo canto dos olhos percebi que ela me observava, mas preferi ignorar esse fato.

— Pronto, estou entregue em segurança — ela gracejou assim que estacionei em frente à casa de dona Chica.

— Espera que eu vou abrir a porta para você, acho que é melhor você não forçar muito sua mão hoje — dei a volta em meu carro e abri a porta para ela descer.

Logo que desceu, nossos olhares se cruzaram e se prenderam. Perdi-me na imensidão dos seus enormes olhos castanhos e percebi que o mesmo aconteceu com ela, que também se perdeu nos meus. Olhos castanhos mergulhados nos verdes e vice-versa.

— Por quê, princesa? — pelo meu olhar ela logo percebeu do que eu estava falando.

— Não sei o que aconteceu, meu pai havia falecido, eu estava me sentindo sozinha e carente, você só pensava em trabalhar, não tinha tempo para mim — suspirou fundo. — Ainda tinha as cobranças da minha mãe e minha eterna carência de amor materno. Acho que o Paulo percebeu tudo e começou a me mimar e fazer promessas, deixou-me confusa e eu acabei cedendo e cometendo o maior erro da minha vida.

— Por que você não falou comigo? Se nós tivéssemos conversado talvez tivéssemos encontrado uma solução — virei-me de costas para ela e, nervoso, passei as mãos pelos cabelos e soltei o ar pelo nariz.

— Eu tentei... Juro que tentei! Mas você estava sempre cansado e deixava nossa conversa para depois — ela argumentou, tocando minhas costas e me fazendo olhar em sua direção.

— Mas para terminar e me abandonar, você conseguiu falar comigo sem se preocupar com o meu cansaço ou qualquer outra coisa — alterei minha voz.

— Eu precisava falar, eu ia embora e você não merecia ficar sem uma explicação. Eu jamais iria me perdoar se eu partisse sem contar a verdade — estendeu a mão e tocou o meu rosto.

— Você não faz ideia do que eu passei... — afastei sua mão.

— Eu sei, sim. É o mesmo que eu estou passando agora com a sua rejeição e indiferença — fez uma pequena pausa e prosseguiu. — Talvez não tenha sido tão traumático como no seu caso, mas dói muito ser evitada por você. O fato de eu não atentar contra a minha própria vida como você fez, não significa que eu não esteja sofrendo ou sentindo sua falta.

— É muito difícil, princesa. Eu até tento, às vezes, mas não consigo. A minha consciência grita para eu não ceder sempre que algo nos aproxima. Eu não posso... — dei as costas para ela e tentei fugir de novo em direção ao meu carro.

— Matheus? — chamou-me mais uma vez e eu não resisti, olhando para ela. — Eu não vou desistir, mas também não vou lhe pressionar. Vou respeitar o seu momento. Quero você de volta à minha vida e não vou abrir mão disso. Vou lutar com todas as minhas forças para te provar e convencer que não vou te abandonar mais. Quando você estiver preparado, voltamos a conversar — aproximou-se mais e beijou a minha face. — Agora vá e pense em tudo o que conversamos hoje.

Afastei-me dela entrando em meu carro e seguindo em direção a meu apartamento, totalmente perdido e sem saber o que fazer. A única certeza que eu tinha era a de que eu ainda amava aquela mulher e que ela também parecia me amar. Mas até que ponto eu poderia confiar na sinceridade de seus sentimentos e de suas palavras?

13

Janaína

A minha terceira semana de trabalho caminhou bem. Estava bem melhor nas minhas aulas e tudo levava a crer que garantiria o meu trabalho de forma definitiva e com louvor, porém estava cada vez mais longe de alcançar o coração do Matheus.

Depois de nossa conversa sincera após ele me levar para casa, naquela noite em que machuquei minha mão, ele voltou a ficar distante e a me evitar. Eu estava cumprindo a minha parte, fazendo um esforço enorme para não impor minha presença nem o pressionar.

Confesso que estava sendo difícil e complicado, eu queria muito me acertar de vez com ele, mas tinha que esperar o momento certo. Eu já havia percebido que tentar adiantar as coisas só o afastaria mais. Matheus estava com medo e inseguro e cabia a mim esperar que ele se sentisse preparado e provar-lhe que o passado não se repetiria mais.

— O que vamos fazer, Mah? O crítico vem hoje e a Larissa acaba de avisar que não vem e vai nos deixar na mão em um dia tão importante — ouvi Priscila e Matheus conversando assim que cheguei ao Taberna, para mais um dia de trabalho e aproveitei para passar pelo escritório e ver se eu via o Matheus, para matar a saudade que me consumia.

— Vamos fazer como sempre, um de nós dois ficará recepcionando os clientes no lugar dela e podemos revezar na função também. Sempre deu certo.

— Não podemos correr esse risco e você sabe muito bem disso. Tudo tem que estar impecável e dar muito certo, você sabe o quanto essa revista é exigente. Estamos esperando essa oportunidade há anos, não podemos desperdiçá-la por causa da irresponsabilidade de uma funcionária.

— Ok! O que você quer que eu faça? Vou conversar com a Larissa assim que possível e ela será demitida — suspirou fundo. — Mas hoje não sei o que fazer, e se colocássemos a Amanda no lugar dela?

— E ficaríamos descobertos, sem uma gerente. Daria na mesma. Precisamos achar outra solução. Mas qual?

— Oi! — os dois se assustaram olhando em minha direção, vendo-me entrar no escritório e provando, como eu já imaginava, que eles não haviam notado a minha presença. — Desculpa interromper, mas eu ouvi, sem querer, a conversa de vocês e acho que eu posso ajudar.

— Sem querer, Janaina? É muito feio ouvir conversa dos outros, sabia? — Matheus me atacou.

— Desculpa! Cheguei para trabalhar e vocês estavam conversando, foi impossível não ouvir.

— Não é hora para frescura, Matheus — ralhou Priscila. — Se ela tem uma sugestão para nos ajudar, deixe-a falar — os dois olharam interrogativamente em minha direção.

— Posso ficar no lugar da Larissa, tenho boas roupas e tive uma educação diferenciada — olhei para um e para o outro de forma apreensiva.

— De jeito nenhum! — respondeu Matheus com cara de poucos amigos. — O combinado entre nós é o cargo de garçonete e nada mais. Você é mais cara de pau do que eu imaginava, oferecendo-se para tomar o lugar de outra funcionária.

— Essa não é minha intenção, juro. Só quero ajudar.

— Faz favor de voltar para o salão e assumir o seu posto. Era só o que me faltava.

— Sinto muito, eu só pensei em ajudar — saí do escritório de cabeça baixa e triste com a maneira que ele havia me tratado e por saber o que estava pensando a meu respeito.

Voltei para o salão e comecei a arrumar as mesas que eu iria atender. Aproximadamente uns vinte minutos depois, Gil me avisou que Priscila e Matheus queriam falar comigo. Apreensiva, caminhei em direção ao escritório com medo do que eles iriam me dizer. Será que me mandariam embora porque, sem querer, ouvi a conversa dos dois?

— Posso entrar? — perguntei após bater e entreabrir a porta.

— Entra — falou Matheus, que estava sentado à mesa, visivelmente irritado. — Eu e minha irmã conversamos mais um pouco sobre a sua proposta e chegamos à conclusão de que não temos outra saída. Você vai assumir o lugar da Larissa hoje, mas "só hoje" — deu ênfase às suas últimas palavras. — Dispensaremos os serviços dela e contrataremos uma nova *hostess*, mas amanhã mesmo você volta a ser garçonete. E não adianta argumentar nem querer negociar. Entendeu?

— Entendi! Pode ficar tranquilo, não quero roubar o lugar de ninguém. E se você acha que eu só sirvo para ser garçonete do seu bar, quem sou eu para discutir — engoli em seco encarando o seu olhar. — Tenho muito orgulho de ser uma garçonete, do meu primeiro emprego, e se é me humilhar o que você quer, saiba que não vai conseguir.

— Oh, minha amiga, desculpa! — tentou conciliar Priscila. — Meu irmão só está nervoso com a situação da noite de hoje, a visita desse crítico é muito importante para nós.

— Eu sei, por isso me ofereci para ajudar — conversei com ela, ignorando a presença de Matheus, que nos olhava sem saber o que dizer. — Agora eu preciso ir até em casa trocar de roupa e me arrumar.

— Vamos, vou pedir para o Gil pegar meu carro e levá-la até lá para você não se atrasar — minha ex-cunhada foi saindo pela porta e eu a segui.

— Jana — ouvi a voz sexy e rouca do meu amor me chamando e parei na porta, olhando em sua direção. — Desculpa, eu não queria te humilhar. Eu só estou nervoso e irritado com a situação e acabei descontando em você — engoliu em seco e ajeitou os cabelos de forma nervosa. — Acho que eu estou com ciúme antecipado também. Sei que você vai ficar muito linda e vou ter que me controlar muito para não quebrar a cara dos clientes engraçadinhos.

— Mah? — comecei a caminhar na direção dele.

— Por favor, Janaína — fui interrompida de supetão. — Não diga nem faça nada, ainda não estou preparado. Vá e volte logo, não quero que você se atrase.

Suspirei fundo e saí da sala, louca de desejo de tocá-lo, porém respeitei sua vontade.

— O quê? O patrãozinho falou isso? — indagou Gil, todo empolgado depois que lhe contei o final da minha conversa com Matheus. — Precisamos te deixar ainda mais linda do que já é. Ele precisa ficar louco, a ponto de não resistir. Vamos ver o que você tem aqui para se produzir para matar — soltou uma gargalhada.

Depois de muito discutir e escolher, optamos por um vestido amarelo com a frente recatada e com um profundo decote na parte de trás que deixava minhas costas todas à mostra, o que dava um charme a mais à minha roupa. Nos pés, optamos por sandália azul turquesa de saltos altíssimos. Fiz uma maquiagem mais elaborada, porém sem me tornar vulgar. Gil me ajudou na finalização e confesso que ficou muito bom. Prendi os cabelos em um coque solto e displicente. E completei com acessórios dourados com strass, brincos e um belo bracelete.

— Se o patrãozinho não sucumbir ao seu charme e beleza hoje, moça bonita, eu não me chamo Gil — elogiou, vendo-me pronta.

Já estava na hora de irmos, aliás, já estávamos atrasados e Gil teria que correr para chegarmos a tempo no bar. Mas isso era o que menos me importava no momento, depois do final da minha conversa com Matheus, eu estava mais animada. Apesar da distância que ele estava mantendo de mim, ele ainda me queria e até assumiu sentir ciúmes. Descemos as escadas e minha avó se emocionou quando me viu.

— Você está linda, minha menina!

— Obrigada, vozinha! Deseje-me boa sorte!

— Tudo vai dar certo, minha querida, eu tenho certeza disso — beijou minha testa e nos acompanhou até a porta.

Fiquei calada durante todo o percurso, totalmente nervosa e ansiosa pela reação do Mah e também por cumprir minha função da forma certa para ajudar o meu amor. Era a primeira vez, desde que voltei, que ele precisava de mim. Contava comigo para as coisas darem certo e eu sentia que não poderia falhar. A responsabilidade era grande.

— Nervosa? — Gil me perguntou assim que estacionamos em frente ao bar.

— Muito, Gil. Eu estou bem mesmo?

— Está perfeita, fique tranquila. Vamos ter que providenciar um babador para o patrãozinho — gargalhou. — Agora vamos entrar, não quero perder a reação dele ao vê-la por nada nesse mundo.

— Chegamos! — Gil anunciou assim que passamos pela porta.

Meus olhos instantaneamente procuraram por Matheus, que me olhava estático, completamente em transe. Passou a língua pelos lábios e continuou me olhando todo embasbacado, o que eu correspondi mordendo meu lábio inferior. Fui me aproximando dele, que me atraía com o olhar, como um ímã. Quando estávamos muito próximos, percebi ele me olhar de cima a baixo cheio de desejo. Sorri. Ele sacudiu a cabeça como se quisesse se livrar de minha imagem em sua mente.

— Amanda, por favor, explique para a Janaína como ela deve proceder como nossa *hostess*, tenho algumas coisas para resolver — olhou-me novamente com confusão no olhar. — Gil, prepara um uísque duplo e leva ao meu escritório.

— Parece que o tiro saiu pela culatra, querida — sorriu cinicamente, Amanda. — Ao invés de se aproximar, ele preferiu fugir de você.

— Não sei do que você está falando, estou aqui para trabalhar.

— Me engana que eu gosto — gargalhou, provocando-me.

Achei melhor não dar corda para ela, não queria criar mais confusão, pois não queria deixar o Matheus e a Priscila mais nervosos e apreensivos do que já estavam por causa da visita do crítico da revista.

Depois de ser orientada sobre a minha função, as portas do Taberna foram abertas e começamos a trabalhar. Pude perceber que Matheus estava bebendo mais do que o normal e o atraso do crítico não estava ajudando muito. E a casa estava cada vez mais cheia.

— O Mah não está bebendo muito? — perguntei me aproximando do Gil, assim que tive uma folga.

— Desde de que a viu chegar maravilhosa. Parabéns, você abalou as estruturas do seu bofe, amada! — não pude deixar de sorrir com a ideia, que muito me agradou.

— Estou falando sério, vai acabar estando bêbado quando o tal crítico chegar e isso não vai ser nada bom para ele nem para o bar.

— Se é essa a sua preocupação, pode ficar tranquila, o bofe chegou e é tudo de bom!

Meu Deus! Dizer que o Gil estava dizendo a verdade sobre o cara que acabara de chegar no Taberna, era pouco. O homem, moreno, alto e de olhos azuis que se encontrava na porta do bar, era um perfeito deus grego. Um homem que, com toda certeza, arrancaria-me suspiros se eu não fosse tão apaixonada pelo Matheus. Mas, como olhar não arranca pedaços, não pude deixar de admirá-lo.

— Boa noite! — sorri e caminhei com graciosidade em sua direção. — Em que posso ajudá-lo, senhor?

— Boa noite! — sorriu para mim com segundas intenções. — Só a visão de tão linda mulher já me é de grande ajuda — segurou minha mão e a beijou delicadamente. — Vejo que se machucou recentemente.

— Foi só um pequeno acidente de trabalho — respondi corando dos pés à cabeça. — Mas já está bem melhor. O senhor quer mesa para quantas pessoas? — tentei mudar de assunto, tentando sair de uma possível situação constrangedora.

— Permita que me apresente, eu sou Fernando Gonzáles, crítico da revista Bem Viver. Sorriu, mostrando seus dentes brancos.

— Claro, desculpe-me, estávamos esperando por você. Por aqui, por favor — fiz sinal para que me seguisse. — Vou levá-lo até sua mesa e, em seguida, chamarei os proprietários para conversarem.

— Que pena! Preferia mil vezes ser ciceroneado por você.

— Não se preocupe com isso, eles são pessoas muito gentis, te tratarão muito bem, com a mesma educação que eu. Talvez até mais.

— Mas são tão lindos como você? — perguntou, puxando-me pelo braço, impedindo-me de sair de perto da mesa.

— Janaína, algum problema? — reconheci de imediato a voz rouca e sexy de Matheus.

— Não, eu estava mesmo indo chamar você e a Prih. Esse é o senhor Fernando...

— Gonzáles, o crítico que estávamos aguardando — ele completou minha frase, cortando-me com um olhar acusador. — Acho que agora você pode voltar ao seu posto, mas antes avise a Priscila que nosso amigo chegou.

— Claro! Com licença!

— Um momento, senhorita — Fernando insistiu. — Tem certeza de que não quer se juntar a nós?

— Obrigada, senhor, mas estou trabalhando no momento — sorri amigavelmente.

— É realmente uma grande pena! — tornou a pegar minha mão e beijá-la, jogando todo o seu charme.

Percebendo Matheus fechar as mãos em punho e seu olhar de reprovação, abaixei minha cabeça e me afastei desconcertada, passando para avisar Priscila e depois reassumindo meu posto.

— Que babado foi esse, moça bonita? — Gil se aproximou rapidamente para gracejar. — Dois *deuses gregos* disputando você? Foi isso mesmo que eu vi?

— O Mah está irado comigo, criou o maior "climão" com o crítico, fiquei até com medo de que ele colocasse tudo a perder. Só espero que a Prih consiga acalmar os ânimos por lá.

— E quando eu lhe disse que ele estava bebendo por sua causa, você não acreditou. Eu se fosse você usava o bonitão para deixar o patrãozinho louco de ciúmes.

— Nem brinca com uma coisa dessas — olhei em direção à mesa e pude perceber os dois me observando, um, louco de ciúmes e o outro com segundas e até mesmo terceiras intenções.

— Ei, Gil, você está em horário de trabalho — Amanda chamou sua atenção. — Estamos recebendo um crítico importante e você tem muitos *drinks* para fazer. Dá para parar com a sala de visitas?

Gil fez uma careta para ela, que me fitou de cima a baixo com um misto de inveja e desdém e depois voltou a assumir suas funções.

Matheus

Fazia alguns dias que não conversava com a minha princesa, mas isso não significava que eu a tinha esquecido ou que não a amava. Muito pelo contrário, a cada dia eu sentia que a queria ainda mais. Mas a minha maldita consciência mandava que eu me mantivesse afastado e era isso que eu fazia.

Foi por isso que naquele dia, quando ela se ofereceu para ser *hostess* do meu bar, eu pirei e a ofendi. Não porque eu achava que ela não tinha talento para a coisa, eu sabia que tinha e que a função era mais apropriada para ela do que a de garçonete, mas tinha total consciência de que ela ficaria linda e eu iria sucumbir à sua beleza. Fora a raiva que eu sabia que iria passar com os clientes lançando olhares lascivos para ela. Enfim, fui tomado pelo ciúme. Mas acabei caindo em mim e me desculpando com ela antes que as coisas pudessem ficar piores.

Só não contava com o fato de ela ficar tão linda a ponto de chamar até mesmo a atenção do crítico da revista "Bem Viver". Ao vê-la chegar ao bar, fiquei totalmente embasbacado e perdi a fala, tive até que tomar uma dose dupla de uísque para me acalmar. E com Fernando, o crítico da revista, não foi diferente. Ele se encantou por ela no momento em que a viu e fiquei doente de ciúmes. Senti vontade de dar na cara dele, só não fiz porque poderia botar tudo a perder, precisávamos muito de uma crítica positiva na revista, seria muito bom para o Taberna.

Minha irmã, percebendo minha irritação, procurou conduzir toda a conversa com Fernando por conta própria. Fiquei a maior parte do tempo calado e observando as investidas dele para cima de Janaína, com olhares para lá de insinuantes. O que me acalmou um pouco foi o fato de perceber constrangimento da parte dela. Mas minha maldita consciência começou a entrar em ação, criando fantasmas em minha cabeça. E comecei a sentir medo de ser trocado por ela mais uma vez. Não estávamos juntos, mas eu não suportaria que a levassem para longe de mim novamente. Precisava fazer algo para me garantir e mudar essa situação.

A noite estava passando lentamente, não via a hora daquele crítico ir embora. Ele estava me tirando o sossego. Queria ele fora do meu bar o mais rápido possível e bem longe do campo de visão da minha Janaína. Depois que ele avaliou tudo, inclusive nossa comida e cozinha, finalmente chegou o momento de ele ir embora e, como bons anfitriões que somos, eu e Priscila o acompanhamos até a saída.

— A próxima vez que eu vier aqui gostaria da sua companhia, bela Janaína — Fernando falou lançando um olhar cheio de desejo para minha princesa.

— Próxima vez? — perguntei incrédulo.

— Claro, é um excelente lugar, com boa comida, ótimo preço e uma linda mulher — respondeu com um sorriso torto nos lábios, encarando Janaína descaradamente.

— Creio que não será possível, senhor — Janaína respondeu com firmeza e segurança. — Visto que estarei trabalhando.

— Acho que algumas poucas horas e até mesmo minutos não será problema para os proprietários, não é mesmo? — indagou, encarando a mim e minha irmã.

Mais uma vez naquela noite minhas mãos se fecharam em punho e fiz cara de poucos amigos. Minha irmã interveio de novo, afastando Fernando e o acompanhando até a saída, procurando acalmar os ânimos e, tentando ser gentil, disse que seria um caso a se pensar. Ela que nem pensasse em fazer isso, ou eu não responderia por mim.

— Ele é da capital e deve ter grana, quem sabe você não recupera tudo que perdeu indo embora com ele? — despejei toda a minha ira sobre a Jana.

— Como é? — perguntou incrédula e demonstrando decepção e tristeza. — O que você pretende me dizendo isso?

— Nada de mais! Você já foi embora uma vez para se casar com um homem "rico" — fez sinal de aspas com os dedos. — Talvez queira aproveitar a oportunidade e repetir a dose.

— Não acredito que você está falando isso para mim. Você sabia que posso denunciá-lo por assédio moral? Sou sua funcionária e estou no meu local de trabalho, você precisa tomar cuidado com as coisas que diz. Mas quer saber de uma coisa, Matheus? — ela falou encarando meus olhos. — Você devia me agradecer pelo que fiz pelo seu bar hoje, mas não vou discutir, vou passar por cima disso porque você bebeu mais do que devia e está fora de si, falando coisas da boca para fora. E, de repente, nós dois podemos nos arrepender das coisas que vamos dizer. Mas espero que isso não torne a se repetir ou tomarei medidas cabíveis contra você, que não deve nem pode me ofender dessa maneira — deu-me as costas e foi saindo do meu lado.

— Espera aí — puxei seu braço, virando-a em minha direção novamente. — Vai fugir da raia?

— Não, Matheus, eu vou para casa descansar, porque fiquei em pé a noite inteira de salto e estou exausta.

— Me deixa levá-la para casa? — aproximei minha cabeça de seu pescoço aspirando seu delicioso perfume, fazendo-a arrepiar todinha.

— Melhor, não — afastou-se insegura.

— Por que não? — insisti.

— Porque, como eu já disse, você bebeu e pode se arrepender depois. E eu não quero mais ser motivo de arrependimento. Todas as vezes que tentei uma aproximação você se afastou de mim — passou a língua pelos lábios e fez uma pausa, provavelmente tentando decidir o que deveria dizer. — Além do que, na nossa última conversa, eu disse que ia esperar você se resolver, sentir-se seguro e superar o que aconteceu no passado... E é isso que eu pretendo fazer.

— Posso ter mudado de ideia, superado o passado e querer ficar definitivamente com você.

— Mentira! Não superou nada, se isso tivesse acontecido você não teria jogado na minha cara duas vezes a história do crítico, nem me dito as coisas absurdas que falou, correndo até mesmo o risco de ser processado por mim. Essa é a maior prova — soltou o ar pelo nariz se mostrando cansada.

— Como você pode ter tanta certeza disso?

— Porque eu te conheço há anos e muito bem. Por mais que eu queira ficar com você e, pode acreditar, eu quero MUITO, esse não é o melhor momento — ergueu a mão e acariciou meus cabelos. — Vou te dar um conselho, vai para casa, Mah. Tome um bom banho para se livrar da bebedeira e tenha uma ótima noite de sono. Amanhã você vai agradecer por eu ter feito e dito isso. Mas lembre-se, da próxima vez, pense duas vezes antes de me ofender, posso não mais passar a mão sobre sua cabeça — beijou minha face com carinho. — Agora preciso mesmo ir, já é tarde e o Gil está me esperando.

Após dizer isso, ela virou as costas e me deixou sozinho no meio do salão do Taberna, perdido em meus pensamentos.

14

Janaína

— Não acredito que você falou isso para o meu irmão — extravasou Priscila, mostrando-se incrédula, durante a minha aula na casa de seus pais.

— Patrãozinho deve ter ficado irado — gargalhou Gil.

— O que vocês queriam que eu fizesse? — argumentei. — Ele tinha bebido e inicialmente tentou me atacar. Conhecendo o Mah como eu conheço, hoje ele estaria se distanciando ainda mais de mim, arrependido por ter traído sua consciência. Você sabe disso, Prih — suspirei fundo. — Ele estava tomado pelo ciúme, talvez quisesse marcar terreno, mas, quando voltasse a si, ia se odiar por ter ficado comigo. Fora que ele poderia me magoar profundamente e, no calor do momento, eu poderia cometer uma loucura, como, por exemplo, denunciá-lo por assédio. Aí sim, eu e ele colocaríamos tudo a perder.

— Nisso eu tenho que concordar com você, essa realmente seria a possível reação do meu irmão — acomodou-se melhor na cadeira da piscina em que estava sentada. — Mas você já parou para pensar que você pode ter perdido uma grande oportunidade de ficar com ele e matar a saudade?

— Pensei sim e me puni a noite inteira por isso. Quase nem dormi, pegando fogo de desejo. Mas continuo achando que fiz a coisa certa, apesar de tudo.

— Disfarcem, garotas, mas acho que devemos voltar para nossa aula, estamos sendo observados do andar de cima — avisou Gil.

— O Matheus? — perguntei curiosa.

— Exatamente! E os olhinhos estão brilhando, mas não olha ainda — pegou a bandeja e levou até minha mão. — Disfarça e deixa para olhar depois, ok?

E foi o que eu fiz, segurei a bandeja e caminhei dando duas voltas em torno da piscina e, no final, olhei para cima para poder vê-lo. E ele permaneceu lá, sem se mover. Pela primeira vez, não se esquivou nem tentou se esconder, simplesmente continuou me olhando com um sorriso torto e MUITO sexy. A imagem mais atraente que já vi. Sorri de volta timidamente e continuei minha aula, de vez em quando olhando em sua direção e vendo que ele permanecia lá, com o olhar penetrante e sorriso perfeito.

Vai entender os homens, dizer não a ele, mostrar que não levaria mais desaforo para casa e com isso ameaçar processá-lo por assédio havia surtido um efeito muito melhor do que beijá-lo ou tentar conversar.

A aula prosseguiu em paz e tenho que confessar que ser observada por Matheus me animou bastante e me fez ter um avanço maravilhoso. Estava me sentindo feliz e minha felicidade tem nome "*Matheus Vasconcelos*".

— Janaína — já estava indo embora quando ouvi a voz rouca e sexy dele entrar em meus ouvidos e me arrepiei de prazer. — Posso falar com você um instante?

— Claro! Algum problema?

— Eu só queria lhe agradecer por ontem, você fez um ótimo trabalho.

— Obrigada, mas não precisa agradecer, fiz com o maior prazer.

— Que bom! Posso lhe pedir outro favor? — sorriu lindamente. — É que vou demitir a Larissa hoje e... será que você pode trabalhar de *hostess* essa noite de novo? Vai que o crítico volta, não queria correr o risco de ele achar que o enganamos.

— Tudo bem, sem problemas — respondi sorrindo e, no fundo, achando graça da sua justificativa. Afinal, quais as chances de um crítico de uma revista conceituada da capital visitar um bar de uma cidade do interior dois dias seguidos?

— Nos vemos hoje à noite, então. Até mais!

— Até! Beijo! — surpreendendo-me, ele me puxou para perto e me deu um selinho nos lábios, afastando-se depois sem dizer nem uma só palavra.

A dúvida sobre o que vestir me dominou naquela noite, fora a ansiedade e a reação do Mah ao me beijar, acabei pedindo a ajuda de Gil para me decidir. Quando falei com ele, a Priscila estava por perto e fez questão de vir junto. E agora eu estava ali com o meu guarda-roupa inteiro sobre a cama e os dois discutindo qual roupa eu deveria usar.

—Vocês não estão me ajudando muito com essa discussão — adverti os dois. — Preciso resolver logo o que vestir ou vou me atrasar.

—Voto no vestido azul-marinho, vai enlouquecer o patrãozinho — respondeu Gil

— Pois prefiro o preto com detalhe em paetês, muito mais chique — retrucou Priscila.

—Ok! Então vamos desempatar essa votação — concluí. —Vou chamar vó Chica e ela desempata escolhendo o que mais lhe agrada. O que acham?

— Por que você mesma não escolhe? — indagou Prih.

— Porque estou em dúvida. Se eu soubesse o que usar, não teria chamado vocês aqui — expliquei.

— Bom, se não tem outra alternativa, vamos à opinião de dona Chica — completou Gil.

Desci as escadas e pedi a ajuda de minha avó, que ficou muito contente em ajudar. Minha mãe, curiosa, subiu atrás de nós e entrou no quarto, provavelmente iria dar sua opinião indesejada.

— E então? — perguntei toda animada, mostrando os dois vestidos para minha avó.

— Você fica linda de qualquer maneira, minha querida, mas vou escolher o azul-marinho.

— Está vendo só, "patroinha"? A dona Chica tem muito bom gosto — provocou Gil.

— Podem parar os dois, agora vocês precisam me ajudar a me arrumar e não quero brigas e nem discussões. Entenderam?

— Não sei para que tanta produção para trabalhar em um boteco — provocou minha mãe.

— E eu não sei o que a senhora está fazendo aqui se não a chamei.

— Que coisa mais feia, Janaína, respondendo para sua mãe com grosseria na frente de todos. Você já foi muito mais educada — saiu sacudindo a cabeça em negativa.

— Não ligue para as provocações de sua mãe, minha querida. É exatamente isso que ela quer — aconselhou-me vó Chica percebendo minha tristeza ao ouvir as palavras de minha mãe.

— Isso mesmo, moça bonita, mãos à obra que temos que te deixar maravilhosa — gracejou Gil e Priscila concordou com um sorriso.

Quase uma hora depois, eu estava pronta, o vestido escolhido foi o azul-marinho, todo drapeado, que moldava bem o meu corpo, na altura dos joelhos, alças largas com enchimento no decote, o que deixava meus seios mais fartos e evidentes. Priscila e Gil fizeram cachos nos meus cabelos que ficaram soltos na altura dos meus ombros, dando ar sofisticado. Uma maquiagem bem elaborada, scarpins rosê e acessórios prateados completavam o meu look.

Quando chegamos ao Taberna, Matheus me devorou novamente com os olhos e me deu um sorriso sacana e cheio de segundas intenções. Acho que nem preciso dizer que amei as sensações que ele despertou em mim. Sorri de volta e cuidei de assumir minhas funções. Ainda estava firme no propósito de só voltar a me entender com ele quando estivesse preparado e voltasse a confiar em mim. Mas confesso que, com os últimos acontecimentos, ia ser complicado resistir aos seus encantos.

O restante da noite foi tranquilo, o crítico não voltou, o que me deixou muito mais aliviada. Apesar de acreditar que ele não voltaria, no fundo eu tinha medo de uma possível reação inesperada do Matheus, que podia colocar tudo a perder. Ontem pude perceber que ele havia se segurado no limite para não apelar. Fora que eu não estava nem um pouco a fim de ser assediada pelo Fernando novamente, isso havia me incomodado bastante. A minha cota de assédio já havia se esgotado por ontem, por causa dele e do Matheus. Tive assédio suficiente por apenas uma noite.

Eu e o Mah trocamos vários olhares e, no final da noite, ele acertou comigo as duas noites que eu havia trabalhado como *hostess*, o que me fez acreditar que a partir de terça-feira eu voltaria a ser garçonete, mas não me importei com isso. Para estar ao lado dele e ajudar minha avó, eu seria até mesmo a faxineira do bar. Fora que, no momento, só de estar trabalhando ao lado dele e sem que ele me evitasse, já era um grande avanço.

A maneira tímida com que ele olhou para mim me fez perceber que não rolaria mais nada entre nós, pelo menos naquela noite. Com certeza ele havia se arrependido do selinho que me deu, pelo jeito voltaríamos à estaca zero. Mas pelo menos ele não estava me evitando mais. Juntei minhas coisas e fui embora com Gil. Assim que saímos, vimos Tony esperando por ele na esquina e me lembrei de que havia esquecido meu casaco.

— Vá com ele — falei para Gil ao perceber seu olhar apreensivo e o desejo de estar com seu namorado. — Vou aproveitar que o Taberna ainda está aberto, buscar o meu casaco, depois aproveito e pego o ônibus ali na esquina e rapidinho estou em casa.

— Tem certeza disso, moça bonita?

— Absoluta, amigo! Vá ser feliz! — ele beijou o meu rosto e eu voltei para o bar.

A porta da entrada já estava fechada, mas como eu sabia que o Matheus sempre ficava um pouco mais, forcei e vi que estava destrancada e entrei sorrateiramente na pretensão de pegar meu casaco e seguir para casa. Achei-o atrás do balcão, onde eu havia deixado e quando estava saindo ouvi uma música vindo do escritório. Curiosa, caminhei até lá e vi o Mah tocando violão e cantando com sua voz sexy a música "Flor e o beija-flor", da Marília Mendonça.

Sem perceber minha presença, ele fechou os olhos e continuou... quando os abriu, viu-me e olhou profundamente para mim, como se estivesse enxergando minha alma, e finalizou a música...

"Ai, que saudade de um beija-flor
Que me beijou depois voou
Pra longe demais
Pra longe de nós

Saudade de um beija-flor
Lembranças de um antigo amor
O dia amanheceu tão lindo
Eu durmo e acordo sorrindo"

— Desculpa! Eu não queria incomodar, vim buscar meu casaco e, quando ouvi a música, não resisti e fiquei escutando — expliquei-me.

— Onde está o Gil?

— Ele já foi, o Tony estava esperando por ele. Acho que foram namorar — sorri sem graça.

— Você vai embora como? — indagou interessado.

— Vou pegar o ônibus na esquina. Aliás, já preciso ir ou vou perdê-lo. Até amanhã! — despedi-me e fui saindo.

— Fica! — senti sua mão em meu braço, puxando-me para um beijo quente e cheio de desejo.

— Mah? — afastei-me já sem fôlego. — Não sei se é o momento certo, sinto que você ainda tem tantas dúvidas e que o medo ainda te ronda.

— Quero você, princesa! Preciso de você e do seu calor! — encarou-me com fogo nos olhos, prensando-me contra a parede, impedindo-me de fugir. — Além do que, hoje não estou bêbado como ontem, estou totalmente consciente e não terei do que me arrepender.

— Eu não tenho tanta certeza disso — apontei para a garrafa de uísque em cima da mesa ao lado do violão.

— Foram apenas duas doses, é preciso muito mais para me derrubar — puxou-me de encontro ao seu corpo, beijando-me ardentemente.

Não resisti e me entreguei ao momento, correspondi ao seu beijo, nossas línguas se entrelaçaram e dançaram em nossas bocas. *Que delícia!* Ele começou a descer a cabeça distribuindo beijos pelo meu pescoço e descendo pelo meu corpo inteiro, brincando com os meus seios enquanto retirava o meu vestido.

— Eu te amo! — voltou a encarar meu olhar e a me beijar com mais desejo.

Sussurrou que me amava e que estava com saudade, enquanto beijava cada parte do meu corpo. Nesse momento, já estava totalmente entregue e não havia mais saída. Retribuí cada sussurro com um beijo e fui retirando sua roupa e deixando seu corpo maravilhoso e malhado exposto. Ele estava ainda mais lindo do que antes, seu corpo agora era perfeito, forte e másculo. O tempo estava fazendo bem ao meu amor, deixando-o mais irresistível do que já era.

Amamo-nos intensamente, fazer amor com o Mah era especial, não dava para comparar com mais nada. Perdi-me com aquele corpo perfeito em contato com o meu, senti arrepios de prazer e pude perceber que ele estava tão entregue ao momento quanto eu. Foi maravilhoso estar nos braços dele, fizemos amor até ficarmos completamente exaustos, tanto devagar quanto selvagem, de todas as maneiras e posições possíveis, em cima da mesa, sobre o tapete, no pequeno sofá, até que adormecermos, um nos braços do outro.

Acordei no dia seguinte sentindo falta do corpo do Matheus junto ao meu. Levantei sonolenta e dolorida, mas a dor me trazia lembranças boas. Suspirei fundo e levantei para procurar o Mah. *Onde será que ele estava?* Foi aí que o meu mundo caiu. Sobre a mesa dele havia um recado dirigido para mim:

"Janaína,
Obrigado pela noite de prazer, você foi maravilhosa!
Espero que tenha entendido o significado dela.
Espero também que esse dinheiro seja suficiente.
Se não for, é só dizer que providenciarei a diferença.
Matheus"

P.S.: deixei o cadeado do portão por onde descarregamos as mercadorias, ao lado do bar, aberto. É só você trancá-lo quando sair. Tanto eu quanto a Priscila temos a chave.

De súbito, fui tomada pela raiva, não conseguia entender por que ele havia feito isso comigo. *Qual a intenção dele?* Com certeza, queria me punir.

Mas, desta vez, ele havia ido longe demais, estava me tratando como uma qualquer, pagando-me por uma noite de amor como se eu fosse uma prostituta. Isso não ficaria sim. Com muito ódio, vesti minha roupa, peguei minhas coisas, o bilhete e o dinheiro e peguei um ônibus em direção ao apartamento dele. Por essa ele iria me pagar!

Matheus

Acordei no dia seguinte com a Jana em meus braços. Ela estava tão linda, parecia um anjo dormindo tranquilamente. Fiquei observando seu lindo rosto, seus traços delicados, o nariz fino, os enormes olhos que se encontravam fechados, a boca carnuda e a pele macia. Senti seu cheiro, que me invadiu provocando sensações maravilhosas, instantaneamente meu membro se animou.

Sorri encantado, mas de repente comecei a entrar em pânico. Um medo absurdo e assustador começou a tomar conta de mim e minha consciência a gritar para que eu saísse de lá o mais rápido possível e que fizesse algo para afastar aquela mulher e aqueles sentimentos da minha vida. Algo me dizia que ela iria embora novamente e eu não queria aquela dor de volta para mim. Mesmo ela dizendo que aquilo não se repetiria mais, minha mente se recusava a acreditar. E foi aí que, sem conseguir raciocinar direito, fiz a maior burrada da minha vida.

Levantei-me cuidadosamente, sem fazer movimentos bruscos para não acordá-la. Procurei por um papel em cima de minha mesa e escrevi um bilhete, que deixei ali mesmo juntamente com uma quantia em dinheiro. Vesti minha roupa, calcei meus sapatos e voltei a admirá-la tentando criar coragem. Mesmo estando ciente de que o que eu ia fazer era complicado, poderia magoá-la muito e acabar com nossa chance de ser feliz, cedi aos apelos da minha consciência e fui embora.

Assim que saí do meu bar, dei de cara com Fernanda, uma das irmãs megeras dela. E em um momento insano e totalmente sem pensar, cedi às investidas dela e levei-a para meu apartamento decidido a tirar todas as lembranças e recordações do nosso momento de entrega. Precisava apagar aquela maravilhosa noite de amor com a minha princesa da minha lembrança a qualquer custo. E foi isso que, erroneamente, tentei fazer.

Logo que chegamos no meu apartamento começamos as preliminares, mas logo percebi a besteira que havia feito, levar Fernanda para casa foi um grande erro e por mais que tentasse, meu corpo não estava correspondendo como devia às investidas dela. Eu só pensava em Janaína e via as diferenças entre as duas. Minha ereção negava-se a dar as caras e eu já estava caindo em uma situação embaraçosa.

Por sorte, o interfone tocou e, contrariando os apelos de Fernanda, resolvi atender alegando que poderia ser algo importante e, com isso, ganhei um tempo. Mas fiquei surpreso, curioso e preocupado quando Alfredo, porteiro do meu prédio, avisou-me que Janaína estava subindo furiosa para meu apartamento e estava tão brava que ele não havia conseguido detê-la.

Corri para a sala só de cuecas na tentativa de pedir para que Fernanda se vestisse e saísse antes que a Jana a visse ali. Sem entender, ela me pedia explicações e, quando percebi, era tarde demais e tudo aconteceu muito rápido. A Janaína colocou o dedo na campainha e a tocava sem parar. De quebra começou a dar murros e socos na porta gritando o meu nome. E foi aí que a Fernanda abriu a porta e lá estava ela, a mulher da minha vida, com ódio e decepção nos olhos. Ela olhou incrédula para Fernanda e vice-versa.

— Então, é isso? — falou, empurrando a porta e entrando na minha sala. — Era tudo mentira, você se juntou às pessoas que me odeiam para me atingir.

— Janaína...

— Cala a boca e me deixa falar! — Jana me interrompeu de imediato.

— Matheus, você vai deixar "essazinha" falar desse jeito com você?

— Cala a boca você também!

— Deixa a Jana falar, Fernanda — completei. — Ela precisa desabafar.

— Ahh, Matheus, você conseguiu estragar tudo — nesse momento vi tanta decepção e desilusão nos olhos do meu amor. — Se era para me magoar e para se vingar do que fiz com você no passado, saiba que você conseguiu — respirou fundo passando a mão pelos cabelos. — Está vendo isso aqui? — tirou o dinheiro que eu havia deixado para ela da bolsa. — Sabe o que você faz com esse seu dinheiro? Dá para essas galinhas com quem você sai, porque eu não sou da laia delas e não preciso dele — minha vontade era de pegá-la no colo e pedir perdão. — E tem mais, se é guerra que você quer, é guerra que você vai ter. Prepare-se, porque eu não posso nem vou deixar isso barato! — virou as costas e saiu do meu apartamento.

— Princesa, espera... — minha ficha caiu e eu entrei em desespero. Estava mais uma vez perdendo a mulher da minha vida e agora era por culpa minha, dos meus medos e inseguranças. — Jana, a gente precisa conversar... — quando saí pela porta dei de cara com a senhora de 75 anos que era minha vizinha, e me dei conta de que estava completamente nu. Percebendo o seu olhar assustado, tive que voltar atrás.

Dentro do meu apartamento, eu me vi totalmente perdido, sem saber o que fazer e ciente da burrada que eu havia feito. E ainda tinha que encarar a Fernanda me olhando daquela forma e dando em cima de mim, como se nada tivesse acontecido. Fala sério que ela ainda achava que tinha alguma chance de acontecer algo entre a gente! Para mim não havia mais a mínima possibilidade disso.

— Fernanda, por favor, acho que chegou a hora de você ir — encarei-a com seriedade, pedindo para que fosse embora.

— Como assim? Nós nem começamos e você quer que eu vá embora? Relaxa, querido, ela só está se fazendo de vítima, conheço esse tipo de gente.

— Sem chance de acontecer algo entre nós agora — fui até a porta e a abri, fazendo sinal para que ela saísse. — Conversamos outra hora.

Ela fez cara de quem queria me matar e saiu me empurrando contra a parede. Não me importei, resolveria aquele problema depois. Agora só queria ficar sozinho e pensar no que eu tinha feito e em tudo que havia acontecido. *Será que algum dia minha princesa vai me perdoar?* Incrível como nossas posições se inverteram e, hoje, eu que me fazia essa pergunta.

Meu primeiro impulso foi pegar nossa foto no aparador, um litro de uísque no bar e comecei a beber, arrependido e perdido. *O que eu havia feito, meu Deus? Como será que ela estava se sentindo naquele momento? Estava me odiando?* Mil pensamentos ruins rondavam a minha mente. Cheguei a pensar em ir atrás dela e pedir perdão, até que minha consciência e meu medo entraram em ação mais uma vez e me convenceram que foi melhor assim, quanto mais longe eu ficasse dela, melhor. Esses pensamentos nunca me deixariam em paz?

Quanto mais bêbado, mais anestesiado eu ficava, porém uma dúvida me rondava: *O que será que ela quis dizer com a frase, se é guerra que você quer, é guerra que você vai ter?* Nesse momento percebi que eu poderia estar em maus lençóis. Senti medo do que ela poderia fazer e se isso iria destruir de vez o que sentíamos um pelo outro. Se acabaria de vez com qualquer chance de um dia nos entendermos e sermos felizes juntos.

De tão bêbado e infeliz, apaguei, jogado no sofá...

15

Janaina

Totalmente em transe, saí do apartamento e do edifício em que o Matheus morava, demorei alguns segundos para me recuperar e seguir meu rumo. Ao invés de pegar um ônibus em direção à casa da minha avó, preferi ir caminhando. Precisava pensar e tentar entender, mas, por mais que eu tentasse, eu não conseguia.

Por que ele fez isso comigo?, essa pergunta não saía da minha cabeça. Ele disse que me amava e que sentia saudades tantas vezes naquela noite e parecia tão sincero. Será que ele havia mudado tanto assim, a ponto de eu me enganar com suas demonstrações de carinho?

Eu estava tão feliz, parecia que finalmente nós havíamos nos entendido e que voltaríamos a ser felizes juntos e, de repente, isso... Pelo jeito eu estava enganada, eu não o conhecia mais tão bem como eu imaginava. O Matheus havia mudado, transformado-se em uma pessoa completamente diferente, alguém capaz de se juntar à família do meu pai, que me odiava tanto, e me magoar profundamente.

Senti vontade de chorar, mas não consegui. Um nó apertava minha garganta e chegou a me faltar o ar. De repente, eu não queria mais ir para casa, queria estar sozinha, e foi aí que me lembrei da cachoeira, um lugar que só me trazia boas recordações e resolvi ir até lá, na tentativa de encontrar respostas ou pelo menos forças para continuar.

O lugar continuava lindo, exatamente como eu me lembrava. Sentei em uma das pedras que ficavam às suas margens e imediatamente as lembranças começaram a me inundar. Lembrei-me de quando era criança e nadava e fazia piquenique ali com meus amigos, de quando o Mah criou coragem e assumiu que gostava de mim, pedindo-me em namoro ali naquelas margens, de quando caí e me machuquei nas pedras e ele me amparou, a minha primeira vez com ele, o homem que eu amava, quando ele me presenteou com um lindo anel e firmamos nosso noivado...

Quantas lembranças incríveis e maravilhosas! Em todas elas, ele estava lá, o meu Matheus! Pena que ele não existia mais, o Mah que eu amava jamais teria feito aquilo comigo hoje, nunca teria se juntado aos meus inimigos nem me tratado como uma qualquer, magoando-me tanto. Ele havia mudado, e muito. E a culpa era minha, eu o havia ferido tanto no passado que ele havia se transformado em alguém totalmente diferente. *Será que algum dia ele voltaria a ser como antes?*

Acho que comigo não mais, havíamos nos perdido um do outro para sempre. Eu teria que seguir em frente sem ele, os meus planos iniciais teriam que ser mudados, o Matheus não faria mais parte do meu recomeço. Constatar isso me machucou o coração, senti uma pontada profunda no peito, como se tivesse sido apunhalada. Respirei fundo, levantei-me e fui embora, levando comigo as lembranças do homem que eu amava e que um dia me amou também, ou talvez ainda me amasse, mas jamais admitiria isso e, pelo jeito, estava disposto a tudo para me esquecer.

Cheguei na casa de vó Chica e fui recebida por ela e por um Gil desesperado. Os dois estavam muito preocupados comigo. Dava para perceber isso nitidamente em seus olhares. Também, pudera, eu estava tão quebrada e machucada por dentro que até esqueci de mandar notícias.

— Minha menina, onde você estava? — aproximou-se vovó, tomando-me em seus braços. — Chegamos até a procurar pela polícia, que nos orientou a esperar por vinte e quatro horas, deixando-nos desesperados.

— Moça bonita, você sabe como estou me sentindo nesse momento? — emendou Gil. — Tem noção da culpa que rondou minha consciência durante todo esse tempo? — suspirou fundo. — Eu a deixo em frente ao bar, na condição de você buscar seu casaco e depois pegar um ônibus para casa e, quando chego aqui para irmos para nossa aula, recebo a notícia de que você desapareceu, que não voltou nem dormiu em casa. Onde você estava afinal? — Gil desatou a falar tudo bem rapidamente e de uma vez só, demonstrando todo o seu nervosismo.

— Desculpem-me! Estava com o Matheus, e tudo aconteceu tão rápido e de repente que não deu tempo de avisar — expliquei-me.

— Você e o patrãozinho juntos? Não acredito! Que notícia maravilhosa! — comemorou Gil. — Mas cadê o cavalheirismo dele? Como ele se atreve a lhe deixar vir embora sozinha e a pé? Vou ter que conversar seriamente com ele.

— Que maravilha, minha querida! Então vocês dois finalmente se acertaram? Não via a hora de acontecer. Vocês se amam tanto! — completou minha avó.

— Eu não disse que vocês estavam se preocupando à toa, que ela com certeza deveria estar com o botequeiro? — cutucou minha mãe, descendo as escadas e se juntando a nós.

— Ele estragou tudo... — finalmente me permiti desabafar. — Ele me usou, depois foi embora me tratando como uma qualquer e de quebra peguei-o logo em seguida transando com a Fernanda no apartamento dele — todos na sala me olharam atônitos, inclusive minha mãe, que pela primeira vez parecia não acreditar no que estava ouvindo.

Gil se aproximou me amparando ao perceber que eu estava tendo uma vertigem e estava prestes a cair no chão. Sentou-se cuidadosamente comigo no sofá, minha avó se aproximou sentando-se do outro lado e me abraçando com carinho.

— O que esse moleque pensa que é para fazer isso com a minha filha? — esbravejou minha mãe.

— Não sei, mãe. Só sei que ele fez e está doendo muito — suspirei fundo tentando conter a dor. — Eu nunca fui de chorar, mas não estou conseguindo me conter — minha mãe se juntou a nós, sentando-se sobre a mesa de centro da sala da minha avó, de frente para nós, segurando as minhas mãos. Raras foram as vezes em que ela demonstrou carinho, eu deveria estar muito mal para ela fazer isso.

— Meu anjo, conte-nos tudo o que aconteceu e como foi, para que possamos entender melhor e tentar lhe ajudar — falou Gil carinhosamente acariciando os meus cabelos.

Tomei fôlego, passei as mãos no meu rosto, tentando em vão conter algumas lágrimas, que insistiram em cair, e contei tudo a eles, sem omitir nenhum detalhe. Eles ouviram atentamente, compadecendo-se da minha dor e do meu sofrimento.

— Bem que eu avisei que essa história de ir trabalhar com o botequeiro não ia dar certo — minha mãe foi a primeira a quebrar o silêncio que imperava sobre nós quatro naquela sala. — Mas você resolveu se rebelar contra mim e não quis me ouvir.

— Maria Lúcia, minha filha, por favor, deixe que eu e o Gil cuidamos dela a partir de agora — pediu minha vó com educação. — Falar essas coisas que você está dizendo nesse momento, fazer esse tipo de cobrança, não vai levar a nada.

— Ok, eu vou me retirar, mas saibam que eu só queria ajudar — levantou-se e foi em direção à escada, visivelmente aliviada por não ter que continuar a nossa conversa e me consolar. Aquela era minha mãe!

— Mãe... — chamei-a de volta. — De qualquer forma, obrigada! — ela sorriu e voltou para seu quarto, seu mundinho fechado, sua bolha.

— Não acredito que o patrãozinho foi capaz de fazer isso com você — falou Gil desapontado.

— Nem eu — respondi com a voz embargada.

— Muito menos eu — completou minha avó, levantando-se e indo em direção à cozinha.

Aproveitei o momento para me deitar e repousar a minha cabeça no colo do Gil.

— O que você vai fazer agora, moça bonita? — indagou Gil acariciando os meus cabelos.

— Não sei, estou totalmente perdida. Pensei em tanta coisa, até mesmo em denunciá-lo por assédio moral e sexual, mas não sei se terei coragem. Será que vale a pena fazer isso por vingança? — perguntei pensativa. — No fundo, nossa noite de ontem foi consensual, ele não me forçou a nada. Eu me entreguei cega de amor.

— Tome isso, minha querida — vovó nos interrompeu, entregando-me um comprimido e um copo de água.

— O que é isso? — Indaguei antes de ingeri-lo.

— É um dos remédios que o médico me passou para dormir depois que você foi embora — explicou vó Chica. — Na verdade, é um indutor do sono, ele vai fazer você relaxar e dormir um pouco. Acredite em mim, minha querida, ele vai lhe fazer bem.

— A verdade é que a culpa é minha — falei depois de ingerir o remédio e me deitar novamente, dessa vez colocando minhas pernas no colo de minha avó. — Eu o feri tanto no passado que ele mudou dessa forma. Fui ingênua por pensar que tudo poderia voltar a ser como antes entre nós dois. Tudo acabou e eu só percebi isso agora, hoje. Tenho que continuar sem ele.

— Isso significa que você vai deixar o Taberna? — indagou Gil com tristeza nos olhos.

— Pensei muito antes de vir para casa e constatei que isso é o melhor e mais apropriado a se fazer. Ficarmos distantes vai ser melhor para nós dois. Precisamos recomeçar e não faremos parte da nova vida um do outro.

— Eu vou sentir sua falta — constatou Gil.

— Eu também... inclusive do Mah, mas creio que será melhor assim — engoli em seco. — Agora somos nós dois magoados e machucados um com o outro, trabalharmos juntos seria insustentável. Como hoje é segunda e o bar não funciona, amanhã mesmo vou pedir minha demissão — soltei o ar pelo nariz. — Agora voltei à estaca zero, preciso arrumar um novo emprego.

— Então nossas aulas divertidas também chegaram ao fim? — pude ver seus olhos carregados de lágrimas, que ele insistia em não deixar cair.

— Infelizmente, sim — sorri tristemente. — Desculpa pelo susto de hoje e obrigada por tudo, meu amigo! Pelas aulas e por seu carinho e amizade — foi o tempo de agradecer e sentir seus lábios tocarem minha testa com carinho, adormeci sob o efeito do remédio de minha avó.

Matheus

Adormeci sobre o efeito do álcool. Acordei e já era final de tarde, quase noite. Com o corpo todo dolorido por ter dormido de mau jeito no sofá e minha cabeça latejando sem piedade, a boca seca, com gosto de cabo de guarda-chuva, e meu estômago embrulhado me dava uma vontade horrível de vomitar.

Lembrei-me de imediato de que eu não havia ido à casa de meus pais para almoçar, como de costume, o que deve ter sido melhor, afinal seria complicado encontrar a Janaína lá durante sua aula e termos que dar explicações. Resolvi ir para jantar, precisava aproveitar para conversar e me abrir com alguém e pensei em minha irmã, Priscila, que conhecia toda a nossa história e se tornou uma espécie de confidente desde que Jana partiu.

Levantei lentamente do sofá e minha primeira reação foi correr para o banheiro tentando conter a ânsia que me consumia e vomitar tudo no vaso sanitário. Depois disso, fui até a cozinha e ingeri meu kit ressaca, composto de três comprimidos, um para dor de cabeça, outro para o estômago e um terceiro para o fígado, tudo acompanhado de bastante água gelada. Tomei um banho quente e demorado, coloquei uma bermuda jeans, camiseta amarela, tênis preto e segui para a casa de meus pais.

— Posso saber o que foi que aconteceu? O que foi que você fez? — meus pais e minha irmã mal me cumprimentaram e Priscila começou a me interrogar.

— Do que você está falando? — tentei me fazer de desentendido.

— Como assim, do que estamos falando, Matheus Vasconcelos? Não se faça de bobo — advertiu minha mãe. — Estamos falando da Janaína e o que possivelmente aconteceu entre vocês.

— Não sei o que ela contou para vocês, mas seja o que for tenho como me explicar e espero que vocês fiquem do meu lado — fui logo tratando de me defender, sem saber o que ela poderia ter dito à minha família durante sua aula e ciente de que ela poderia ter inventado algo para queimar o meu filme.

— Ela não nos contou nada, meu irmão. Ela não apareceu para a aula, o Gil me ligou desesperado dizendo que ela não havia dormido em casa e que dona Chica estava muito preocupada — explicou Priscila. Senti uma grande angústia no meu coração. — Mais tarde ele tornou a me ligar dizendo que ela havia aparecido, que tinha estado com você, mas que as coisas não haviam corrido bem, e ela estava muito magoada e só relaxou e dormiu sob o efeito de remédio — fez uma pequena pausa e continuou. — Mesmo eu insistindo, ele não quis me dar detalhes e disse que esse assunto só dizia respeito a vocês dois, que era melhor eu esperar que um de vocês me contasse o que aconteceu.

— E você também sumiu o dia inteiro, meu filho — acrescentou meu pai. — Ficamos igualmente preocupados, mesmo com o Gil nos garantindo que você estava bem. Você pode nos dizer o que realmente aconteceu?

Passei as mãos pelos meus cabelos de forma nervosa e irritada, respirei fundo, sentando-me no sofá e, encarando minha família, comecei a contar tudo o que havia acontecido, claro que omiti alguns detalhes mais íntimos. Porém, em momento algum me eximi de culpa, eu sabia que havia sido cruel e a machucado muito. Deixei claro que ela me pegar com a Fernanda não fazia parte dos meus planos, que não estávamos namorando e que tampouco havia me juntado a ela e sua família para prejudicar ou fazer mal a Janaína.

— Mah, meu irmão, o que deu na sua cabeça de tratar a Jana dessa forma? — indagou minha irmã incrédula. — Tentar pagá-la como se fosse uma prostituta ou uma garota de programa. O que você pretendia com isso?

— Queria me defender, estava completamente feliz e realizado até que fiquei inseguro, o medo dela me abandonar de novo tomou conta de mim e senti que precisava fazer algo para afastá-la em definitivo. Foi aí que eu tive essa ideia ridícula, levei um tempo para criar coragem e concretizar deixando-a lá — deitei minha cabeça para trás no sofá e continuei falando. — Quando saí do Taberna, não conseguia tirar a minha princesa da cabeça e quase desisti de tudo e voltei atrás para ficar com ela, mas minha consciência não deixou. Foi aí que vi a Fernanda saindo da agência e a levei para casa, na intenção de apagar as lembranças e a presença da Jana da minha cabeça e o resto que aconteceu eu já contei.

— E o que você vai fazer agora? — minha irmã perguntou acariciando os meus cabelos. Meus pais também se aproximaram sentando comigo no sofá, como se quisessem me demonstrar apoio.

— Não sei — respondi perdido e envergonhado por demonstrar a minha fragilidade. — Acho que o que me resta é aguardar por amanhã e depois tentar conversar com a Janaína para me explicar — passei as mãos pelo meu rosto e uma lágrima rolou pela minha face. — Ela saiu lá de casa tão magoada e machucada que tenho minhas dúvidas de que ela apareça.

— E o que você vai fazer se ela não aparecer, meu filho? — perguntou minha mãe preocupada.

— Talvez eu a procure para esclarecer os fatos ou, quem sabe, eu deixe por isso mesmo e siga minha vida longe dela. Sinceramente eu não sei ao certo o que vou fazer — respirei forte, soltando o ar pelo nariz.

— Seja qual for sua decisão, meu filho, nós estaremos ao seu lado — assegurou-me meu pai, com voz firme. Minha mãe e irmã concordaram com a cabeça.

Depois disso, eles não insistiram mais no assunto, tentaram me entreter com outras coisas, mas no fundo eu estava mal. Não conseguia esquecer o olhar decepcionado dela ao ver a Fernanda e saber que ela só havia conseguido relaxar sob efeito de remédio me cortava o coração.

O fato é que eu ainda amava aquela mulher e, apesar de tudo que ela tinha me feito sofrer no passado, sentia-me muito mal e incomodado com aquela situação. *Por que eu tinha que ter feito aquilo?* Eu fui tão feliz com ela nos meus braços mais uma vez. Por que eu tinha que deixar o medo tomar conta de mim daquela maneira? Por que eu não podia acreditar nela e perdoá-la, tentando ser feliz ao lado dela novamente?

Eu precisava fazer algo sobre isso, não dava para continuar assim. Ou eu perdoava tudo e tentava ser feliz com minha princesa ou eu a esquecia de vez e recomeçava minha vida com outra pessoa. Não dava mais para viver no meio termo.

Saí da casa dos meus pais ainda triste e sem conseguir parar de pensar naquilo tudo. Cheguei na porta do meu prédio, mas não resisti, dei meia volta no meu carro e me dirigi para a casa da dona Chica. Eu precisava ver a Janaína.

— Matheus, meu querido, o que você está fazendo aqui? — indagou vó Chica assim que abriu a porta.

— Eu preciso ver minha princesa, vó — fui logo me explicando. — Preciso saber se ela está bem, estou muito mal com tudo o que aconteceu.

— Querido, ela está dormindo, precisei dar remédio para ela relaxar e conseguir descansar. Você não acha que é melhor vocês conversarem amanhã?

— Só quero vê-la, vó. Prometo que não vou acordá-la — olhei profundamente em seus olhos. — Por favor, não me negue isso — implorei.

— Tudo bem, vou deixar você entrar, mas seja breve para não correr o risco de acordá-la.

Entrei sorrateiramente na sala, sentindo-me meio envergonhado. Subi as escadas, seguindo-a e tentando não fazer muito barulho para não acordá-la. Quando chegamos lá em cima, demos de encontro com dona Maria Lúcia, que fez questão de defender a filha.

— O que você está fazendo aqui? — interpelou-me. — Mãe, eu não acredito que a senhora vai deixar esse botequeiro incomodar a Janaína.

— Fique tranquila, Maria Lúcia, ele me prometeu que não vai incomodá-la — garantiu vó Chica e eu nada disse, ainda me sentindo muito envergonhado. — E eu sei o que estou fazendo.

De frente para o quarto, dona Francisca fez sinal para que eu entrasse e eu obedeci, fazendo o mínimo barulho possível para não despertá-la. Agachei-me perto da cama, próximo ao seu lindo rosto, afastei os cabelos que estavam sobre sua face, acariciando sua pele macia. Beijei de leve e com ternura a sua testa, depositei um selinho repleto de amor nos seus lábios e saí, muito mais tranquilo por tê-la visto e ter estado tão perto a ponto de sentir o seu perfume e o calor do seu corpo.

— Acho que devo um pedido de desculpas para a senhora — falei para vó Chica, assim que descemos as escadas. — Prometi não magoar nem machucar a Janaína e acabei fazendo isso. Foi inevitável!

— Posso saber o porquê? — questionou-me.

— Eu ainda a amo demais! Mas acho que eu não estava preparado. O medo voltou a me dominar e eu acabei fazendo o que fiz. Continuo me sentindo muito inseguro diante dela, minha mente continua me atordoando e me aconselhando a me afastar — tentei me explicar. — Mas juro para a senhora que não me juntei à Fernanda ou à família dela para atingir a Jana, como ela imagina que aconteceu — suspirei, abaixando a cabeça, ainda muito envergonhado. — Espero que ela me dê a oportunidade de me explicar sobre isso, lá no apartamento ela estava muito nervosa e não me deixou falar. Depois saiu correndo sem me dar chances de dar as devidas explicações.

—Vocês terão que dar tempo ao tempo agora, meu querido. Mas tenha certeza de que depois de vocês se magoarem mutuamente, as coisas serão bem mais difíceis. Minha menina está muito machucada e vai ser difícil convencê-la a continuar por perto. Ela está decidida a se afastar — abriu a porta para que eu saísse. — Mas saiba que, apesar de tudo, ainda acredito em vocês juntos, enquanto houver amor, e por tudo que vi hoje sei que ainda há de ambas as partes, sempre existirá uma chance de ficarem juntos e eu torço muito por isso. Não quero vocês dois infelizes pelo resto de suas vidas, tentando viver separados.

Sorri para o otimismo e confiança de vó Chica, despedi-me com um abraço e um beijo caloroso e fui embora para casa, rumo a mais uma noite mal dormida, repleta de arrependimentos, pensamentos e lembranças da minha princesa.

16

Janaína

Acordei na manhã seguinte com a sensação da presença do Matheus, não sei se era por causa do efeito do remédio ou se havia tido alucinações, mas por um momento durante meu sono pensei tê-lo visto em meu quarto, sentido o seu toque e seus lábios nos meus. Só podia ser coisa do remédio, ele não faria isso, devia estar comemorando com a Fernanda a vitória sobre mim.

Eles deviam ter se divertido bastante, devem ter dado risada de mim e ter transado muito em comemoração ao que fizeram comigo, com a constatação de que haviam me atingido em cheio. Eu não podia e não iria amolecer, não choraria, seria forte e seguiria minha vida da melhor maneira possível.

Forcei-me a ser forte. Levantei da cama, tomei um banho e desci as escadas para tomar um bom café da manhã. No fundo, ainda não sabia o que iria fazer. A única certeza que eu tinha é de que teria que tomar uma decisão definitiva e fazer novos planos para recomeçar e, bem lá no fundo, meu coração doía sabendo que teria que ser sem o Matheus. Mas, fazer o quê? Não podemos ter tudo o que queremos nessa vida. Seria bem mais fácil e simples se pudéssemos.

— Minha querida, sente-se aqui que precisamos conversar — atendi ao pedido de minha avó, sentando-me de frente a ela na mesa da cozinha. — Ontem o Matheus esteve aqui para ver você.

— Então era realmente ele? — indaguei surpresa. — Pensei tê-lo visto no quarto, mas estava tão grogue com o remédio que não tinha certeza se era real ou alucinação.

— Era ele — confirmou minha avó. — Mostrou-se arrependido, disse que a ama, mas ainda não estava preparado e que o medo o invadiu mais uma vez e levou-o a fazer o que fez. Assegurou-me também que não se juntou à Fernanda nem a ninguém da família do seu pai contra você e que espera conseguir se explicar.

— Não sei se posso ou devo acreditar nisso, vó — acrescentei. — Antes era só ele, mas agora eu também estou magoada e preciso de um tempo para assimilar isso tudo. A verdade é que a proximidade entre nós e essas reações dele estão me machucando muito. Não posso mais viver dessa maneira — continuei. — Estou muito triste com a minha própria decisão, mas acho que vai ser melhor para nós dois se eu me afastar.

— Você é quem sabe, minha querida. Eu só não podia deixar você tomar qualquer decisão sem que soubesse que ele esteve aqui por você.

— Obrigada, vó! Prometo que vou pensar mais um pouco e levar em consideração tudo o que a senhora me disse. Só não sei se vai ser o suficiente para me fazer mudar de ideia.

Vó Chica levantou-se, deu a volta na mesa e me abraçou com carinho, pousando um beijo em minha testa em sinal de apoio. Nada mais falamos depois disso, tomei meu café da manhã e fui me sentar na varanda da frente da casa, perdida em meus pensamentos.

— É aqui que mora uma moça bonita que queria aulas para aprender a ser uma boa garçonete?

— Oi! — respondi com um sorriso forçado olhando na direção de Gil que se encontrava no portão.

— Resolvi passar por aqui na intenção de irmos para nossa aula no caso de você ter mudado de ideia.

— Minha avó me disse que ele esteve aqui ontem à noite para me ver — contei de supetão, precisava conversar sobre isso com alguém.

— Será que isso não é um bom motivo para voltar atrás e não desistir de vocês dois?

— Não posso mais continuar com isso, pelo menos por enquanto. Preciso de um tempo e acho que ele também.

— Então já está mesmo decidido? Você vai nos abandonar.

— Vou conversar com ele hoje à tarde, antes de iniciar o expediente do bar e comunicar o meu pedido de demissão, a partir de hoje mesmo não trabalho mais lá — suspirei fundo.

— Já sabe o que vai fazer? Onde vai trabalhar?

— Ainda não. Nem sei por onde começar a procurar, com certeza na agência não vou conseguir. Ainda mais agora que flagrei a Fernanda com o Matheus.

— Tenho uma boa notícia para você, uma prima do Tony mora em um sítio a uns cento e cinquenta quilômetros daqui, em Pedreira, e está precisando de alguém para cuidar da criança, uma menina de dois anos — começou a explicar. — O único infortúnio é que você teria que se mudar para lá e sua folga seria só aos domingos e isso quando não houver festas ou viagens programadas, o que faria com que você só tivesse um dia para estar com sua avó.

— Acho que diante das circunstâncias não tenho muita escolha. Mas você acha que o Tony faria isso por mim?

— Por você, talvez não, mas por mim, com certeza — sorriu seguro de si. — Você só não pode contar para suas lindas irmãzinhas como conseguiu o emprego.

— Quanto a isso, não precisa se preocupar, jamais faria isso com você.

— Estamos combinados e resolvidos, então. Falarei com o Tony assim que possível — beijou minha face com ternura. — Só mais uma coisa, você tem que me prometer que vai me mandar notícias sempre e que vai me ver aos domingos também.

— Eu prometo... mas só se você também me prometer que não vai contar ao Matheus nem à Priscila onde vou trabalhar — coloquei a mão em seu ombro. — Realmente preciso desse tempo.

— Você tem a minha palavra, moça bonita! — fizemos um *high five* para comemorar nossa parceria.

— Então, só me resta entrar e contar a novidade para minha avó. Algo me diz que ela não vai gostar muito da ideia, mas...

Entramos e fui logo contando a novidade para minha mãe e vó Chica. Acho que nem preciso dizer que dona Maria Lúcia comemorou a notícia, quanto mais longe eu ficasse do Matheus mais ela gostaria. Não só porque ela não gostava dele, mas provavelmente também porque ainda tinha esperanças de que eu me casasse com algum milionário, para que ela voltasse a ter vida de madame.

Minha avó ficou um pouco mais relutante, mas insisti com ela e acabei convencendo-a de que era o melhor a se fazer e prometi que passaria todos os domingos que fossem possíveis com ela. E que viajaria durante a madrugada se fosse preciso para ficar mais tempo ao lado dela. Eu poderia dormir no ônibus.

Seria cansativo, mas pela minha avó eu faria esse sacrifício. Fora que seria muito bom para eu ficar longe do Matheus por um tempo. Fiz as duas me prometerem também que não contariam a ninguém onde eu me encontraria, queria ficar isolada para colocar minha cabeça no lugar e me acostumar com meus novos planos para o meu recomeço e, principalmente, para aceitar que o Mah talvez não faria mais parte dele. Pelo menos não por enquanto. Quem sabe um dia? Isso só o tempo diria, teríamos que curar nossas mágoas e feridas.

Gil almoçou com a gente e as horas passaram rápidas, depois que ele foi embora, comecei a me preparar para a conversa definitiva que teria com o Matheus. Não seria nada fácil, mas eu teria que ser firme e seguir em frente. Seria um adeus muito doloroso, mas eu sentia que ele tinha que existir.

Um pouco antes de ir, já estava no quarto, sozinha com meus pensamentos e resolvi tomar um banho e me vestir para matar, com certeza não usaria uniforme, já que estava indo pedir demissão. Eu queria estar linda para ele descobrir o que perdeu e se arrepender do que fez. Coloquei um vestido preto, de decote nadador, com detalhe em paetês nas laterais, supercurto e sexy. Meus cabelos secaram ao natural e soltos, dando um ar selvagem. Calcei sandálias pratas de saltos altíssimos e completei o visual com acessórios da mesma cor. Uma maquiagem mais natural, contrastando com um belo batom vermelho que não podia faltar, com a intenção de provocar.

Despedi-me de minha mãe e avó, avisando que voltaria logo, pois o que eu tinha para fazer e resolver seria rápido. Percebi tristeza nos olhos de vó Chica, no fundo eu sabia que ela não concordava muito com minha decisão e que queria nós dois juntos. Mas ela teria que se acostumar com a ideia, no momento, não haveria mais "nós dois", tínhamos nos magoado muito e pelo jeito não era para ser. Infelizmente nossa história poderia terminar ali, pelo menos por enquanto. Quem sabe um dia não conseguiríamos nos perdoar e ficaríamos juntos? No fundo, sentia que seria difícil isso acontecer, mas eu precisava dessa esperança para me agarrar e não desmoronar de vez.

Saí de casa com o coração apertado, porém decidida. Segui a passos firmes, mas tenho que confessar que quanto mais perto eu chegava do Taberna mais doía. Cheguei a achar que não conseguiria, mas segui em frente. Chegando lá, Priscila e Gil me olharam com expectativa, enquanto Amanda e as demais funcionárias se mostraram curiosas sobre o que poderia ter acontecido.

— Amiga! — Priscila se aproximou, segurando firme em minha mão. — O Gil me contou sobre a sua decisão de não trabalhar mais aqui.

Você tem certeza disso? — apenas assenti com a cabeça, sem conseguir dizer nem uma palavra. — Você precisa desse emprego, se quiser posso conversar com meu irmão e obrigá-lo a se desculpar — completou com o semblante preocupado. — Se você se demitir, onde vai trabalhar e como vai ajudar sua avó?

— Não se preocupe com isso, eu darei um jeito — respondi aliviada ao constatar que Gil não havia me traído nem contado onde e para quem eu iria trabalhar. — Ele está no escritório? — os dois assentiram com a cabeça afirmativamente. — Então, com licença...

Desviei-me dos meus amigos e segui a passos largos até o escritório. Na porta, ainda suspirei fundo ingerindo uma boa dose de coragem, bati e entrei. PQP!!! Que homem lindo era aquele! Matheus estava perfeito, cabelos alinhados por gel e todo de preto, jeans e camiseta, contrastando com aqueles lindos e irresistíveis olhos verdes. Senti minhas pernas bambearem.

— Jana! — caminhou rapidamente em minha direção com a intenção nítida de me tocar.

— Por favor, não toque em mim — ele recuou e começou a tentar se explicar.

— Precisamos conversar sobre tudo que aconteceu. Quero lhe explicar o verdadeiro motivo da Fernanda ter estado comigo. Não é nada do que você está pensando, poderia ser qualquer outra mulher, mas ela foi a primeira que apareceu na minha frente...

— Chega! — interrompi de imediato e ele ficou me olhando surpreso. — A minha avó me contou que você esteve em casa ontem à noite e tudo o que você falou. Não precisa se explicar... Na verdade, só estou aqui para comunicar o meu pedido de demissão. A partir de hoje, não trabalho mais aqui. Assim que você fizer os cálculos do meu acerto, pode pedir para o Gil ou a Prih me avisarem, que eu passo aqui para receber. Fique tranquilo, não vou contestar nada, sei que pedindo demissão eu perco muitos dos meus direitos, se é que tenho algum com menos de um mês de trabalho. Agora, se me dá licença, tenho que ir.

— Jana, espera! — já estava saindo da sala quando ele me chamou. — Não quero que você vá, fique comigo!

— Quer sim! Acho que já nos machucamos e nos magoamos demais. Está na hora de seguirmos em frente e infelizmente não será juntos. Eu o magoei muito no passado e você acaba de dar o troco — soltei o ar pelo nariz. — Vamos dar tempo ao tempo. Quem sabe um dia...?

— E para onde você vai, o que vai fazer, onde vai trabalhar? — inundou-me de perguntas.

— Fique tranquilo, sei me virar — dei as costas para ele e deixei o escritório completamente quebrada e destroçada por dentro.

No salão do Taberna, meus amigos vieram preocupados em minha direção.

— Por favor, deixem-me! Preciso ficar sozinha, preciso de um tempo para pensar e colocar a cabeça em ordem.

Saí do bar e, ao contrário do que eu sempre fazia, olhei para trás. Minha mãe sempre dizia que quando partíamos sem olhar para trás nunca mais retornávamos àquele lugar. Que tolice! Eu havia feito isso quando parti para o Rio de Janeiro e estava de volta à minha cidade natal. Mas para não correr riscos, dessa vez olhei para trás com muito desejo. Inconscientemente, aquele era um lugar que eu realmente pretendia voltar um dia, de preferência para os braços do meu amor.

Quando me virei para partir, dei de cara com a Fernanda do outro lado da rua, na porta da agência de empregos me dando "tchauzinho" só para me provocar. Balancei minha cabeça de um lado para outro em descrença e segui meu caminho.

Matheus

Por essa eu não esperava, tenho que confessar que imaginava que nossa conversa não seria nada fácil, mas daí a ver a Janaína, linda como uma deusa, com um vestido preto super sexy e salto alto, demitir-se e dizer que não faríamos mais parte do futuro um do outro, pegou-me totalmente de surpresa. Por essa reação eu não esperava e fiquei meio sem saber o que fazer.

Quando deixou o escritório, tive vontade de correr atrás dela, pegá-la em meus braços, dizer o quanto estava linda e irresistível, assumir meu erro e pedir perdão de joelhos. Porém, contive-me e não o fiz, sentei em minha mesa e comecei a pensar em tudo o que ela e vó Chica haviam me dito. Talvez elas tivessem razão, dar tempo ao tempo seria melhor para nós dois, já que ambos estávamos magoados e machucados.

Mas eu estava perdendo minha princesa de novo deixando-a partir para longe de mim e agora até mesmo sem saber para onde estava indo. Um medo maior do que todos os medos que eu já havia sentido em minha vida começou a tomar conta de mim. Eu precisava fazer alguma coisa para trazer minha princesa de volta para mim. *Mas o quê?*

Enquanto eu permanecia ali sentado, pensando, sem nenhuma reação, ouvi batidas na porta. Meu coração acelerou. *Será que ela havia mudado de ideia?* Afoito com essa possibilidade, caminhei até a porta na esperança de que realmente fosse ela e eu pudesse abraçá-la e não permitir que saísse de lá. Estava totalmente dividido entre a razão e a emoção. Parte de mim dizia que ela estava certa e que era melhor seguirmos separados, a outra a queria para sempre ao meu lado.

Não consegui disfarçar a minha decepção quando vi que quem entrou pela porta foi minha irmã Priscila e não a minha princesa.

— Como você está? — indagou preocupada.

— Péssimo! — respondi sem pensar.

— Ela também não saiu daqui nada bem — sentou-se na cadeira de frente para minha mesa. — O que você pretende fazer?

— Não sei — voltei a me sentar de frente para ela. — Estou perdido e não tenho vergonha de assumir isso. Acho que ela pode estar certa em partir e recomeçar longe de mim. Fui um cachorro com ela — suspirei. — Mas ela me magoou primeiro e eu ainda não consigo conviver com isso. Porém, não sei se estou preparado para deixá-la partir — encarei minha irmã com severidade no olhar. — Ela disse o que vai fazer? Onde vai trabalhar?

— Não. Ela só disse para eu não me preocupar que ela vai dar um jeito.

— O mesmo que ela disse para mim. Mas como eu posso não me preocupar sabendo que ela precisa desse emprego para ajudar a avó? — levantei-me de súbito. — O Gil sabe de alguma coisa? Ela falou algo para ele?

— Ele disse que não, mas tenho motivos para desconfiar que está mentindo — argumentou. — Percebi olhares de cumplicidade entre os dois.

— Chame-o aqui agora, preciso falar com ele.

Minha irmã deixou imediatamente a sala e foi em direção ao salão do bar. Os poucos minutos que demoraram pareceram uma eternidade para mim, por causa da minha enorme ansiedade.

— E então, vai me dizer quais os planos da Janaína? Onde ela pretende trabalhar? Se já tem algo em vista? Onde vai procurar e o que vai fazer da vida? — fui logo interrogando Gil, assim que ele entrou em minha sala.

— Nem imagino, não sei do que você está falando — fingiu inocência.

— Não se faça de bobo comigo, Gil — desafiei. — A Priscila percebeu algo no ar entre vocês dois. E você não sabe mentir, está na cara que sabe algo e não quer me contar.

— Não é questão de querer, patrãozinho, e sim de poder. Dei minha palavra a ela de que não falaria nada e você sabe que não vou voltar atrás. Conhece-me o suficiente a ponto de saber que sou um túmulo em questão de guardar segredos que não são meus.

— Pensei que você fosse meu amigo — cobrei de maneira infantil.

— Sou e sempre serei. Mas sou amigo dela também. E quer saber? Depois da burrada que você fez com ela, estou começando a achar que é melhor mesmo vocês terem um tempo longe — desafiou-me.

— Um ano já não foi suficiente? — nervoso, soltei o ar pelo nariz. — Só preciso saber quais os planos dela, ter certeza de que ela vai estar e ficar bem. Que nada vai faltar para a vó Chica. Será que isso é pedir demais?

— Se é só isso, posso lhe garantir que ela vai ficar bem e que tudo vai dar certo — respirou fundo. — Posso me comprometer a lhe dar notícias dela sempre que conseguir alguma, afinal isso ela não me pediu para não fazer. Mas é só.

— Ok, Gil, não quer ajudar, não ajuda. Volta para o salão, para o seu trabalho e me deixa aqui com meus pensamentos tentando achar outra maneira para descobrir tudo — encarei-o olho no olho. — Queiram você e a Janaína ou não, eu vou descobrir. Ou não me chamo Matheus Vasconcelos — ele deixou a sala de cabeça baixa e sem dizer mais nenhuma palavra.

Deu para perceber, na sua saída, a frustração por ter feito aquela promessa e não poder ajudar mais do que aquilo. Sentei no sofá segurando minha cabeça nas mãos e depois esfregando meu rosto e cabelos de forma nervosa. Foi aí que me dei conta da presença da minha irmã na sala, olhando-me com um misto de dó e preocupação.

— Você também, Prih, por favor! Quero ficar sozinho, tem sido muita coisa para digerir e administrar nos últimos dois dias. Preciso pensar e tentar colocar a cabeça no lugar.

Sem pestanejar duas vezes, minha irmã me deixou sozinho com minhas ideias e pensamentos. Não foi nada fácil trabalhar naquela noite, Janaína fez uma falta monstruosa. Tenho que confessar que por várias vezes procurei por ela no salão e senti uma enorme frustração por não encontra-la lá.

Depois do expediente e após fechar o Taberna, fui para casa desolado enfrentar as lembranças e me sentir totalmente perdido e sem rumo. Precisava fazer algo para trazer minha princesa de volta, só não sabia o quê. Não suportaria passar mais um ano longe dela. Por que eu tinha que não confiar nela e me render ao medo? E como eu poderia ficar tranquilo, como Gil sugeriu, se eu não estaria por perto para protegê-la? Acho que nem preciso dizer que foi mais uma noite de insônia, sem que eu conseguisse dormir um minuto sequer, não é mesmo?

17

Janaína

CONFESSO QUE, A PARTIR DAQUELE DIA, TRANSFORMEI-ME NUM ZUMBI. Acordava, tomava café da manhã, sentava na varanda pensando na vida, almoçava, voltava para a varanda, tomava banho, jantava e dormia, tudo no modo automático. Não tinha vontade de fazer nada, nem de comer. No fundo, sentia-me derrotada, havia voltado do Rio de Janeiro cheia de planos para reconquistar Matheus, disposta a tudo pelo seu amor e, no entanto, acabei perdendo-o de vez.

Meu coração ainda doía ao lembrar tudo o que havia acontecido, a minha sucessão de erros que acabou desencadeando nos dele. Eu jamais negara que tinha uma parcela de culpa em tudo o que aconteceu, afinal eu o havia magoado primeiro e profundamente. E Matheus, por sua vez, ficou inseguro com relação a mim e nutria um medo sobrenatural de eu fazer tudo aquilo de novo.

Comecei a entendê-lo melhor, agora era eu que havia sido magoada e passei a ter medo de que ele me tratasse daquela forma novamente, que estivesse mentindo e tivesse se juntado à família do meu falecido pai contra mim. Eram tantas dúvidas, tanta insegurança... Agora éramos dois magoados, machucados e cheios de medo.

Fora que tinha o fato de Tony ainda não ter dado uma resposta definitiva ao Gil sobre o meu possível novo emprego. E isso estava me preocupando muito, tinha total consciência de que só com a sua aposentadoria minha avó não conseguiria sustentar três pessoas. Como minha mãe se negava a trabalhar e estava cada dia mais depressiva e trancada no quarto, eu precisava muito de um trabalho.

Esse meu estado quase que vegetativo durou cerca de uns dois dias. As coisas começaram a melhorar, passei a ganhar mais força para seguir em frente a partir do dia em que Gil apareceu na casa da vó Chica com a excelente notícia de que eu estava empregada. Comecei a focar no meu novo trabalho e arrumar as coisas para partir.

Confesso que fiquei um pouco preocupada por deixar vovó e minha mãe sozinhas. Eu estava muito preocupada com a saúde e sanidade de minha mãe, que, por sua vez, negava-se a reconhecer que estava num estado depressivo avançado e a procurar um médico. Gil me prometeu olhar pelas duas sempre que possível e isso me acalmou um pouco. Fora que ainda existia o Matheus que, apesar de tudo o que ele me fez, amava minha avó e tenho certeza de que jamais a deixaria desamparada se lhe faltasse algo.

— Um milhão de dólares pelos seus pensamentos — fui tirada dos meus devaneios por Gil, que mais uma vez me encontrava perdida em pensamentos na varanda.

— Na minha nova vida — sorri. — Agora quero meu um milhão — brincando, estendi a mão para ele como se estivesse cobrando o dinheiro prometido.

— Se algum dia eu tiver esse dinheiro, prometo que lhe pagarei — gargalhou Gil. — Devo e não nego, mas pago quando puder — sentou-se ao meu lado na mureta da varanda. — Preparada para a nova vida?

— Acho que sim. Só estou preocupada porque preciso de dinheiro para a viagem e ainda não recebi o acerto pelo tempo trabalhado no Taberna. Sei que não deve ser grande coisa, mas deve dar para a viagem e eu não queria pegar dinheiro com minha avó.

— Você sabe que as suas viagens estão inclusas no seu pagamento, não é mesmo? Que mesmo que você tenha que pegar dinheiro com a sua avó, vai poder restituí-lo?

— Sei. Você já me disse isso e sou muito grata por mais esse benefício que você conseguiu para mim. Você é um anjo! — beijei seu rosto.

— E quanto ao pagamento do Taberna, acho que você também não precisará mais se preocupar — sorriu.

— O Matheus mandou o meu dinheiro? — perguntei animada.

— Na verdade, não. Ele quer que você vá buscá-lo.

— Mas você não avisou que eu pedi para ele mandar por você? — indaguei, sentindo-me desconfortável com a situação.

— Falar, eu falei. Mas ele quer que você vá buscá-lo, pelo que entendi, ele ainda quer conversar com você.

— Não tenho mais nada para conversar com ele, Gil.

— Tem sim, moça bonita. E você sabe disso, não seja infantil — repreendeu-me. — Vocês mal conversaram. Você não deixou ele falar nem ouviu as explicações dele e muito menos desabafou e falou como você realmente está ferida, o quanto ele a machucou e magoou. Os dois precisam conversar e ser muito sinceros um com o outro, inclusive sobre os sentimentos.

— Está bem! Eu me rendo! — brinquei. — Ficou muita coisa para ser dita, mas não sei se estou a fim de dizer ou ouvir algo a esse respeito.

— Deixa de ser teimosa, Janaína — chamou-me pelo meu nome, sinal de que estava falando sério. — Vocês dois se amam, se é para terminar dessa maneira, então que acabe com respeito e carinho entre vocês.

— Não sei se quero que acabe — assumi envergonhada. — Preciso acreditar que ainda existe alguma esperança, mesmo que seja mínima.

— Definitivamente, não sei o que faço com vocês dois — sorriu acariciando o meu cabelo. — Se amam e ficam criando obstáculos na história de vocês.

— Eu tenho medo, Gil! — olhei com olhos de súplica. — Hoje eu entendo o medo que ele sente, pois também sinto o meu. Não quero ser iludida e tratada da forma que fui, de novo.

— Vocês dois são uma piada — gargalhou. — Quando converso com um é como se estivesse ouvindo o outro. Vocês têm os mesmos argumentos.

— Não tem graça, sabia? — repreendi-o com severidade.

— Ok, desculpa! Mas você ainda não me disse quando vai ao Taberna receber. Lembre-se de que hoje já é sábado e você viaja na segunda e precisa do dinheiro.

— Vou amanhã, já que não tem outro jeito. Melhor encarar essa conversa e logo começar minha nova vida do que passar o domingo amargando as consequências e digerindo lembranças.

— Sabe o que eu acho? — indagou Gil, me encarando. — Que vocês dois ainda vão ficar juntos. Se não for agora, será mais para frente, quando pensarem melhor e virem que nada adianta fugir desse sentimento lindo que vocês nutrem um pelo outro.

— Gil, posso lhe pedir um favor? — perguntei. — Será que dá para mudarmos de assunto? Esse está me deixando ansiosa e nervosa por antecipação.

— É claro que sim, moça bonita. Mas guarde bem o que estou te falando e, quando tudo acontecer como eu disse, voltamos a conversar.

Sorri forçado, com o coração repleto de esperanças de que ele estivesse com razão. Mas para o momento, eu já estava decidida a me afastar. Queria organizar meus pensamentos e curar minhas mágoas e ressentimentos. E esperava que ele fizesse o mesmo. Que se fôssemos ficar juntos, que recomeçássemos do zero sem as lembranças do passado.

Matheus

Desde aquela fatídica terça-feira, em que conversamos e ela pediu demissão, que eu não via Janaína e isso estava me deixando louco. Eu continuava procurando por ela todas as noites no salão, como se de repente ela fosse aparecer e me presentear com seu belo sorriso.

Não era justo que só ela tivesse falado e não tivesse deixado eu me explicar. Eu tinha esse direito e precisava agir para tentar fazê-la mudar de ideia. E ela ainda havia tido a petulância de pedir para o Gil me avisar que ela queria que eu mandasse o dinheiro por ele, o que significava que ela não queria me ver e, mais uma vez, não deixaria eu me explicar.

Eu não permitiria que isso acontecesse. Fora que a única notícia que Gil me dava sobre ela era que estava bem. Nem mais nem menos. Precisava me certificar disso com meus próprios olhos. E demovê-la dessa ideia ridícula de demissão, queria convencê-la a continuar trabalhando no meu bar. Não podia deixá-la partir, precisava dela perto de mim.

Como fui tolo ao evitá-la, em não acreditar no seu arrependimento e não dar mais uma chance ao nosso amor. Só agora tinha consciência da burrada que fiz, do quanto meu medo era idiota. Eu não podia desistir de nós dois, precisava tê-la em meus braços novamente. Foi aí que tive uma ideia para tentar fazer com que ela ficasse. Chamei Gil em meu escritório e pedi para que ele falasse para ela vir buscar o dinheiro do acerto dela. Que eu só entregaria nas mãos dela e depois que tivéssemos uma boa conversa. Ela teria que me ouvir.

Estava ali, sentado, olhando para as paredes e, mais uma vez, tentando achar uma saída, quando ouvi o som de batidas fortes na porta. Olhei no relógio e já sabia de quem se tratava, todos os dias quando chegava para trabalhar, ele vinha me trazer notícias da minha princesa.

— Pode entrar, Gil.

— UAU!!! Patrãozinho já conhece até minha batida na porta — gracejou.

— Se você não fosse meu amigo e minha única maneira de saber notícias da Janaína, eu o demitiria agora por suas gracinhas.

— Credo, patrãozinho! É só isso que você espera de mim, notícias da moça bonita? Pois saiba que ela está bem — fingiu indignação.

— Impossível que, em todos esses dias, esta seja a única notícia que você tenha para me dar. — falei irritado.

— E já não é alguma coisa? Melhor do que nada. Mas você vai poder confirmar isso com seus próprios olhos.

— Ela está aí? — perguntei afoito e todo animado.

— Não, ela virá amanhã, durante o expediente, para receber o que é dela por direito. E nem precisa ficar animadinho, porque eu estou falando do dinheiro — gracejou.

— Você não acha que está ficando um pouco espaçoso demais? Cheio de liberdades? — devolvi a brincadeira.

— É para quebrar um pouco esse clima pesado que ficou nesse escritório desde terça-feira — deu um sorriso irônico. — Agora chega de brincadeira e vamos falar sério. Já pensou no que vai dizer a ela? Quais argumentos você vai usar para que ela o escute e mude de ideia?

— Claro que sei. Vou pedir perdão, dizer que a amo e não quero que vá, tentar me explicar, principalmente com relação à Fernanda.

— E você acha que isso será suficiente? — arqueou uma sobrancelha.

— Não sei. Em se tratando da Janaína, ela é sempre tão imprevisível, conheço-a melhor do que ninguém para saber que quando está brava ou magoada vira uma fera e o quanto é difícil demovê-la de uma ideia fixa, mas tenho que tentar.

— Então, boa sorte, patrãozinho, porque a fera em questão nem queria vir, disse que não tinha mais nada para falar com você. Mas... eu, como bom amigo que sou, consegui convencê-la.

— O que mais ela disse? — perguntei curioso.

— Continua com a ideia fixa de se afastar. Ela acredita piamente que vocês dois precisam de um tempo. Ainda está muito magoada, também, pudera, ser tratada como uma prostituta pelo homem que ama e logo depois pegá-lo transando com uma pessoa que ela odeia é demais para qualquer mulher.

— Eu já disse que eu não transei com a Fernanda — nervoso, alterei minha voz.

— Tudo bem, isso é o que você diz e eu acredito, mas não é a mim que você tem que convencer.

— Ela também me traiu, foi embora com outro homem e me abandonou.

— Na boa, Matheus, se você não for capaz de perdoar e esquecer esse passado, acho que é melhor vocês seguirem separados mesmo. Vocês têm que superar isso, porque se amam. Aproveite que vão conversar e falem sobre isso também, sobre tudo, todas as diferenças, mágoas e ressentimentos. Porque só depois que vocês fizerem isso é que vão conseguir se acertar, do contrário não conseguirão ser felizes juntos.

— Eu sei. Estou disposto a tentar, não a quero mais longe de mim. Não posso e não vou conseguir conviver com isso.

— Essa é a questão, Matheus, não basta só tentar, tem que conseguir.

— Se ela ficar ao meu lado, eu consigo.

— Espero que sim, ou essa luta vai ser em vão — levantou-se da cadeira e caminhou em direção à porta. — Agora preciso assumir meu posto, o Taberna deve abrir dentro de alguns minutos.

Ele se retirou e me deixou ali com mais de um milhão de coisas em que pensar. Cada vez que eu conversava com ele ou com a Prih, eles me diziam tantas coisas de uma só vez, que era até difícil de assimilar.

Trabalhei mais uma noite sentindo falta e procurando pela minha princesa. Depois fui para casa sozinho, durante o caminho me dei conta de que desde que ela havia ido trabalhar no Taberna eu não havia me envolvido com nenhuma outra mulher, ia sempre para casa pensar nela. Tirando, é claro, aquela maldita terça-feira em que caí na besteira de levar a Fernanda para lá.

Esse era o "*efeito Janaína*" em mim, quando ela estava por perto, não tinha para ninguém, eu só tinha olhos para ela. Doido de saudade, retirei nosso porta-retratos da gaveta do aparador e fui tentar dormir abraçado a ele. Quem sabe assim eu não teria lindos sonhos com a minha princesa?

18

Janaína

Acordei no domingo me sentindo ansiosa e com o coração apertado. Não sei dizer ao certo se era porque partiria no dia seguinte para iniciar minha nova vida e começar em meu novo emprego ou se era devido à conversa que teria com o Matheus naquela noite.

No fundo eu havia resolvido ir ao Taberna receber o meu acerto, no horário do expediente, porque tinha esperanças de que ele estivesse muito ocupado e desistisse de conversar comigo. Mas eu sabia que ele daria um jeito e eu não teria como escapar, teria que falar com ele e tinha certeza de que seria uma conversa muito difícil.

Suspirei fundo e tentei pensar de forma positiva no meu recomeço, na verdade, eu sabia que seria muito bom para eu dar um tempo na loucura que era conviver com Matheus e seus altos e baixos, suas dúvidas, inseguranças e medos. Fora que eu poderia refletir melhor sobre os meus sentimentos e tentar colocar minha cabeça no lugar, organizando meus pensamentos.

Sabia o quanto eu o amava e isso era indiscutível, mas depois de tudo o que aconteceu pude perceber que precisava de um tempo. Ele havia me magoado profundamente, fez com que eu me sentisse um lixo, pagando-me para fazer amor com ele. Talvez ele tenha feito isso por causa de seus medos e traumas, afinal eu o magoei primeiro.

Eu havia me arrependido muito disso, mas ele não conseguia esquecer nem perdoar, mesmo eu dizendo que o amava e que não faria mais aquilo. Por mais que eu tentasse me explicar, ele não aceitava muito bem as minhas justificativas. E apesar de todo ressentimento e mágoa, isso não lhe dava o direito de ele me ofender daquela forma. Talvez eu até pudesse entender se ele me desse o troco na mesma moeda, mas me tratar daquela forma e ainda se unir à Fernanda para me magoar, era difícil de aceitar.

Talvez eu estivesse sendo tão cabeça dura quanto ele, não querendo ouvi-lo e fugindo para longe. Mas no fundo eu sentia que seria melhor e esperava que ele pudesse refletir sobre nós dois, nossa primeira separação, as atitudes dele... enfim, que ele pudesse pensar melhor sobre tudo sem que eu estivesse por perto impondo minha presença.

Com certeza, sentiria muito a sua falta, mas tinha que seguir firme na minha decisão. Eu precisava ser forte por nós dois se eu quisesse que a gente voltasse algum dia a dar certo. E no fundo, bem lá no fundinho, eu tinha esperanças de que isso acontecesse.

A verdade é que eu estava muito confusa, machucada e magoada. Não conseguia pensar direito nas coisas e não tinha certeza do que queria. Era por essas e outras que eu tinha certeza de que precisava ficar um tempo afastada dele e não voltaria atrás na minha decisão. Por isso tinha que me preparar para ser firme durante a nossa conversa.

O tempo passou mais rápido do que eu esperava e, quando vi, já estava na hora de me arrumar para ir ao Taberna. Tomei um banho rápido, coloquei uma calça jeans *flare*, uma blusinha de alças de veludo rosê, com detalhe em renda preto, um blazer da mesma cor e *peep toe* azul marinho. Coloquei brincos de argolas grandes prata e fiz uma maquiagem simples e natural, base, pó, rímel e batom vermelho.

Ao me olhar no espelho, achei-me mais bonita e sensual do que pretendia estar. Na verdade, não queria chamar muito a atenção dele e muito menos despertar desejo. Ao contrário da nossa primeira conversa, não queria estar vestida para matar, muito menos provocar, mas apesar disso me sentia sexy, devia ser culpa dos saltos altos. Porém, ciente de que não havia mais tempo para mudar a produção, resolvi deixar meus cabelos soltos secarem ao natural.

— Nossa, minha querida, você está linda! — exclamou minha avó assim que desci as escadas.

— Obrigada, vó! — fui ao seu encontro e beijei-lhe a face.

— Preparada para a conversa definitiva? — indagou mostrando preocupação.

— Não, mas pelo jeito é minha única alternativa — suspirei fundo.

— Vá com calma, minha menina! Vocês dois estão muito machucados, cuidado com o que vai dizer para não se arrepender depois — acariciou meus cabelos. — Às vezes, as palavras ferem mais do que as ações.

— Ok! Eu não vou me esquecer desse seu conselho. A última coisa que quero é magoá-lo e me magoar mais — soltei o ar pelo nariz e, segurando as mãos de minha avó, sentei-me no sofá, fazendo com que ela se sentasse ao meu lado. — Na verdade, acho que nós dois precisamos de um tempo, desse tempo, para pensarmos e refletirmos melhor sobre tudo, tanto o passado quanto o presente, para tentarmos viver o nosso futuro, seja juntos ou separados. Temos que curar nossas mágoas e nos perdoarmos. E é isso que eu pretendo falar para ele.

— Você sabe que sempre poderá contar comigo, não é mesmo?

— Obrigada, vozinha! — nesse exato momento, a campainha tocou. — Deve ser o Gil, eu pedi para ele passar aqui para irmos juntos. Agora eu preciso mesmo ir.

— Boa sorte, minha menina! — levantou-se e beijou minha testa com carinho, indo depois em direção à cozinha.

Eu e Gil fizemos nosso caminho até o Taberna praticamente calados. Pouca coisa foi dita, com certeza, meu amigo percebeu meu nervosismo e ansiedade e resolveu respeitar o meu momento.

— Você não vai entrar? — perguntou assim que chegamos à porta do bar.

— Vai você na frente, preciso criar coragem e me preparar, afinal é a segunda vez que vou dizer adeus ao Mah nesse mesmo lugar. Eu entro logo em seguida, assim que me sentir preparada e confortável.

— Como se isso fosse possível, moça bonita! — sorriu tentado me encorajar. — Encontro você lá dentro, então. Mas não demore ou vou ficar preocupado.

— Daqui a pouco eu entro — segurei firme em sua mão. — E mais uma vez, muito obrigada por tudo, meu amigo.

Suspirei fundo e esperei alguns minutos do lado de fora, tentando achar forças e coragem que nunca vieram. Quando percebi que os primeiros clientes estavam chegando, vi que não dava mais para adiar e entrei. Meu coração disparou quando vi o Matheus, lindo, atrás do balcão olhando profunda e fixamente em minha direção. Seus olhos verdes brilhavam de emoção, pude perceber até algumas lágrimas se formando.

— Jana... — balbuciou de forma quase inaudível e veio caminhando em minha direção.

— Oi! — cumprimentei com a voz embargada tentando conter a minha emoção. — Vim buscar meu dinheiro.

— Claro, princesa! — ouvir o apelido pelo qual ele me chamava quando éramos noivos sair da sua linda boca me causou arrepios. — Vamos até o escritório que eu o entrego lá. — Estendeu uma das mãos em minha direção para que eu o acompanhasse, ainda sustentando o meu olhar com o dele.

— Eu posso esperar você buscá-lo aqui mesmo.

— Por favor?!... — pediu com olhos de súplica segurando em minha mão e puxando-me para mais perto.

Permanecemos naquela mesma posição por algum tempo, olhando-nos intensamente e com lágrimas nos olhos. Nossas mãos geladas e trêmulas, nossos corações acelerados e descompassados. Desejo evidente e palpável entre nós dois.

— Está bem! — quebrei o silêncio constrangedor que imperava entre nós.

Os olhos do Mah brilharam com ainda mais intensidade, pude ver esperança refletida neles. Sem soltar minha mão e sob o efeito do olhar de reprovação que Amanda nos lançou, caminhamos juntos até o escritório sendo observados por todos à nossa volta, funcionários e clientes. Era chegada a hora...

Matheus

— Que bom que você veio! — aproximei a sua delicada mão dos meus lábios e a beijei com carinho.

— Você pediu para o Gil me avisar que eu teria que buscar meu dinheiro, então eu vim — abaixou a cabeça e retirou sua mão da minha.

— Vamos deixar essa besteira de lado, esquecer o que aconteceu e começar de novo — supliquei.

— Mah, você me magoou, tratou-me como uma qualquer e de quebra foi para a cama com uma pessoa que me odeia.

— Mas você também me magoou no passado — rebati, sem deixá-la terminar de falar. — Você não tem noção de tudo que eu passei, do tamanho do meu sofrimento. Até hoje não consigo entender nem aceitar as suas justificativas para o que você me fez.

— Nós já conversamos sobre isso, já expliquei que estava carente, confusa, sentindo-me sozinha. Você só pensava em trabalhar e aproveitaram a minha carência para me convencer a te deixar — ela tentou se explicar mais uma vez. — E agora nós somos dois magoados e eu acredito que precisamos de um tempo para colocarmos nossa cabeça no lugar e tomarmos as decisões certas sobre o nosso futuro.

— Olha, princesa, se o problema é a Fernanda, queria que você soubesse que eu não me aliei a ela nem a ninguém da sua família. Não temos nada um com o outro...

— Vi vocês dois juntos completamente nus na sua sala — alterou a voz me cortando.

— Você viu, mas não é exatamente o que você está imaginando — tentei argumentar.

— Não é exatamente o que eu imagino? Então, o que vocês estavam fazendo pelados na sala do seu apartamento e ela com a boca toda borrada e descabelada, abrindo a porta para mim? — perguntou com ironia.

— Eu saí daqui transtornado, dividido entre o amor que sinto por você e o medo da mágoa que você me causou no passado — comecei a me explicar. — Não sabia o que fazer, o medo tomou conta de mim e minha consciência começou a gritar para eu me afastar de você. E foi aí que eu tive a infeliz ideia de te ferir, machucar, magoar, para ver se assim você saía da minha vida.

— Aí, você achou melhor me tratar como uma qualquer, uma prostituta, garota de programa. E fugiu, deixando apenas um mísero bilhete — olhou-me com os olhos repletos de ressentimento. — Mas ainda não entendi onde a Fernanda entra nessa história. Por que ela estava na sua casa, nua com você, na sua sala?

— Isso foi outra ideia que eu tive assim que saí daqui. Poderia ter sido qualquer outra mulher, mas ela foi a primeira a cruzar o meu caminho — abaixei a cabeça e engoli em seco, criando coragem para continuar. — Queria apagar você e nossa noite maravilhosa da minha vida e da minha cabeça. Resolvi transar com outra mulher para esquecer seu cheiro, seu gosto, suas lembranças.

— Meu Deus, Mah, quanto mal eu te fiz!

— Só me dei conta da besteira que eu havia feito quando vi seu lindo rosto tomado pela decepção — aproximei-me e beijei seus olhos. — Entrei em desespero, quase saí correndo sem roupa atrás de você, o que me impediu foi a presença da minha vizinha idosa no corredor.

— E você conseguiu apagar a mim e a nossa noite de amor da sua vida, depois de transar com a Fernanda?

— Nem transei com a Fernanda — sorri sem graça. — Tenho que confessar que deixei a desejar e não funcionei como deveria. Eu só pensava em você e pude perceber de cara que levá-la até lá foi um equívoco. E depois que você saiu de lá naquele estado, já não existia mais clima, então pedi para que ela fosse embora. E muito a contragosto, ela foi.

— Eu nem sei o que dizer...

— Não diga nada, apenas desista dessa ideia absurda de parar de trabalhar no Taberna e fica aqui comigo. Eu preciso de você aqui, perto de mim — passei a língua pelos meus lábios e engoli em seco. — Vamos começar de novo, vou tentar esquecer o passado e confiar em você. A gente fica junto e você pode ficar com o cargo de *hostess*. Você é perfeita para ele. Confesso que vou morrer de ciúmes dos olhares fortuitos dos clientes, mas vou lutar contra meu medo para confiar em você — fui me aproximando para um beijo.

— Por favor, Mah! — pediu se afastando. — As coisas não são tão simples assim. Agora mais do que nunca preciso de um tempo para digerir isso tudo. Além do que, já tenho um novo emprego e estão contando comigo. Não posso deixar meus novos patrões na mão.

— Um novo emprego? Posso saber onde? — questionei.

— Por enquanto, não — encarou-me. — Acho que vai ser bom trabalharmos separados e ficarmos um tempo sem nos vermos para pensarmos melhor em tudo: passado, presente e talvez um futuro. Isso vai nos fazer bem.

— E você vai me abandonar de novo? E, para piorar, não quer nem me dizer para onde vai. Como você quer que eu supere tudo e confie em você? — joguei as duras palavras na cara dela. — Você está descumprindo a sua promessa e deixando acontecer de novo. Está me abandonando mais uma vez.

— Está vendo só como eu tenho razão? Você sempre vai me cobrar isso. Você tem que tentar superar, esquecer, confiar em mim. Não dá para viver com um pé no passado, sempre voltando nele para me fazer cobranças e jogar as coisas na minha cara. Vamos aproveitar esse tempo separados para colocarmos nossas cabeças e sentimentos no lugar. Depois, quem sabe um dia a gente volte a conversar e se acertar? Dessa vez é diferente, vai ser para o nosso bem!

Não sei dizer como aconteceu, só sei que avancei em sua direção e em questão de segundos eu já estava com ela em meus braços, beijando-a sedento de paixão. Queria que ela parasse de falar e de pensar em me deixar. Senti-a ceder e se entregar às minhas carícias enquanto nos beijávamos. O beijo começou lento e repleto de carinho e depois foi se tornando forte, urgente e cheio de necessidade. Nossas línguas se enroscavam e brincavam uma com a outra. Eu me sentia no céu. Eu e minha princesa íamos nos acertar a qualquer custo, não podia deixar a mulher da minha vida partir de novo.

— Matheus, por favor, deixe-me ir — empurrando-me de forma bruta, ela se afastou e se esquivou do meu abraço.

Frustrado, nervoso e com raiva, caminhei até a minha mesa, peguei o dinheiro dela dentro da gaveta e voltei a me aproximar.

— Você tem certeza de que é isso que você quer? — indaguei entregando-lhe o pagamento.

— No momento, sim. Estou confusa, magoada e acho que esse tempo será o melhor para nós dois — esticou o braço e acariciou meu rosto com a mão. — Só lhe peço para ponderar melhor sobre tudo e tentar vencer esse medo para que possa voltar a confiar em mim. A confiança é muito importante em um relacionamento e no nosso não vai ser diferente. Eu me arrependi muito do que fiz no passado, fui fraca, carente, deixei-me influenciar e hoje estou pagando pelo meu erro. Prometo para você que não deixarei tudo acontecer de novo, e preciso muito que você acredite e confie em mim.

— Ok! Que seja como você quer. Só não posso garantir que vou lhe esperar. Sou homem e tenho as minhas necessidades — falei da boca para fora e pude perceber que a decepcionei mais uma vez.

— Esse é um risco que vou ter que correr — olhou-me tristemente.

Nesse momento, vi minha princesa virar as costas e sair do escritório fechando a porta atrás de si. Meu coração ficou em frangalhos. O que vai ser de mim sem ela?...

19

Janaina

Saí do escritório totalmente desnorteada e sem saber o que fazer ou para onde ir. Assim que apareci no salão, deparei-me com os olhares aflitos da Priscila e do Gil, que vieram em minha direção com ar de preocupados.

— Moça bonita, você está bem? — perguntou Gil com muita preocupação.

— Estou bem, sim, só preciso ficar sozinha — respondi desviando-me deles e caminhando rapidamente em direção à saída.

— Prih, acho melhor você ir ver como está o seu irmão — aconselhei, parando no meio do salão e olhando na direção da minha amiga.

Ela entendeu meu toque de imediato e logo se retirou em direção ao escritório. Respirei fundo e voltei a caminhar até a porta do estabelecimento na intenção de ir embora. Mas como a vida é sempre cheia de surpresas, deparei-me com um homem enorme e com cara de poucos amigos na porta do Taberna.

— Senhorita Janaina Albuquerque? — falou com voz grave e amedrontadora.

— Sou eu mesma — respondi prontamente. — Em que posso ajudá-lo?

— Que tal pagando a dívida que você contraiu com a festa do seu casamento no Rio de Janeiro?

— Desculpe, mas não estou entendendo — suspirei incrédula.

— Ótimo! Então vou avivar sua memória, mocinha — avançou em minha direção na intenção de me intimidar. — Estou aqui em nome da Buffet *"Felizes para sempre"*, do Rio de Janeiro. Ao que me consta, a senhorita encomendou uma grande festa de casamento e ainda não pagou. A empresa para quem trabalho foi contratada e me enviou até aqui para resolvermos esse pequeno "probleminha" — fez aspas no ar, enfatizando a última palavra.

— Olha, eu vou pagar — comecei a me explicar. — Disse a eles que pagaria e vou cumprir com a minha palavra, só não tenho esse dinheiro ainda. Mas eu estou trabalhando e pretendo pagar tão logo eu consiga a quantia da minha dívida.

— Você está de brincadeira comigo, garota? — segurou meu braço com força e brutalidade. — Vim buscar o dinheiro e só saio daqui com ele.

— Olha, moço... Faz menos de um mês que dei tudo o que eu tinha para eles — fiz uma pequena pausa, tentando recuperar meu fôlego. — Disse a eles que vou pagar e realmente vou, mas ainda não consegui o dinheiro. Se eles puderem esperar um pouco mais, já dei e dou novamente a minha palavra de que vou pagar.

— Acho que você ainda não entendeu, moça. Vou lhe explicar melhor o que aconteceu, o buffet mudou de dono e os atuais não fizeram nenhum acordo com você e querem o dinheiro agora. Para eles, o seu tempo expirou. O seu combinado foi com os antigos donos e não com eles. Deu para entender agora?

— Mudou de dono? — indaguei incrédula. — Você está machucando meu braço... — acrescentei tentando me desvencilhar do aperto de sua mão. — Posso pelo menos entrar em contato com o novo proprietário para tentar me explicar? Tenho certeza de que ele vai entender o meu lado.

— É melhor deixar de enrolação, moça. Ou vou ter que tomar medidas ainda mais drásticas — apertou ainda mais o meu braço, fazendo-me soltar um grito agudo de dor.

— Algum problema por aqui? — a voz rouca e sexy do Matheus encheu meus ouvidos. — Está precisando de ajuda, Janaína?

— Não é nada, Matheus. Na verdade, é só um mal-entendido — tentei me explicar.

— Nada? Mal-entendido? — o brutamontes deu uma gargalhada. — Olha, cara, não sei quem é você nem o que é dessa jovem, mas a verdade é que ela está devendo uma nota preta para um *buffet* do Rio de Janeiro, fui contratado e estou aqui para cobrá-la — sorriu cinicamente. — Por acaso o senhor era o noivo?

— Sou apenas o patrão — acrescentou Matheus, entrando na minha frente de forma protetora e fazendo com que aquele homem horrível soltasse o meu braço. — Acho melhor o senhor ir devagar com suas ameaças, o seu estilo de cobrança é antiquado e intimidador, devo lembrá-lo de que minha funcionária pode tomar algumas medidas jurídicas cabíveis contra o senhor, inclusive fazer um boletim de ocorrência por agressão — forçou um sorriso irônico. — Posso saber de quanto é a dívida?

— Claro! — o brutamontes entregou um papel cheio de anotações, que na verdade se tratava de um recibo detalhado, nas mãos do Matheus. — Nesse papel, você vai encontrar especificado o valor de cada serviço contratado e no final a soma total.

— É uma quantia consideravelmente alta — acrescentou Matheus analisando as anotações do papel. — Pelo jeito seria uma festa e tanto. Qual o prazo para minha funcionária pagar por tudo isso?

— Hoje. Como já expliquei para ela, o *buffet* mudou de dono e os novos proprietários não querem esperar mais. Devo levar o dinheiro até eles o quanto antes, a qualquer custo. Mesmo que eu tenha que tomar medidas extremas para conseguir a quantia.

— Entendo! — disse Matheus, virando-se em minha direção e olhando dentro dos meus olhos. — Acho que posso arranjar a quantia, mas preciso que me garantam que deixarão a Janaína em paz.

— Da minha parte pode ter certeza de que sim, só estou fazendo o meu trabalho — garantiu. — Quanto às pessoas que me enviaram, posso assegurar de que só querem o dinheiro que é delas por direito. Não creio que voltarão a incomodar a jovem.

— Ótimo, vou providenciar a quantia — Matheus abriu a carteira e começou a preencher os dados na folha de cheque, enquanto eu, incrédula, apenas observava a situação. — Aqui está — entregou ao cobrador.

— Perfeito! Aqui está o seu recibo — disse o brutamontes analisando o cheque e entregando o recibo detalhado que ele havia apresentado durante a cobrança. — Esse é o comprovante do seu pagamento. Foi muito bom negociar com você, mas já vou avisando que, se o cheque não tiver fundos, eu volto. E se tiver que voltar, não responderei por mim — lançou-me um olhar ameaçador.

— Quanto a isso não precisa se preocupar, garanto meu nome. E mais uma vez devo adverti-lo para tomar cuidado com suas ameaças — acrescentou Matheus, apontando a saída para ele. — Agora se o senhor puder se retirar do meu estabelecimento, eu agradeço.

Assim que o homem saiu, Matheus me olhou profundamente nos olhos, desviou-se de mim e seguiu em direção ao escritório. E eu, sem hesitar, sem saber o que dizer ou fazer e sob os olhares curiosos de todos, segui-o até lá.

Matheus

— Você não precisava ter feito isso — ouvi sua voz de veludo atrás de mim, assim que adentrei o escritório. — Eu poderia ter resolvido tudo sozinha.

— Tem certeza disso? — virei-me para encará-la.

— Estava negociando com ele e, cedo ou tarde, entraríamos em um acordo — tentou se justificar.

— Negociando? — soltou o ar pelo nariz, mostrando irritação. — A única coisa que eu vi, Janaína, foi um cara enorme e com cara de bandido prestes a atacá-la e agredi-la.

— Ele só estava um pouco nervoso, mas acredito que eu conseguiria convencê-lo — tentou argumentar.

— Convencê-lo, Jana? — olhei profundamente dentro dos seus olhos. — Você por acaso se deu conta do que aquele estranho fez no seu braço?

Pude perceber que nesse momento ela caiu em si, olhando para os hematomas que os dedos do cobrador haviam deixado na pele de seu braço.

— Desculpe! — sentou-se empalidecida. — Talvez você tenha razão, mas não precisava ter pagado minha dívida com o seu dinheiro. Além do que, se ele fizesse algo contra mim, como você mesmo disse, eu poderia ir até a polícia fazer um boletim de ocorrência contra ele.

— E comprar briga com um bandido, Janaína? Você enlouqueceu? — passei as mãos pelos meus cabelos, despenteando-me de forma nervosa. — Esse cara não deve estar sozinho, deve ter amigos tão perigosos quanto ele que poderiam até mesmo atentar contra a sua vida. Fora os proprietários desse tal *buffet*, que, para contratar um cara desses para vir falar com você, também não devem ser flores que se cheirem.

Ela fechou os olhos e apoiou a cabeça no encosto do sofá e, nesse momento, pude perceber seu rosto transfigurado pela dor.

— Está doendo muito? — aproximei-me acariciando seu braço.

— Confesso que um pouco, mas acho que meu susto foi maior que a dor.

— Eu só quis te proteger, princesa! — sentei-me ao seu lado e a abracei. E para minha surpresa, ela deixou e até retribuiu o abraço. — Tive medo do que ele poderia fazer com você. Senti um medo terrível de perdê-la e resolvi tudo de maneira que não pudesse te prejudicar e te machucar. Da maneira que achei que seria melhor para todos.

— Obrigada, Mah! — sussurrou, sem se desfazer do meu abraço. — Mas eu faço questão de pagar cada centavo desse dinheiro para você.

— Não se preocupe com isso agora, o importante é que você está bem e segura aqui comigo — apertei-a ainda mais no meu abraço.

— Tome... — desvencilhou-se do meu abraço e me entregou o dinheiro que eu havia acabado de lhe pagar pelos serviços prestados no meu bar. — Já fique com esse como entrada do pagamento, assim que eu for recebendo o meu novo salário vou lhe trazendo o dinheiro até quitar toda a minha dívida.

— Princesa, vamos fazer o seguinte, você não precisa começar a pagar agora — segurei seu rosto entre as minhas mãos de forma a sustentar o seu olhar. — Você foi pega de surpresa e vai precisar desse dinheiro até receber seu próximo salário, além de precisar ajudar a sua avó. Já que você insiste em deixar de trabalhar aqui e em me pagar esse dinheiro, vamos combinar o seguinte, você começa a me pagar a partir do seu próximo salário, ok? E não importa o valor e se algum mês não conseguir dar nada também não tem problema. Vá pagando conforme suas condições e fique desde já com o recibo, não preciso dele e confio em você — falei, estendendo o papel em sua direção.

— Não posso negar que preciso mesmo dessa grana — sorriu lindamente. — Obrigada por me dar um prazo! Mas vou pagar tudo, nem que para isso tenha que me privar de algumas coisas — acariciou meu rosto com ternura no olhar. — Mas o recibo fica com você, até que eu termine de pagar cada centavo.

— Tem certeza que é isso mesmo que você quer? — acariciei seus cabelos e sua face. — Digo... deixar de trabalhar aqui e ficar distante de mim?

— Certeza? — suspirou fundo. — Não sei, mas não quero voltar a esse assunto agora e continuo achando que vai ser bom ficarmos distantes para pensarmos melhor em tudo o que houve e colocarmos nossas cabeças no lugar. Precisamos nos perdoar por tudo e, quem sabe um dia, recomeçarmos.

— Teimosa! Deixa-me pelo menos levá-la em casa? — supliquei. — Para ter certeza de que você vai ficar bem e em segurança.

— Você precisa trabalhar, acho que já te atrapalhei demais por hoje. Além do mais, não acredito que, depois de ter saído daqui com minha dívida paga, aquele homem apareça para me fazer algum mal.

— Então vamos fazer o seguinte, o Gil a acompanha. E não adianta reclamar, faço questão e vou ficar mais tranquilo dessa forma.

— Ok, que seja feita a sua vontade — levantou-se do sofá.

— Princesa, você sabe que o Taberna está de portas abertas para você, não é mesmo? Se quiser ficar ou voltar, sempre haverá um trabalho para você aqui, perto de mim — aproximei-me, ficando a poucos centímetros de distância, de forma que conseguia até ouvir as batidas descompassadas do seu coração.

— Mais uma vez, muito obrigada, Mah! Agora eu preciso mesmo ir — aproximou-se e me deu um selinho com ternura.

Depois disso, ela me deu as costas e deixou meu escritório. Fui até o salão seguindo-a e pedi para Gil acompanhá-la até em casa. E assim, a mulher da minha vida se foi, mais uma vez, sem previsão de volta, deixando um vazio enorme no meu coração.

"*Meu Deus, o que eu faço para ter a mulher da minha vida de volta?*" — foi o meu último pensamento naquele momento de extrema tristeza.

20

Janaína

JÁ TINHA SE PASSADO UM MÊS DESDE QUE EU HAVIA PARTIDO PARA MINHA nova vida e iniciado meu novo emprego. Vinha todos os finais de semana ver minha avó, mas, desde então, não vi mais o Matheus. Pelo jeito, ele resolveu respeitar a minha vontade e se manteve afastado, o que em um ponto era bom, mas tenho que confessar que me causava certa frustração não vê-lo procurar por mim.

Mas aquele final de semana seria diferente, havia recebido o meu primeiro salário e tinha uma justificativa para procurar por ele, começar a pagar a dívida do Buffet que ele pagou por mim. Eu havia assumido a responsabilidade de pagá-lo e faria isso. E, de quebra, ainda iria ver o Matheus e matar a saudade que vinha me consumindo durante todo esse tempo.

Confesso que estava ansiosa, até mesmo nervosa. Não sabia o que esperar, o que ia ver ou como seria recebida. E, para completar, quando lembrava que o Mah havia dito que não prometeria me esperar porque era homem e tinha suas necessidades, o medo e a incerteza tomavam conta de mim e me tiravam do eixo. Sentia um frio na boca do estômago e minha garganta secava cada vez que pensava nisso.

— Posso saber o que está deixando a minha linda neta com esse vinco de preocupação na testa? — minha avó entrou no quarto e me tirou dos meus devaneios.

— Nada de mais! — sorri carinhosamente. — É só que, depois desse último mês em que estivemos afastados, hoje será a primeira vez que verei o Mah. E tenho que confessar que estou nervosa com a situação.

— Fique tranquila, minha querida, tenho certeza de que ele ficará muito feliz em reencontrá-la.

— E como a senhora pode ter tanta certeza disso? — perguntei de forma inquisitiva e confesso que um pouco curiosa. *Como ela poderia ter tanta certeza disso?*

— Tão simples como dois mais dois são quatro. Vocês se amam, foram feitos um para o outro e tenho certeza de que essa crise entre vocês é passageira.

— Ah, vó, queria tanto que a senhora tivesse razão! Na verdade, meu maior desejo é que ele perdoasse de verdade o que fiz no passado, que perdesse o medo de estar comigo. Mas, às vezes, as reações dele me levam a crer que isso jamais vai acontecer, que ele nunca conseguirá.

— Tudo a seu tempo, minha menina. Todas as coisas têm a hora certa para acontecer e com vocês não será diferente — sorriu e acariciou meus cabelos. — Mas e você? Já perdoou o último incidente ocorrido entre vocês?

— Para falar a verdade, ainda não sei. Às vezes, quando me lembro do que aconteceu, ainda me sinto triste e magoada, mas a saudade e a vontade de estar ao lado dele são maiores do que tudo. Eu passaria por cima de toda a situação para ficar com ele. Mas, infelizmente, não tenho muita certeza disso em relação ao Matheus.

— Pois eu tenho certeza de que ele conseguirá e acho que tudo já está caminhando para isso. Tenha só um pouquinho mais de paciência.

— O que a senhora está me escondendo, dona Francisca? — sorri, arqueando uma das minhas sobrancelhas. — Algo me diz que a senhora sabe mais, muito mais, do que está me revelando. O que está sabendo que eu não sei?

— Segredo! Na hora certa, você saberá e acho que não serei eu a contar — sorriu marota. — Mas não vale ficar brava comigo.

— Quer dizer então que agora a minha avó tem segredos comigo? E para completar, é algo que posso ficar brava com ela e que envolve outra pessoa?

— Por enquanto isso é tudo que posso dizer — levantou-se da cama e beijou minha testa. — Agora, coragem! Arrume-se bem linda e vá ver o seu amor.

E, sem dizer mais nada, ela saiu do meu quarto, deixando-me com meus pensamentos e com minha curiosidade aguçadíssima. *O que será que ela está me escondendo?*

Fiquei mais um tempo deitada na cama tentando descobrir por conta própria o que poderia ser esse segredo. Repassei nossa conversa várias vezes na tentativa de encontrar um fio solto, algo que ela pudesse ter me dito e que me ajudaria a desvendar esse mistério.

Sem sucesso, acabei desistindo e resolvi tomar um banho e me arrumar para ir até o Taberna, pagar uma parcela da minha dívida e ver o Matheus. Como o clima estava ameno, optei por um vestido de mangas compridas, porém de um tecido leve estampado em várias cores. Nas mangas, ele tinha um detalhe de um cadarço unindo as duas partes, o que deixava um pouco dos braços de fora. Ele descia solto pelo meu corpo, terminava acima dos joelhos, em um discreto babado. Coloquei um brinco azul no tom presente na estampa do vestido. Para completar, sandálias de salto na cor bronze.

Ao me olhar no espelho, senti-me bela e até mesmo poderosa e logo imaginei que o Matheus gostaria do que veria. Fiz uma maquiagem leve, base líquida, um pouco de pó para retirar o brilho excessivo causado pela oleosidade própria da minha pele, rímel para alongar os cílios e dar poder ao meu olhar e finalizei com um poderoso batom vermelho.

Desci a escada correndo tomada pela ansiedade que a cada segundo me invadia. Minha avó me olhou com um olhar de aprovação, já minha mãe fez cara de poucos amigos. Claro que ela não deixaria por menos...

— Posso saber aonde você vai toda produzida assim? — perguntou de forma sarcástica. — Não vai me dizer que vai atrás do botequeiro? Onde está seu amor próprio, minha filha? Depois de tudo que ele fez...

— Maria Lúcia, não seja maldosa com a sua filha — advertiu vó Chica. — Os dois se amam!

— Me poupe desse sentimentalismo barato, mãe. Sou vivida o bastante para saber que essa história de amor não leva a lugar nenhum, nem sequer existe.

— Eu vou sim até o Taberna, mãe — interrompi a discussão das duas. — Mas vou para pagar uma parcela da minha dívida com o Matheus, aquela que contraí por causa de um casamento com um golpista barato, que nunca existiu, e que a senhora tanto fez questão que acontecesse.

— Não precisa me cobrar dessa maneira. Tenho consciência da minha parcela de culpa.

— Então pare de falar do Matheus dessa maneira e de me recriminar também. A senhora devia agradecê-lo pela ajuda e o bem que nos fez. Se você visse a cara e as ações daquele cobrador horrível, tenho certeza de que não continuaria a tratar o Mah com tanto desdém.

— Faça como achar melhor, mas depois que se decepcionar mais uma vez com ele, não venha chorar no meu ombro — Disse isso da forma mais natural do mundo, como se alguma vez na vida já tivesse me consolado e subiu as escadas, indo novamente se trancar em seu quarto.

— Não dê ouvidos a ela, minha menina. Você sabe que para sua mãe só importa o dinheiro e que, na cabeça dela, por mais que o Matheus tenha se dado bem e melhorado de vida, ele jamais será rico o suficiente para deixar de ser o filho do botequeiro — minha avó tentou me consolar. — Agora vá ver o seu amor, estou aqui torcendo para que tudo corra bem — ela me encorajou e eu fui com o coração cheio de amor.

Durante todo o percurso, fui fantasiando como seria esse nosso encontro, como o Mah reagiria à minha presença, nossos olhares se cruzando e entregando nossos sentimentos. Na minha imaginação, tudo parecia perfeito, conseguia até visualizar suas lindas covinhas afundando no seu belo rosto enquanto eu caminhava em sua direção. Cheguei a sentir arrepios de prazer, só de imaginar aqueles lindos olhos verdes fixos em mim.

Confesso que nem vi o tempo passar e, quando dei por mim, já estava de frente para o Taberna. Respirei fundo me preparando para entrar. Quando me senti totalmente pronta, abri a porta com cuidado e pude ver que havia chegado um pouco cedo, talvez a ansiedade tenha me feito andar mais rápido que o necessário. Não havia a presença de nenhum funcionário no salão ainda, mas como sabia que o Matheus sempre era o primeiro a chegar e que com certeza estaria no escritório, resolvi ir até lá.

Fiquei surpresa ao ver que a porta estava aberta, ele sempre fazia questão de mantê-la fechada. De repente, ouvi vozes lá dentro e um barulho estranho de coisas caindo ao chão. E quando entrei, meu mundo caiu por terra, vi Amanda e Matheus aos beijos, encostados na mesa, derrubando os objetos que estavam sobre ela. Confesso que travei naquele momento, fiquei parada de forma estática diante dos dois com os olhos rasos d'água, mas eu não deixaria as lágrimas caírem. E quando percebi que havia sido notada, saí correndo de dentro do escritório em direção ao salão.

Matheus

Acordei tarde naquele domingo, como vinha fazendo todos os sábados de madrugada desde que a Janaína havia ido trabalhar fora, eu esperava-a até tarde chegar à rodoviária para a visita semanal à sua avó.

Ela jamais poderia descobrir que, contrariando a sua vontade, eu havia dado um jeito de descobrir tudo sobre o novo trabalho dela. Tenho que confessar que não foi nada fácil. Primeiro tentei descobrir através do Gil, mas depois de muito tentar e nada conseguir, apelei para a única pessoa que não me negaria essa informação por torcer muito por nós dois, dona Francisca, é claro.

Ela me deu todos os detalhes, mas só depois de eu prometer que não deixaria a Jana descobrir que eu sabia. A partir daí, preocupado como sempre fui com a minha princesa, passei a esperá-la e acompanhá-la na calada da noite, todas as vezes que vinha ver sua avó, para ter certeza de que nada de mal aconteceria a ela, tão linda, andando sozinha e de madrugada pelas ruas. Mesmo sabendo que a casa de vó Chica ficava a poucas quadras da rodoviária, não conseguia deixar de me preocupar.

O que também deixou dona Francisca mais tranquila e segura ao saber que eu estaria velando por Janaína. Ela também se preocupava e temia que algo de mal pudesse acontecer à sua neta. Então, a partir desse dia, todos os sábados eu dirigia meu carro até a rodoviária e o estacionava em lugar estratégico onde eu pudesse ver Janaína chegar sem que ela me notasse. Esperava ela atravessar a rua e então descia do meu carro e a acompanhava sorrateiramente pelas sombras da noite até que ela entrasse em casa e eu me certificasse de que estava em segurança. Daí eu voltava para casa e só então conseguia dormir tranquilo. Essa havia se tornado minha rotina aos sábados de madrugada.

Depois de almoçar com meus pais, como sempre fazia, fui para casa descansar mais um pouco e, depois de um bom banho e de me arrumar, fui para o Taberna. O expediente aos domingos iniciava mais cedo, assim como encerrava também. Afinal, segunda-feira era dia de voltar à rotina de trabalho para os clientes; mas para mim, era dia de descanso.

Como de costume, fui o primeiro a chegar ao meu estabelecimento, ou deveria ter sido. Fui pego de surpresa com a presença de Amanda, que já se encontrava lá, alegando que precisava ter uma conversa séria e importante comigo. Sem enrolação e, confesso que um pouco curioso sobre o teor dessa conversa, convidei-a para ir até o escritório. Um pouco receoso com o que ela poderia estar querendo, optei por deixar a porta aberta.

— E então, o que você tem de tão importante para me dizer? — perguntei demonstrando certa indiferença.

— Quero falar sobre nós dois — respondeu se aproximando na tentativa de me tocar.

— Nós dois? — arqueei uma das sobrancelhas ao perguntar, tentando entender onde ela queria chegar com esse assunto. — Eu e você? — fiz mais uma pergunta sem saber o que dizer.

— Sim, nós dois e nosso relacionamento que caiu por terra desde a volta da insuportável da Janaína — respondeu de forma irônica.

— Amanda, nós nunca tivemos um relacionamento e você sabe muito bem disso — argumentei. — Sempre deixei bem claro para você que o que tínhamos eram apenas momentos. Você sempre soube de meus sentimentos pela Janaína. Aliás, todos sabem.

— Mas nós sempre nos demos tão bem na cama e você sempre disse que não queria mais saber dela, depois de tudo o que ela fez — foi a vez de ela argumentar. — Além do que, ela foi embora novamente, desmentindo o que vinha falando e lhe prometendo desde que voltou.

— Por favor, Amanda, não insista nesse assunto, não quero magoar você — pedi com certo receio. — E, dessa vez, tive minha parcela de culpa na partida da Janaína e pretendo consertar isso.

— Não importa o que você diga a respeito, posso e vou fazer você esquecê-la... — foi se aproximando cada vez mais de mim, olhando bem dentro dos meus olhos.

Cada passo que ela dava em minha direção, eu dava um para trás, tentando evitar a proximidade e o contato. Quando dei por mim, eu estava prensado na mesa sem ter para onde fugir, derrubando as coisas que estavam sobre ela. Amanda não perdeu tempo e foi logo colando seus lábios nos meus. Fiquei sem saber o que fazer, nem meus olhos fechei. E foi aí que vi Janaína entrar no escritório e ficar nos olhando com um olhar de profunda decepção e depois sair correndo.

— Você está louca, Amanda? Olha só o que você fez! — gritei afastando-a de mim — Jana! — saí do escritório correndo e chamando por ela. — Espera, vamos conversar.

— Nós não temos nada para conversar, eu só vim trazer a primeira parcela do dinheiro que você me emprestou para pagar minha dívida com o *buffet* — ela depositou o dinheiro no balcão e começou a se dirigir à saída.

— Espera! — pedi novamente e ela parou, olhando em minha direção. — O que estava acontecendo lá dentro não é nada do que você está pensando ou imaginando.

— Não estou imaginando nem pensando nada — olhou-me tristemente. — Só estou constatando que você estava sendo realmente sincero quando me disse que, por ser homem e ter suas necessidades, não prometia esperar. E, pelo jeito, não esperou mesmo.

— Por favor, princesa! Você está sendo precipitada mais uma vez. Vamos conversar — praticamente implorei, já sentindo o desespero tomar conta de mim.

— Por favor, digo eu, Matheus. Apesar de achar desnecessária, vamos deixar essa conversa para outra hora. Deixe-me ir, preciso digerir melhor a cena que acabei de ver — virou as costas e saiu do Taberna.

— Jana! — gritei correndo até a porta, a tempo de vê-la pegar o primeiro ônibus que passava pelo ponto da esquina.

— Garotinha temperamental essa, hein? — disse Amanda com sarcasmo.

— Está vendo só o que você fez? — alterei meu tom de voz. — Por favor, Amanda, vá embora. Você está despedida — encarei-a com ódio e desprezo no olhar. — Já havia te avisado que se fizesse mais uma gracinha nesse sentido, você estaria fora do quadro de funcionários do Taberna.

— Você está brincando comigo? — olhou-me com desespero no olhar.

— Não. Nunca falei tão sério em toda a minha vida. Assim que seu acerto estiver pronto, a Priscila entrará em contato para que você venha recebê-lo diretamente com ela.

— Eu vou, mas pode ter certeza de que isso não ficará assim — esbravejou.

— Isso é uma ameaça, Amanda? — perguntei incrédulo.

— Entenda como quiser — pegou sua bolsa e foi embora, pisando forte e me empurrando com um esbarrão.

E eu fiquei ali, sem saber que atitude tomar com relação à Janaína. *Eu lhe daria o tempo que pediu ou iria direto para a casa de vó Chica fazê-la me ouvir?* Diante das circunstâncias, com o bar prestes a abrir e agora com uma funcionária a menos, acabei optando pela segunda opção. Conversaria com ela em uma próxima oportunidade e faria com que me ouvisse e acreditasse em mim. Por ora, só me restava esperar o melhor momento e conviver com minha dor e insegurança.

21

Janaína

Saí tão nervosa e decepcionada do Taberna que acabei pegando o primeiro ônibus que passou pelo ponto. Para falar a verdade nem sabia ao certo para onde ele me levaria, por sorte todos os ônibus da cidade passavam pela rodoviária, e ele me levou até o ponto próximo à casa de vó Chica, mas não sem antes dar uma volta enorme pela cidade. Acho que acabei fazendo um tour por ela.

Cheguei em casa e a única coisa que queria era passar despercebida pela sala e subir para o quarto para tentar colocar minha cabeça no lugar sem ter que dar satisfações a ninguém. Infelizmente não tive essa sorte.

— Estou vendo pela sua cara que eu estava com a razão e você se deu mal mais uma vez — minha mãe foi logo falando da poltrona escondidinha no canto da sala, ao lado da mesa onde ficava o telefone.

— Que susto, mãe! — levei minha mão ao coração. — Não vi que a senhora estava aí.

— Estava te esperando para me certificar de que eu estava certa — ironizou.

— Por favor, mãe, não começa — pedi. — Não estou bem, a última coisa que eu preciso e mereço nesse momento são suas ironias.

— O que foi que houve? — insistiu. — Aposto que ele te deu um fora.

— Ele estava com a Amanda. Parece que ele foi sincero quando disse que talvez não me esperasse — suspirei. — Satisfeita agora? Posso subir para o meu quarto?

— Eu bem que te avisei, você não quis me ouvir, é nisso que dá.

— Maria Lúcia, minha filha, já disse para você deixar Janaína em paz — minha avó entrou na sala e saiu em minha defesa. — Qual foi a parte do que eu disse que você ainda não entendeu?

— Ora, mãe, o seu problema é esse, eu tento criar minha filha dentro da realidade e você fica protegendo-a em um mundo de sonhos — replicou. — Se me deixasse criá-la do meu jeito, ela encararia essas bobagens da vida com mais naturalidade.

— E ela seria tão fria e calculista quanto você — acrescentou minha avó. — Não vou cometer o mesmo erro que cometi quando deixei que seu pai se responsabilizasse pela sua criação. Ele a transformou em um monstro, Maria Lúcia. Uma mulher interesseira e sem sentimentos como ele. A minha neta, eu criei diferente, por isso ela é dotada de emoções e sentimentos nobres.

— Por favor, gente! Essa discussão não vai nos levar a nada. Intervi antes que a coisa ficasse mais séria — preciso descansar, tenho uma viagem logo pela manhã bem cedo e estou exausta. Podemos deixar essa conversa para outra hora? — pedi e segui em direção às escadas. Quando já estava no terceiro degrau, voltei-me para as duas e acrescentei. — A propósito, mãe, eu prefiro mil vezes ser emocional como sou do que ser como a senhora — e terminei de subir a escada.

— Janaínaaaa! — ouvi minha mãe gritar irritada. — Cadê o respeito? Volta aqui agora.

Ignorei os gritos de minha mãe e me fechei no banheiro para tomar um bom banho e depois tentar dormir. Tentar... porque eu não fazia a mínima ideia se iria conseguir.

No dia seguinte, estava acabada, como eu havia imaginado e não consegui dormir nada. Passei a noite inteira pensando na cena que eu havia presenciado no escritório do Matheus. O que mais me machucava era saber que tudo era culpa minha. Talvez se eu tivesse sido menos teimosa, perdoado e continuado a trabalhar no Taberna ao seu lado, nada disso teria acontecido. Poderíamos até mesmo ter nos acertado e estarmos juntos e felizes agora.

Mas, ao contrário disso, deixei que meu orgulho e mágoa falassem mais alto e resolvi me afastar por um tempo. Mesmo ele tendo alegado que era homem e que talvez não me esperasse, devido às suas necessidades, continuei com a ideia fixa de darmos um tempo. Eu realmente achava que era o melhor a se fazer, mas hoje já não tenho mais tanta certeza disso.

Ah, esse "se"! Maldito "se", que sempre nos deixa em dúvida. E "se" eu tivesse feito isso? Ou quem sabe aquilo? Como teria sido se tivesse feito aquilo outro ou agido daquela outra maneira, ou tomado outra decisão? "Se" ... "Se" ... "Se" ... Sempre esse "se"!

Agora ali estava eu, arrependida, mais apaixonada do que nunca, cheia de saudades dele e sem saber o que fazer com relação a tudo isso. O que fazia doer ainda mais era ele ter escolhido a Amanda, um dos meus desafetos. Eu sabia que eles saíram juntos algumas vezes quando fui embora para o Rio de Janeiro, mas ver com meus próprios olhos doía bem mais. Parece que o Matheus tem o dom de se envolver com as pessoas de quem não gosto e cuja opinião contrária é recíproca. Primeiro, eu o flagrei em seu apartamento com a minha meia-irmã insuportável Fernanda, e agora no escritório do Taberna com a chata da Amanda.

Eu precisava resolver o que iria fazer com relação a isso tudo. E faria isso essa semana. Eu tinha duas opções, afastar-me de vez e continuar minha vida ou lutar pelo meu amor.

E foi exatamente o que fiz, depois de muito pensar durante toda aquela semana estava voltando para casa com minha decisão tomada. Apesar de triste, resolvi deixar Matheus seguir o seu caminho. Não o procuraria mais e deixaria ele tentar ser feliz da maneira que melhor lhe aprouvesse. Se ele havia tomado a decisão de não me esperar e recomeçar a vida dele ao lado de outra mulher, mesmo que ela fosse a chata da Amanda, eu não iria mais procurá-lo e seguiria o meu caminho também. Só não sabia se conseguiria encontrar alguém para ocupar o lugar dele em meu coração. Mas eu teria que tentar.

Durante toda a viagem, senti meu coração apertado, um frio na boca do estômago. Parecia algo como um pressentimento ruim, que alguma coisa pudesse estar acontecendo de mal. Meu coração se encheu de preocupação, o que poderia estar acontecendo ou ter acontecido para me deixar com essa sensação ruim? Pensei em minha avó, minha mãe, no Matheus e por isso não consegui descansar durante a viagem, como fazia sempre.

Ao chegar à rodoviária, desembarquei rapidamente e segui o mais rápido que pude para a casa de vó Chica. Quando lá cheguei e entrei pela porta da sala, meu coração disparou, batendo tão rápido e com tanta força que achei que fosse saltar pela minha boca. Bem ali, na minha frente, caída no tapete, estava o corpo de minha avó, desacordado. Comecei a gritar desesperadamente por minha mãe, que desceu as escadas correndo.

— O que foi, Janaína? Que gritaria foi essa?

— É a vó Chica, mãe. O que houve com ela? — respondi ajoelhada ao lado do corpo de minha avó, tentando em vão reanimá-la.

— Ah, então foi esse o barulho que ouvi? — argumentou de forma fria como se nada estivesse acontecendo.

— Como é que é? Você ouviu o barulho dela caindo e não fez nada?

— Eu não sabia que era ela caindo. Agora se você me dá licença, vou voltar para o meu quarto que lá é o meu lugar.

— Mãeeee! — gritei. — Volta aqui, você precisa me ajudar.

— Chame uma ambulância e tudo vai se resolver. Eu vou dormir.

— Você ficou louca? É sua mãe caída aqui na sala — ela continuou subindo as escadas como se eu não tivesse dito nada. — Você enlouqueceu de vez, MALUCA.

A depressão em que minha mãe se encontrava só podia estar piorando a cada dia mais. Além de ficar o tempo inteiro trancada naquele quarto, agora não demonstrava qualquer tipo de emoção ou sentimento. Eu precisava fazer alguma coisa a respeito, mas teria que ficar para depois, agora eu precisava fazer algo por minha avó.

Tentei sentir o pulso dela e pude perceber que ainda estava viva. Um pouco mais calma, pude perceber que estava respirando, seu peito subia e descia de forma lenta, mas ela ainda respirava. Corri para o telefone e liguei para o pronto-socorro do único hospital da minha pequena cidade.

— Santa Casa de Misericórdia, boa noite! — a atendente foi toda simpática ao telefone.

— Moça, pelo amor de Deus, preciso de uma ambulância agora, aqui em casa. Minha avó está caída, desacordada no tapete da sala e eu não tenho como levá-la até aí, não tenho um carro, ninguém para ajudar... — disparei a falar sem parar.

— Acalme-se, querida! Passe-me seu endereço, estamos sem ambulância agora, nesse momento, mas assim que uma das duas retornar com os pacientes que foram buscar, eu a mandarei para sua casa.

— Como assim? Eu acabei de chegar em casa e a encontrei desacordada, nem sei há quanto tempo ela está assim. Eu preciso de uma ambulância AGORA.

— Procure se acalmar, por favor. Dentro de dez a quinze minutos a ambulância estará em sua casa — argumentou, tentando me passar calma. — Agora me passe o seu endereço.

Passei o endereço para ela, porém inconformada por ter que esperar pelo atendimento. Qualquer minuto poderia ser decisivo na vida de minha avó, que já tinha idade avançada. Sentei-me no chão, coloquei a cabeça dela em meu colo, sentindo-me impotente, enquanto aguardava pelo socorro, que eu nem tinha certeza de quanto tempo iria demorar.

Foi aí que me lembrei de uma pessoa, a única que poderia me ajudar naquele momento e que se preocupava com vó Chica tanto quanto eu. E contrariando tudo o que eu havia decidido sobre nós naquela semana, liguei para ele.

Matheus

— Janaína, aconteceu alguma coisa, princesa? — atendi ao meu celular com o coração disparado pelo susto e preocupação por ela estar me ligando àquela hora da noite. Eu a havia acompanhado até a porta da casa e sabia que ela havia chegado em segurança, então o que quer que pudesse ter acontecido tinha sido dentro de casa. Será que havia algum ladrão no interior da residência?

— Minha avó... a vó Chica... Ai, meu Deus, Mah, eu a encontrei caída... — começou a falar de forma desconexa e sem parar, soluços entrecortavam a sua voz.

— Jana, meu amor, por favor, fique calma e tente me explicar melhor, não estou conseguindo entender direito — falei, tentando manter a calma e já manobrando o volante do meu carro para retornar à casa de dona Chica, de onde eu havia praticamente acabado de sair depois de acompanhar sorrateiramente Janaína até a porta.

— A minha avó, Matheus... Ela está desmaiada no tapete da sala, não sei por quanto tempo. A Santa Casa não tem uma ambulância para me enviar agora e eu não tenho como levá-la até lá — finalmente ela conseguiu me dizer com a voz embargada.

— Estou indo para aí agora, chego em minutos — desliguei o celular e pisei fundo no acelerador querendo chegar o mais rápido possível.

Conforme o combinado, cheguei em poucos minutos, pois não estava muito longe. Desci do carro correndo, muito preocupado com a saúde de dona Chica. Toquei a campainha várias vezes, enquanto esperava Janaína abrir a porta. Ver seu rosto lindo assustado e molhado por lágrimas cortou meu coração. Ela segurou em minha mão e me puxou para dentro, onde pude ver vó Chica desacordada no tapete.

— Desculpa, Matheus, eu não queria...

— Shiiii!! Depois nós conversamos, ajuda aqui, temos que levar vó Chica ao hospital agora. Tome a chave do meu carro e vá na minha frente, abrindo caminho enquanto eu a carrego nos braços — e foi o que ela fez rapidamente.

Coloquei vó Chica no banco do passageiro na frente, Janaína entrou atrás e eu assumi o volante dirigindo como um louco para chegar à Santa Casa o mais rápido possível. Sorte que cidade do interior não tem semáforos. Em alguns minutos, estávamos na porta do pronto-socorro. Entrei com dona Chica nos braços e fui logo pedindo à enfermeira que a atendesse logo.

— Qual o plano de saúde? — perguntou a atendente com frieza.

— Plano de saúde? — perguntou Janaína desconcertada. — Ela não tem um.

— Atendimento pelo SUS, então? Vai demorar um pouquinho mais, a fila está grande — a atendente apontou para a direção de várias pessoas sentadas à espera de atendimento.

— Mas ela está desmaiada — alegou Janaina. — Pode ser algo grave.

— Sinto muito, querida, mas regras são regras — respondeu com desdém.

— Regras? Que tipo de regras são essas que deixam um paciente morrer sem atendimento? — Janaína estava nitidamente alterada e, protetor como sempre fui com relação a ela, preferi intervir antes que aquela conversa se tornasse uma grande discussão.

— Janaína, por favor, vá tomar uma água e sentar-se um pouco, tente se acalmar. Deixe que eu resolvo tudo aqui. Vou pagar o atendimento particular.

— Mas, Matheus, isso não é justo. Eles...

— Não discuta comigo, já está decidido. Além do que vó Chica precisa de atendimento urgente e eu não a deixarei esperar — dito isso, ela se afastou e me deixou tomando as medidas cabíveis.

Dentro de poucos minutos, dona Francisca foi acomodada de maneira mais confortável em uma maca e estava sendo levada para o interior do hospital para ser atendida por um médico e realizar alguns exames. O que mais me preocupava é que ainda estava desacordada. O que teria acontecido?

— Você está bem? Mais calma? — indaguei me aproximando de Janaína, que se encontrava na sala de espera, sentada em um canto mais reservado.

— Matheus, você não precisava ter feito isso. Não tinha necessidade de pagar particular, ela poderia aguardar o atendimento, mas de qualquer forma, depois você me diz quanto pagou que faço questão de reembolsar cada centavo. Podemos somar o valor com o que já lhe devo e vou pagando aos poucos.

— Não seja orgulhosa, Janaína. Fiz isso por sua avó e não quero receber um tostão referente a isso — respirei fundo. — Além do que nós dois sabemos que ela precisava ser atendida com urgência e ficar discutindo com a atendente só pioraria as coisas e atrasaria ainda mais o atendimento.

— Desculpe! Acho que estou um pouco nervosa — sentou-se cobrindo o rosto com as mãos.

— Tudo bem! Agora vem aqui — sentei-me ao seu lado, puxando-a para mais perto de mim e colocando-a no meu colo. — Fique tranquila, tudo vai ficar bem! — abracei-a com carinho, acariciando seus cabelos e colocando meu rosto próximo ao seu pescoço para sentir seu cheiro delicioso.

— Desculpe! Eu não queria atrapalhar sua noite de sábado — ela se afastou levantando-se do meu colo e sentando-se na cadeira ao meu lado. — Sua namorada deve ter ficado nervosa com você.

— Você sabe que eu não tenho uma namorada, Janaína — tomei fôlego, tentando conter minha irritação com o que ela acabara de me dizer.

— Eu sei? — fingiu-se de boba. — Não sei de nada. Aliás, o que eu vi na semana passada foi exatamente o contrário.

— Não sabe porque é teimosa — coloquei minha mão levemente sobre o seu rosto e virei sua cabeça em minha direção, de forma que nossos olhares se cruzassem e ficassem presos um no outro. — Se tivesse atendido ao meu pedido e me escutado, saberia que tudo não passou de um engano. Pelo o que fez naquele dia, Amanda nem é mais funcionária do Taberna — passei meu polegar sobre seus lábios carnudos, acariciando-os com luxúria no olhar. — E, a propósito, você não atrapalhou nada na minha noite. Estava voltando para casa depois de acompanhar a mulher da minha vida da rodoviária até a casa da avó dela, só para ter certeza de que ela chegaria em segurança.

— Você... — calou-se sem saber o que dizer e ficou me olhando fixamente, desejo emanando dos seus lindos olhos castanhos.

Nesse exato momento, não resisti e puxei-a para junto de mim. Selei nossas bocas com um beijo, calmo e profundo, que aos poucos foi se transformando em algo selvagem, urgente e repleto de necessidade. Nossas línguas brincavam uma com a outra, nossas bocas úmidas e quentes não queriam se desgrudar. Nossos corpos queimando em desejo. Estar ali era tudo o que eu mais queria. E o melhor de tudo era saber e sentir que tudo era recíproco.

— Hum-hum! Com licença! — fomos interrompidos pelo médico. — Desculpem-me interromper o casal, mas trago notícias de dona Francisca.

— Claro, doutor! — Janaína se afastou de mim deixando um vazio enorme em seu lugar. Senti instantaneamente falta do calor do seu corpo junto ao meu. — Como ela está?

— Como vocês já devem saber, dona Francisca é diabética. Na verdade, o que ela teve foi uma crise de hipoglicemia, que é uma queda muito brusca da taxa de açúcar no sangue. Em situações extremas, essas crises podem levar à perda de consciência, que foi exatamente o que aconteceu com ela. Isso geralmente acontece quando o doente aumenta a quantidade de exercícios sem orientação correta, ou sem ajuste correspondente na alimentação ou na medicação; pula refeições; come menos do que o necessário; exagera na medicação, acreditando que ela vai trazer um controle melhor; ou ingere álcool — explicou o médico. — Ela já está bem, mas não soube nos dizer ao certo o que pode tê-la levado a essa crise. Aconselho que vocês fiquem de olho e fiscalizem tanto a alimentação quanto a medicação dela para que a perda de consciência não volte a acontecer. Ela já foi levada para um quarto onde permanecerá em observação e foi medicada, encontra-se dormindo tranquilamente no momento. Como o horário de visitas já acabou, apenas um de vocês poderá ficar de acompanhante e dormir com ela essa noite. Darei alta para ela pela manhã. Agora, se me dão licença, tenho alguns outros pacientes para atender.

— Claro! Obrigada, doutor! — Janaína respondeu com o semblante bem mais tranquilo. — Eu mesma ficarei com ela essa noite e vou ficar de olho nela para que não aconteça novamente.

— Tem certeza de que quer ficar? Não quer que eu fique para você descansar melhor da viagem, dormindo em casa?

— Obrigada, Mah! Não conseguiria dormir estando longe, ficaria muito preocupada com ela. Prefiro ficar. Vá você para casa descansar do trabalho. Ficarei bem.

— E quanto à nossa conversa e o que acabou de acontecer entre nós dois? — perguntei meio hesitante.

— Se incomoda se falarmos sobre isso amanhã? Estou realmente cansada, quero descansar um pouco e não quero deixar minha avó muito tempo sozinha no quarto.

— Promete que não vai fugir de novo? — sorri de forma nervosa ao perguntar.

— Prometo! — respondeu sorrindo e enchendo o meu coração de esperanças. — Além do que, você tem algumas explicações para me dar, como, por exemplo, dizer-me como descobriu a que horas eu chego aos sábados e me seguir até em casa. Preciso saber quem me traiu, apesar de já ter uma vaga ideia de quem foi.

— Prometo contar tudinho, mas não fique brava, ela só quer o melhor para nós e acredita muito na gente juntos.

— Melhor eu subir para o quarto agora — Janaína se aproximou e selou nossos lábios com um beijo rápido. — Muito obrigada por tudo! — dito isso, ela virou as costas e se foi, deixando-me ali radiante de felicidade e ardendo em desejo.

22

Janaína

SENTI UM ALÍVIO ENORME QUANDO ENTREI NO QUARTO E VI MINHA AVÓ dormindo tranquilamente, já medicada e fora de perigo. Senti-me até mais leve. Aproximei-me da cama, beijei sua testa com carinho e a cobri.

"Que susto você nos pregou, hein, dona Francisca?", pensei em voz alta.

Coloquei minha bolsa em cima da poltrona no canto do quarto e deitei no leito desocupado ao lado do da minha avó, na intenção de descansar um pouco. Essa é uma das vantagens de se pagar pelo atendimento particular, se fosse um quarto do SUS, com certeza, não poderia dormir com ela no hospital ou então teria que dormir sentada em uma cadeira desconfortável. Triste realidade!

Liguei a televisão e comecei a zapear pelos canais. Minha intenção era apenas descansar o corpo e não dormir. Queria estar desperta para cuidar de minha avó e atender às suas necessidades caso ela precisasse.

"Matheus entrou no quarto de hospital e veio em minha direção, sorrateiramente.

— Mah, o que você está fazendo aqui? O médico foi claro quando disse que só um de nós poderia ficar. Se nos descobrirem aqui podemos ter problemas.

— Shiiiiii! — colocou o dedo indicador nos meus lábios. — Se você não fizer muito barulho, ninguém vai nos descobrir, princesa. Prometo ir embora assim que terminarmos.

— Terminar? O que você quer dizer com isso? — perguntei confusa.

— Isso... — aproximou-se de mim e me puxou para um beijo quente, forte e repleto de desejo.

— Mah, alguém pode entrar e nos flagrar aqui. Ficou louco?

— Por você!!!

Ele tomou o meu rosto em suas mãos e me puxou para mais um beijo repleto de urgência. A sua língua úmida e quente invadiu com voracidade a minha boca. Matheus se afastou um pouco para recuperarmos o fôlego e aproveitou para tirar a camisa, revelando seu peitoral definido e irresistível. Nesse momento perdi completamente o controle, e fechando meus olhos me entreguei totalmente ao momento.

Agarrei-me ao meu homem, abraçando-o com vontade. Minhas mãos passeando com desejo por suas costas e minhas unhas deixando marcas por toda a extensão. Ele me afastou um pouco, só o tempo suficiente para retirar minha blusa e se livrar habilidosamente de meu sutiã. Logo em seguida abocanhou meus seios sugando-os e devorando-os com vontade.

— Matheus... — gemi seu nome com desejo.

— Isso, princesa, quero ver você gozar dizendo meu nome.

— Mah... ah, Mah... — gemi ao pé do seu ouvido, fazendo-o arrepiar de prazer.

De repente, comecei a ouvir vozes ao fundo. Separamo-nos apressadamente e assustados com a possibilidade de sermos descobertos e então..."

— Vó, Matheus... — acordei assustada e foi aí que percebi que as vozes que eu estava ouvindo eram dos dois que conversavam baixo, na tentativa de não me acordar. — Nossa, acho que eu dormi! Desculpa, vó, eu pretendia ficar acordada para olhar por você durante toda a noite, mas acho que o cansaço me venceu.

— Que feio, Janaína! — provocou Matheus em tom de gozação.

Mostrei a língua para ele e me dirigi ao banheiro para fazer minha higiene pessoal. Quando me olhei no espelho, quase morri de vergonha. Estava horrível, toda despenteada, com a cara amarrotada e o Mah havia me visto daquele jeito desleixado. Que ódio! O pior é que até onde me lembro, ele sempre acordava lindo de viver. E para piorar ainda mais, quando saí de casa ontem à noite, estava tão desesperada que não havia trazido nada comigo. Ou seja, nem escovar os dentes direito eu podia.

— Jana... — Matheus bateu na porta do banheiro, chamando pelo meu nome. — Eu tomei a liberdade de passar na casa da vó Chica e pegar com sua mãe alguns produtos de higiene para você usar, trouxe até mesmo uma roupa para você se trocar.

— Obrigada! — agradeci, abrindo a porta e encarando seus lindos olhos verdes. — Esqueci que você sempre pensa em tudo — peguei a sacola que estava em sua mão. — E como foi o seu encontro com dona Maria Lúcia?

— O de sempre. Ou você acha que ela perderia a oportunidade de me chamar de filho do botequeiro?

— E... vocês brigaram? — perguntei temendo a resposta.

— Eu a ignorei! Primeiro porque estava com pressa para chegar até aqui e segundo porque a opinião que ela tem a meu respeito não me incomoda nem interessa mais. A que me interessa é apenas a da minha princesa — travei olhando no fundo dos lindos olhos verdes dele. — Janaína, por favor, entre nesse banheiro e faça rapidamente sua higiene pessoal, antes que eu perca o controle e beije essa sua boca linda.

Arrepiei-me toda e me apressei para tomar um banho, escovar os dentes e ficar com a aparência melhor para o meu príncipe. Saí rapidamente para o quarto e dei de cara com uma visão maravilhosa, Matheus sentado na poltrona do quarto, de frente para a porta do banheiro e me olhando fixamente. Perdi-me no seu olhar e ele também parecia estar perdido no meu.

— Bom dia a todos! — fomos retirados da nossa bolha pelo médico que havia atendido minha avó.

Depois de examinar minuciosamente vó Chica, conversarem sobre o que havia acontecido e passar algumas medicações e recomendações, ele deu alta para minha avó e conseguimos ir para casa. Ela ainda estava sentindo um pouco de fraqueza, então Matheus não deixou que fôssemos embora de ônibus e fez questão de nos levar até em casa.

Chegando lá, minha mãe nos ignorou por completo e foi logo se dirigindo à escada e subindo para o quarto. Sequer perguntou como estava a minha avó. Era como se fôssemos totalmente invisíveis.

— Mãe — chamei por ela com carinho.

— Me deixa em paz, Janaína. Estou cansada, estou indo para o meu quarto, onde é o meu lugar e de onde nunca deveria ter saído.

— Desculpa, Mah! Minha mãe anda meio depressiva. Isso é algo com o qual também terei que lidar em breve.

— Tudo bem, princesa! Talvez seja até melhor assim para a saúde da vó Chica. Com certeza, nós discutiríamos e acho que isso não seria bom para ninguém, até mesmo para ela que está deprimida.

— Obrigada por entender! — ele se aproximou e tocou meu rosto, acariciando-o com a palma da mão.

— Agora vamos ao que interessa — afastou-se pegando vó Chica nos braços. — Já que as ordens médicas são repouso absoluto por hoje, acho melhor eu levar sua avó até o quarto. Vai abrindo espaço para mim?

Atendendo ao pedido dele, segui na frente, subindo as escadas e afastando qualquer obstáculo que pudesse atrapalhar a passagem dos dois. Abri a porta do quarto, ele entrou e colocou cuidadosamente minha avó na cama. Ajeitei os travesseiros para ela com o intuito de que ficasse mais à vontade.

— Jana — estremeci ao ouvir sua voz tão próxima a mim. — Agora é a nossa vez, princesa. Acho que chegou a hora daquela conversa que adiamos para hoje.

Senti meu coração disparar, a minha boca secou, fazendo com que engolisse em seco, minhas pernas bambearam e minhas mãos tremeram. Tudo ao mesmo tempo. Então, havia chegado a hora...

Matheus

Aquela noite não foi muito fácil, ter estado ao lado de Janaína, beijado aqueles lábios perfeitos e deliciosos, com certeza tiraram-me o sono, eu havia ficado totalmente aceso. Tenho que confessar que fiquei meio decepcionado com o fato de ela ter deixado a nossa conversa para o dia seguinte. Isso havia me deixado muito ansioso também. Mas de amanhã não passaria.

É muito louco como o destino manipula nossas vidas. Depois de tantos desacertos e mal-entendidos, foi necessário algo sério acontecer com dona Francisca para nos colocar juntos novamente. Estava muito feliz, pude perceber durante o tempo que ficamos juntos naquele hospital que nossos sentimentos são recíprocos e que minha princesa me ama tanto quanto eu a amo.

E agora, havia surgido uma oportunidade e possibilidade de nos acertarmos novamente. E eu não deixaria essa oportunidade escapar de minhas mãos. Agora seria para valer!

Acordei na manhã seguinte todo animado. Lembrei-me de que Janaína havia saído de casa ontem à noite tão nervosa que saíra apenas com a roupa do corpo. Constatei que ela com certeza gostaria de ter alguns itens de higiene pessoal no hospital, para tomar um banho e se arrumar. Resolvi também levar uma troca de roupa para ela tomar um banho. Então decidi que passaria na casa de dona Francisca antes de ir ao hospital e levaria essas coisas para ela. Mesmo que para isso eu tivesse que enfrentar a insuportável da mãe dela.

— Bom dia, filho do botequeiro! — Dona Maria Lúcia, minha ex e futura sogra, recebeu-me atacando com suas ironias.

— Bom dia, como vai a senhora? — respondi ignorando e tentando ser o mais educado possível.

— Minha mãe e minha filha não se encontram em casa no momento.

— Eu sei. Aliás, sei exatamente onde elas se encontram e passei aqui para pegar roupas limpas e alguns itens de higiene pessoal para a Jana. Ontem ela saiu de casa um pouco desprevenida. Será que a senhora poderia fazer uma pequena mala para ela?

— Hahahahaha... — gargalhou alto. — Não posso, não. Você sabe muito bem onde fica o quarto de minha mãe. As coisas de Janaína estão lá, vire-se e pegue as coisas que você quer por conta própria, filho do botequeiro — tentou me provocar novamente. — Agora se me dá licença, vou para o meu quarto. Quando sair, bata a porta.

Achei melhor continuar ignorando, mesmo porque brigar com a mãe da minha princesa agora não me levaria a nada. E eu também estava doido para encontrá-la novamente e ansioso pela conversa que teríamos. Logo que Maria Lúcia subiu as escadas, eu a segui e entrei no quarto de dona Chica. Encontrei rapidamente o que eu precisava na mala de Janaína, que provavelmente a mãe devia ter levado para cima, posto que ela, ao encontrar a avó caída na sala, não havia tido cabeça nem tempo hábil para isso.

Peguei tudo o que eu precisava e segui rápido em direção ao hospital, batendo a porta atrás de mim, como dona Maria Lúcia havia pedido. Quanto mais me aproximava da Santa Casa, mais meu coração batia descompassado, um frio na boca do estômago tomava conta de mim e a ansiedade só fazia aumentar.

Passei rapidamente pela recepção e segui rumo ao quarto de dona Francisca. Ao entrar no quarto tive a visão mais linda do mundo, minha princesa dormia serenamente na cama ao lado da de sua avó. Aproximei-me sorrateiramente, tentando fazer o mínimo barulho possível para não acordá-las e poder admirar melhor a mulher da minha vida dormindo.

Qual não foi a minha surpresa quando me aproximei e pude ouvir Janaína chamando pelo meu nome enquanto dormia. Meu coração se encheu de amor, carinho e mais uma porção de bons sentimentos nutridos todos por ela.

— Bom ouvir a pessoa que amamos chamando pelo nosso nome, não é mesmo, meu filho? — virei-me para ver vó Chica me observando. Eu havia sido pego no pulo.

— Bom dia! — aproximei-me plantando um beijo terno em sua testa. — Não vou negar que gostei muito de ouvir — sorri timidamente.

— E isso acontece várias vezes durante as noites.

— Isso? Isso o quê? — perguntei sem entender o que ela havia dito.

— Minha neta chamar pelo seu nome — sorriu amplamente. — Eu durmo com ela, lembra-se?

— Claro que sim! E é ainda melhor saber disso.

Nesse momento, Janaína acordou toda assustada e desconcertada por ter dormido ao invés de ter olhado pela avó durante toda a noite. Tentei provocá-la, mas ela entrou na brincadeira. Sorri ao perceber o quanto adoro o senso de humor dela e o quanto isso me faz falta. Ela estava toda desarrumada, descabelada e de olhos inchados, mas mesmo assim, linda. Entreguei-lhe a sacola que havia trazido de sua casa. Perdi-me na beleza dela após sair do banheiro, mas fomos interrompidos pelo médico.

Esperamos dona Francisca ser examinada, receber alta e levei as duas para casa. Para variar, Janaína tentou ser orgulhosa e queria ir embora de ônibus com a avó. Mas é claro que não deixei, além do que ainda não tínhamos tido a nossa conversa definitiva. E de hoje não passaria. Eu queria Janaína de volta à minha vida e sabia que ela queria voltar. E a hora era agora.

Depois de acomodar dona Francisca em seu quarto comodamente, chamei Janaína para conversar, descemos as escadas e saímos para a varanda.

— Vem cá! — puxei-a para perto de mim e selei nossas bocas em um beijo intenso, demorado, cheio de carinho e, o melhor de tudo, completamente correspondido.

Afastamo-nos afoitos e sem fôlego.

— Pensei que nós dois fôssemos conversar — foi a vez dela me provocar em tom de brincadeira.

— E vamos — respondi sorrindo torto. — Senta aqui comigo — puxei-a pela mão, fazendo com que sentasse ao meu lado na mureta da varanda. — Nem sei por onde começar.

— Que tal pelo início? — provocou mais uma vez.

— Ok! — ergui uma das minhas sobrancelhas e sorri torto. Eu sabia exatamente o efeito que isso causava nela e que sempre causou. — Acho que depois do que aconteceu ontem, você já deve ter percebido que não dá mais para você ficar longe e deixar sua avó sozinha. Ainda mais com sua mãe depressiva como está. Acho que as duas precisam de você por aqui — respirei fundo, ingerindo uma dose de coragem e prossegui. — E eu também. Eu te amo, Janaína! Você é a mulher da minha vida e de nada adianta eu fugir disso — tomei fôlego novamente. — Estou disposto a tudo para a gente dar certo, até passar por cima do que aconteceu no passado e esquecer meu medo — olhei dentro dos olhos dela. — E então, o que você me diz? Diga que sim, por favor — praticamente implorei.

— Mah... você tem certeza disso? — olhou-me intensamente. — Você vai conseguir passar por cima de tudo?

— Princesa, tudo o que eu mais quero nessa vida é você perto de mim. Viver esse nosso amor que jamais deveria ter sido interrompido — suspirei fundo. — Mas e você, está disposta a esquecer as besteiras que andei fazendo e dizendo atualmente? — segurei firme em sua mão.

— Acho que na verdade, eu já esqueci ou deixei para lá. Não sei ao certo — levantou-se e veio se agachar em minha frente. — Eu também te amo muito e tudo que mais quero e tenho procurado desde que voltei é fazer com que nós nos entendamos e fiquemos juntos.

— Então, levante-se — segurei firme em sua mão e ambos ficamos de pé, de frente um para o outro, olhos nos olhos. — Tem uma coisa que quero lhe dar. Na verdade, devolver-lhe — coloquei a mão em meu bolso e retirei de lá uma delicada caixa de veludo. — Janaína, você aceita voltar a ser minha noiva? — ela me olhou com surpresa quando coloquei no seu dedo o nosso anel de noivado, aquele que ela havia deixado em cima do balcão do bar quando foi embora.

— Mah, você o guardou durante todo esse tempo? — uma lágrima de emoção rolou na sua face.

— Guardei — aproximei sua mão dos meus lábios e beijei com devoção. — Tenho que confessar que nunca perdi a esperança de que ele voltasse a enfeitar o seu dedo, lugar de onde ele nunca devia ter saído — sorri amplamente. — Mas você ainda não respondeu à minha pergunta.

— Se eu aceito voltar a ser sua noiva? — sorriu de volta para mim. — *"Até que enfim, achei que você nunca fosse dizer isso"* — rimos em uníssono quando ela repetiu as palavras de quando eu a pedi em namoro. — Também te amo... muito! E é claro que quero dar uma chance para nós dois e que demos certo. Estou muito feliz que você tenha deixado o passado para trás — acariciou os meus cabelos.

Selamos nosso amor com um delicioso beijo, cheio de urgência, desejo, carinho, amor, tesão. Eram tantas as emoções que passavam por nós ao mesmo tempo que mal conseguíamos distingui-las. Sentir minha princesa em meus braços e saber que ela voltaria a ser minha, só minha, era a coisa mais incrível do mundo. E ela se entregou ao nosso beijo com tanta devoção que naquele momento percebi que éramos para sempre.

— Agora venha comigo, acho que tem alguém a quem precisamos comunicar em primeira mão que estamos juntos novamente — ela disse ao se afastar e segurou em minha mão, puxando-me de volta para dentro da casa. — Alguém que sempre torceu por nós e quis que ficássemos juntos. — É claro que ela estava falando de vó Chica.

23

Janaína

— Que notícia maravilhosa, meus amores! — comemorou minha avó com um sorriso radiante de alegria. — Venham aqui, me deem um abraço.

Eu e Matheus nos aproximamos da cama e a abraçamos com ternura e carinho. Todos estavam muito felizes, a sensação e os sentimentos dentro do meu coração eram indescritíveis. Era tanta alegria e felicidade que eu não cabia em mim.

— Agora os dois me devem uma explicação — cobrei em tom de brincadeira. — Como foi que o Matheus descobriu que horas eu chegava aqui para o final de semana? Quem contou? Quem me traiu?

— Princesa, pense no lado bom disso tudo. Se eu não soubesse de tudo e não a acompanhasse sempre até em casa, eu poderia estar longe e não ter chegado a tempo de salvarmos a vida da vó Chica.

— Belo argumento, senhor Matheus!

— E tem mais, vocês poderiam não estar juntos agora — emendou vó Chica. — Vocês não teriam tido a oportunidade de conversarem enquanto esperavam o meu atendimento e não teriam se acertado.

— Pelo jeito vocês se uniram para me convencer — dei uma gargalhada. — E conseguiram, além do mais estou muito feliz para brigar.

— Mas tem algo mais que você precisa saber — completou Matheus. — Não foi nada fácil descobrir onde você estava, qual seu novo trabalho, horário de ônibus e tudo mais. Gil é um amigo muito fiel e não me disse de maneira nenhuma, aí tive que apelar para sua avó. E só consegui depois de muita conversa, de lembrá-la o quanto a amo e prometer protegê-la. Por isso eu te seguia todos os sábados pela madrugada.

— Então você só me seguia para cumprir o que prometeu à minha avó? — fingi indignação.

— Você sabe que não — abraçou-me com carinho, beijando o topo de minha testa. — Eu teria dado um jeito de descobrir onde você estava, mesmo que sua avó não tivesse me contado, e teria te protegido da mesma maneira. Jamais deixaria você, tão linda, andando sozinha e correndo riscos por essas ruas de madrugada. Eu te amo, dona Janaína! E quem ama, cuida! Sabia?

— Você sempre tão protetor — dei-lhe um selinho nos lábios. — E eu amo e sempre amei isso em você! Mesmo quando tentava me evitar, sempre achava um jeito de me proteger e de cuidar de mim.

— E será sempre assim. Eu juro! — beijou-me com ternura. — Agora acho melhor deixarmos vó Chica descansar um pouco. O médico receitou repouso absoluto hoje, e acho que já proporcionamos emoções demais para ela em um mesmo dia.

— Claro! — aproximei-me dela, ajeitei os travesseiros, envolvi-a no edredom. — Vozinha, nós vamos descer para você descansar um pouco, mais tarde eu volto, ok? — beijei sua testa.

— Vão, meus queridos. E aproveitem para namorar um pouco e matar as saudades.

— Sábio conselho, dona Francisca — brincou Matheus. — E ele será seguido à risca.

Nós três rimos em uníssono. Eu e Matheus saímos do quarto e fomos para a sala. Passamos a tarde inteira juntos namorando, como nos velhos tempos. Muitos beijos e abraços. Desejo crescendo entre nós, mas sempre que parecia que ia rolar algo mais, minha mãe dava um jeito de aparecer como um fantasma. Com certeza, ela não estava disposta a facilitar as coisas para nós. Mesmo estando doente e deprimida, ela ainda não aceitava nosso romance.

— Princesa, eu preciso ir — levantou-se do sofá, pronto para ir embora. — Que tal ir comigo para o Taberna?

— Oh, amor, eu não posso. Tenho que olhar minha avó, até mesmo fazer algo para comermos. Além do mais, amanhã tenho que viajar bem cedo. Preciso voltar ao trabalho, lembra?

— Pensei que você tinha concordado que precisava ficar por aqui, para cuidar da sua avó e até mesmo da sua mãe.

— Eu concordo e pretendo fazer isso — comecei a me explicar. — Mas primeiro preciso arrumar um emprego aqui. Tente me entender, não sou mais aquela Janaína mimada e cheia de vontades. Não quero viver a sua custa, quero ter o meu trabalho, ganhar meu dinheiro. Aprendi muito com tudo o que me aconteceu. Não quero mais ficar só sentada naquele banco atrás do balcão sem fazer nada, apenas observando você trabalhar. Quero fazer algo de útil — suspirei fundo. — Hoje eu entendo você e sua ânsia de trabalhar para construir nosso futuro e quero construí-lo com você.

— É muito bom ouvir isso de você. É claro que eu a entendo e fico muito feliz com a sua decisão, mas... — deu um sorriso torto e sexy, fazendo com que uma de suas covinhas aparecessem. — Se o problema é esse, eu tenho a solução. Como eu já lhe disse, dispensei os serviços da Amanda e você pode e vai ficar no lugar dela. Será a nova gerente do Taberna. O emprego é seu.

— E eu aceito de bom grado. Mas de qualquer forma tenho compromissos a cumprir com minha atual patroa, não posso simplesmente sumir sem dar qualquer satisfação — argumentei. — Voltarei ao trabalho amanhã e conversarei com ela. Provavelmente devo continuar no trabalho cumprindo meu aviso prévio ou, pelo menos, até que ela encontre alguém para colocar no meu lugar.

— Ok, eu me rendo! A maluquete da minha noiva se tornou uma mulher forte e responsável e isso muito me agrada — gargalhou. — Não vai ser nada fácil ficar a semana inteira longe de você, mas é por pouco tempo. Acho que posso sobreviver com isso.

— E por falar em mulher responsável, já para o trabalho, mocinho — peguei na sua mão e o levei até a porta. — Mande um beijo meu para todos lá e avise que estou voltando.

— A Prih e o Gil vão ficar radiantes com a notícia. Assim como a sua avó, eles também torcem muito por nós — acariciei seu rosto com a palma da minha mão. — Não sei se vou aguentar esperar uma semana para ter você em minha cama. Estou louco para matar a saudade que está me consumindo.

— Comporte-se, mocinho! E me prometa uma coisa, que vai olhar por minha mãe e minha avó enquanto eu estiver fora.

— Está prometido! Só não sei se sua mãe vai gostar muito da ideia.

— Ela vai ter que gostar ou pelo menos aceitar. É o que tem para hoje — ironizei.

Acompanhei-o até o carro e nos despedimos com um longo e apaixonado beijo. Esperei o carro dobrar a esquina e entrei.

— Pelo jeito, você e o filho do botequeiro voltaram a namorar — minha mãe provocou com ironia assim que entrei na sala.

— Por favor, mãe, eu não quero discutir com a senhora. Pega leve! — soltei o ar pela boca. — Nós não voltamos a namorar, na verdade voltamos ao ponto em que paramos e estamos noivos novamente. Aceite que dói menos.

Antes que ela pudesse responder ou argumentar qualquer coisa, subi as escadas rumo ao quarto de minha avó para ver como ela estava. Na verdade, o meu intuito era evitar qualquer tipo de briga ou discussão com minha mãe. Nada estragaria a minha felicidade naquele dia tão especial.

Matheus

Eu estava nas nuvens. Se tudo o que eu vivi hoje ao lado de Janaína fosse um sonho, eu não queria acordar nunca mais. Depois que contamos para dona Francisca que estávamos noivos novamente, passamos o dia inteiro juntos. Namoramos bastante, mas não conseguimos chegar aos "finalmentes", pois sua mãe fez marcação cerrada e aparecia onde quer que estivéssemos para nos atrapalhar a todo momento. Dona Maria Lúcia não é nada fácil!

Fui para casa totalmente aceso, transpirando tesão e desejo, mas não quis tomar um banho frio. Não queria me livrar das fortes emoções e sentimentos que minha princesa despertava em mim. Além do que, eu não pretendia ficar longe dela por muito tempo. Meus planos eram outros, após sair do Taberna, minha intenção não era voltar para casa e dormir sozinho. Eu pretendia ir para a casa de vó Chica passar a noite com minha noiva e, como já seria bem tarde, provavelmente as senhoras já estariam dormindo e nós dois teríamos mais privacidade.

Mesmo que Janaína estivesse muito cansada, eu pretendia passar a noite ao seu lado, nem que fosse só para dormirmos abraçados. Já havíamos passado tempo demais separados e eu queria recuperar o tempo perdido. No fundo sabia que ela também queria o mesmo e iria adorar a surpresa.

Tomei um bom banho quente, pensei tanto nela que acabei tendo que me aliviar sozinho. Não costumo fazer esse tipo de coisa com frequência, mas foi inevitável depois de nossos amassos durante o dia de hoje. Depois arrumei minha mochila com todos os itens de higiene que eu iria precisar para passar a noite com ela e fui para o bar.

Durante o percurso fiquei pensando em tudo o que conversamos. Fiquei muito surpreso com a mudança de Janaína. Sempre a amei muito, mas tenho que confessar que ela sempre foi uma garota mimada e cheia de vontades. E o fato de ela deixar que a mãe a dominasse e tomasse muitas decisões por ela também era algo que me irritava muito e me deixava extremamente nervoso. Principalmente por saber que aquela mulher não gostava de mim e não me aceitava como genro. Muitas vezes ela chegou até mesmo a me magoar por influência da mãe. Inclusive quando partiu com ela para o Rio de Janeiro para se casar com outro homem, abandonando-me no sofrimento. Na verdade, essa tinha sido a pior coisa que ela já havia feito comigo em anos e, mais uma vez, havia sido por má influência da sua mãe.

Minha princesa me surpreendeu mais uma vez. De garota mimada e cheia de vontades havia se transformado em uma mulher forte, decidida e responsável. Vê-la falar daquela maneira sobre suas responsabilidades me fez ter certeza disso. Nossa conversa foi esclarecedora e serviu para eu perceber que ela realmente mudara e que eu não precisava mais temer o abandono. Eu podia voltar a confiar nela. Minha princesa me ama, assim como eu a amo e nós seremos muito felizes juntos.

Cheguei ao Taberna repleto de felicidade, era impossível esconder o meu sorriso. Minha irmã e Gil me olharam desconfiados quando passei por eles com um sorriso enorme no meu rosto e fui direto para o escritório.

— Posso saber o motivo desse sorriso? — minha irmã perguntou, adentrando minha sala.

— Janaína — respondi alargando ainda mais o meu sorriso.

— Como assim? — perguntou incrédula. — Não vai me dizer que vocês...

— Voltamos — interrompi-a de súbito. — Somos noivos novamente, e dessa vez é para valer.

— Meu Deus, Mah! Que notícia maravilhosa! — pulou em meu pescoço me abraçando com euforia. — Preciso contar para o Gil... Precisamos contar para os nossos pais.

— E tem mais... Ela vai voltar a trabalhar aqui. Vai ficar no lugar da Amanda.

— Jura? E quando ela começa?

— Amanhã ela vai conversar com a patroa dela, mas pretende continuar no emprego até que arrumem outra funcionária para colocar no lugar ou, na pior das hipóteses, cumprirá o aviso prévio de um mês — sorri com o canto da boca. — Mas o importante é que ela vai voltar e ficar ao meu lado. Já esperei tanto tempo para isso acontecer que posso conviver com a distância por mais algum tempo. Fora que ela virá todos os fins de semana.

— Meu irmão, isso é maravilhoso! Estou tão feliz por vocês! Agora vamos contar para o pessoal. O Gil deve estar que não se aguenta de curiosidade — puxou-me pela mão levando em direção ao salão do bar.

Depois de contarmos aos funcionários a novidade, fui parabenizado por vários deles. É claro que algumas garçonetes com quem saí na ausência de Janaína não gostaram muito da ideia. Pude perceber algumas caras de descontentamento. Mas fazer o quê, elas teriam que se acostumar com os fatos. Eu amava Janaína e era com ela que eu queria estar e permanecer pelo resto da minha vida. Gil ficou em êxtase com a notícia, muito feliz por nós dois e ansioso por rever minha princesa.

— Mas venha cá e me conte uma coisa com detalhes — disse ele. — O que foi que aconteceu para causar essa mudança total na vida de vocês e fazer com que reatem?

Contei a ele e a Priscila toda a história do mal súbito de dona Francisca. Comecei desde o exato momento em que a segui da rodoviária até em casa, passando pelo telefonema desesperado, pelas controvérsias e ocorridos no hospital e terminei com nós dois reatando o namoro e passando todo o dia juntos. Eles ouviram tudo atentamente e extasiados.

Chegou o momento de abrirmos o bar, cada um assumiu a sua função e a noite fluiu bem. Se não fosse a minha ansiedade por estar de novo com a Jana, diria que foi uma noite perfeita de trabalho.

— Deixe que eu faço os pagamentos para os funcionários e fecho o bar — falou Priscila. — Vá ver sua noiva. Você deve estar cheio de saudades, vá recuperar o tempo perdido.

— Maninha, você sabe que em uma situação normal eu não aceitaria e ficaria até o fim, mas hoje é especial, vou aceitar a sua oferta — beijei sua testa e saí apressado rumo ao meu carro para ir ver o meu amor.

— Mah... — ela sorriu surpresa e ainda sonolenta ao atender a porta e se deparar comigo.

— Você não achou que eu iria dormir essa noite sem você, ou achou? — brinquei passando o meu dedo indicador sobre o seu nariz delicado.

— Entra — puxou-me para dentro. — Vou buscar o colchão no quarto da minha avó, acho que teremos que dormir no chão da sala.

— Dormir? — provoquei. — Quem falou que vamos dormir?

Ela abriu um sorriso lindo, virou-se de costas e subiu as escadas para buscar o colchão. Estava com um *baby-doll* pequenininho que me deixou totalmente aceso quando se virou de costas me dando uma visão privilegiada de seu traseiro magnífico. Ajudei-a a descer as escadas com o colchão e ela arrumou uma cama aconchegante para nós dois.

— O único problema é que o colchão é de solteiro — explicou. — Não teremos muito espaço.

— Para quem vai "dormir" abraçado a noite inteira, esse espaço é mais que suficiente — respondi encarando-a com fogo no olhar e fazendo sinal de aspas no ar ao falar a palavra dormir, deixando claro para ela quais eram as minhas reais intenções. E com certeza não eram dormir.

Aproximei-me dela, que me observava com desejo, com fogo no olhar. Coloquei uma das minhas mãos em sua nuca e a puxei com fúria de encontro a mim. Dei-lhe um beijo saudoso, que começou calmo e lento e logo se transformou em algo forte e cheio de necessidade. Nossas bocas quentes e úmidas cheias de desejo, nossas línguas brincando, entrelaçando-se e enroscando em total sincronia. Parei de beijá-la nos lábios e desci distribuindo beijos pelo seu pescoço e colo, continuei descendo até chegar próximo aos seus lindos e perfeitos seios. Afastei-me um pouco, só o tempo suficiente para retirar a parte de cima de seu pijama e voltar a abocanhar seus seios, sugando, lambendo, mordiscando. Janaína soltou um gemido gutural que me enlouqueceu. Retirei minha camiseta, afastando-me mais um pouco, meu corpo sentindo falta do contato com o dela. Voltamos a nos beijar e, em seguida, agachei-me diante dela e me livrei de seu short e sua calcinha ao mesmo tempo, deixando-a irresistivelmente nua.

— Ah, princesa, como você é linda! Que saudade desse seu corpo perfeito — analisei-a por inteiro com necessidade no olhar.

— Agora sou eu que quero ver seu corpo inteiro — aproximou-se e abriu o botão da minha calça, abaixou-se e me ajudou a livrar-me dela, deixando-me apenas com minha "boxer" amarela.

Olhando-me de forma provocante, ela passou a língua pelos lábios, deixando-me louco. Abaixou-se mais uma vez e retirou minha cueca bem devagar, torturando-me de vontade e desejo. Levantou-se, olhou-me de cima a baixo, demorando mais tempo no meu membro e mordendo o lábio inferior de forma provocativa. Puxei-a para mais um beijo ardente e abaixei, puxando-a comigo para que pudéssemos nos acomodar no colchão.

— Eu te amo tanto, Janaína! Você me fez tanta falta — comecei a distribuir beijos por todo o seu corpo. Rosto, pescoço, colo, seios, barriga, brinquei com minha língua no seu umbigo, desci para as coxas, panturrilha, pés...

Depois voltei a subir e parei diante de sua virilha, comecei a brincar com minha língua em seu clitóris enquanto ela se contorcia de prazer embaixo de mim. Pude perceber de imediato o quanto ela estava molhada e pronta para mim. Ela agarrou-se em meus cabelos e, com a voz entrecortada, implorou para que eu não parasse. Intensifiquei os movimentos da minha língua aumentando a dose de prazer que eu estava dando-lhe, que se contorceu de prazer gemendo alto e gozando.

Imediatamente, busquei pela minha calça caída no chão e peguei uma camisinha. Jana tomou-a da minha mão, posicionando-a na ponta do meu membro e desenrolando-a por toda sua extensão. Fiquei louco com o toque de suas mãos quentes e macias. Assim que ela acabou de vestir a camisinha em mim, posicionei-me entre as suas pernas e a penetrei. Senti de imediato que aquele era o meu lugar e que se pudesse não sairia de dentro dela nunca mais. Comecei a me movimentar, primeiro de forma lenta e cuidadosa, à medida que eu ia me acomodando melhor dentro dela, meus movimentos se tornaram mais intensos e impetuosos. Até que chegamos ao ápice de nosso prazer e gozamos juntos, gritando o nome um do outro com devoção.

Nossa primeira noite juntos depois de tanto tempo e de tantos mal-entendidos foi perfeita. Já havíamos ficado no Taberna, mas naquela ocasião eu havia bebido e estava sob efeito do álcool, fora o medo que me assolava e que me obrigou a fazer a grande besteira de no dia seguinte tratá-la como uma qualquer. Mas agora era diferente.

Após fazermos amor, nós nos provocamos por mais alguns minutos com carinhos e acabamos adormecendo abraçados, totalmente satisfeitos e extasiados.

24

Janaína

Acordei sentindo os braços fortes de Matheus me envolvendo pela cintura, uma de suas pernas enroscada na minha. Estávamos na posição de conchinha e eu sentia o hálito quente dele em meu pescoço. A sensação foi incrível, acordar ao lado dele era a melhor coisa do mundo e estar envolta em seus braços me fez ter certeza de estar no lugar certo. Sem dúvidas aquele era o meu lugar e era ali que eu queria ficar para sempre.

O alarme do meu celular ainda não havia tocado, sinal de que ainda não estava na hora de acordar, por isso procurei ficar imóvel para não o despertar. Eu sabia melhor do que ninguém como ele deveria estar cansado, afinal já havia trabalhado no Taberna e tinha consciência do quanto era cansativo ficar acordado quase todos os dias até tão tarde.

Lembrei-me de que em breve estaria trabalhando lá novamente, ao lado do meu Matheus, e meu coração se encheu de alegria. Parece que finalmente nós havíamos nos acertado e eu esperava que fosse para sempre. Estava muito feliz, nada nesse mundo estragaria o meu dia e me faria ficar triste. Comecei a me lembrar de tudo o que havíamos vivido até ali, todos os nossos momentos, desde criança. Ou pelo menos, quase todos, pois aqueles em que ficamos separados eram um borrão em minha mente. Eu não sabia nada do que ele havia vivido naquele ano fatídico e isso me entristeceu.

Fiquei perdida em meus pensamentos até que o alarme tocou e me tirou da minha bolha de pensamentos.

— Bom dia, princesa! — ouvi sua voz rouca e sexy nas minhas costas.

— Bom dia, meu lindo! — virei-me de frente para ele encarando seus lindos olhos verdes.

— Dormiu bem? — perguntou colocando uma mecha do meu cabelo atrás da orelha.

— Com você sempre durmo bem — sorri, acariciando o seu rosto. — Você não imagina o quanto senti falta disso.

— Aí que você se engana — brincou, passando o dedo indicador sobre o meu nariz. — Se for do tamanho da falta que você me fez, sei exatamente do que você está falando.

— De repente deu uma "vontadezinha" de ficar aqui nessa cama com você. Pena que não posso!

— Não pode ou não quer? — indagou, arqueando uma das sobrancelhas.

— Matheus Vasconcelos, nós já conversamos sobre isso — fingi estar brava, mas sem muito sucesso ao encarar seus olhos. — Que eu me lembre, você concordou comigo e aceitou minha decisão.

— Ok, a senhorita venceu! — beijou minha testa e depois a ponta do meu nariz. — Acho melhor nos levantarmos, então. Senão você pode perder o horário do ônibus.

— Sim, senhor! — levantei-me rapidamente do colchão batendo continência e subi a escada correndo em direção ao banheiro.

Tinha que ser rápida se não quisesse me atrasar, e a melhor maneira de evitar que isso acontecesse era me afastar imediatamente do Matheus, pois eu poderia não resistir e me embolar com ele mais uma vez naquele colchão. Meu atraso seria enorme e, se eu perdesse o ônibus, o seguinte só sairia depois do almoço.

Depois que terminei de tomar banho e fazer a higiene matinal, foi a vez de Matheus fazer a dele enquanto eu me preparava para a viagem. Coloquei uma roupa confortável, calça jeans, *baby look* básica e nos pés uma sapatilha. Passei pouca maquiagem, só para disfarçar as olheiras que insistiam em aparecer. Sorri em frente ao espelho só de lembrar o motivo de elas estarem estampadas em meu rosto. O motivo era bom, ou melhor, ótimo: uma bela e deliciosa noite de amor com Matheus.

Após terminar de me arrumar, organizei algumas coisas na minha pequena mala e tomamos café da manhã juntos: eu, Matheus e vó Chica. Minha mãe, para variar, não havia saído do quarto. Tenho que confessar que estou cada dia mais preocupada com ela e sua depressão, que parece se tornar profunda. Fiz uma anotação mental para quando voltar para casa tomar algumas providências necessárias para que ela se tratasse.

Despedi-me de minha avó, não consegui falar com minha mãe, nem vê-la. Depois seguimos eu e Matheus juntos rumo à rodoviária

— Você tem certeza de que quer ir? — perguntou-me Matheus com um olhar extremamente carente.

— Tenho certeza de que preciso ir — sorri. — Mas estarei de volta no próximo fim de semana, depois de conversar com minha patroa, e então poderemos começar a traçar nossos planos de vida e trabalho para quando eu voltar definitivamente para cá.

— Ok! Não vou insistir porque sei que você está certa e ver você tão responsável com relação ao trabalho me faz ter certeza absoluta do quanto você mudou. Isso me deixa muito feliz.

— Que bom que você me entende, confesso que também estou feliz com a minha própria mudança. Acho que aprendi muito com o golpe que a vida e o destino me deram. Hoje me sinto uma pessoa melhor.

— Você não tem noção do quanto ouvir isso me deixa feliz — deu-me um rápido selinho nos lábios.

— Bom, acho que agora tenho que ir, ou daqui a pouco o motorista do ônibus perde a paciência com a gente e resolve me deixar para trás.

— Só mais um beijo... — Matheus me puxou para seus braços selando nossos lábios em um beijo profundo e apaixonado, fazendo com que eu me perdesse na intensidade de nossos sentimentos.

E foi nesse exato momento que o motorista resolveu colar a mão na buzina, avisando que estava partindo, tirando-nos de nossa bolha e nos separando por mais uma semana...

— Então, você pretende me abandonar? — perguntou dona Anastácia, minha patroa, com cara de poucos amigos.

— Claro que não — respondi de imediato. — Pretendo continuar trabalhando com a senhora até que arrume outra pessoa para colocar em meu lugar ou até que vença o meu mês de aviso prévio — sorri forçadamente, tentando não demonstrar meu desapontamento por ela não entender os meus motivos e não me dispensar imediatamente do trabalho para voltar para o meu amor. Mas acho que isso seria esperar demais de qualquer patrão, não é mesmo?

— Pelo menos, você é responsável e sensata. Obrigada por colaborar comigo! — mostrou-se resignada. — Vou colocar anúncios nos classificados dos jornais e começar a procurar alguém para substituí-la assim que possível — encarou-me com severidade. — Espero que até lá você não faça corpo mole e continue a ser a funcionária competente e cumpridora de seus deveres que sempre foi.

— É o que eu pretendo, dona Anastácia. Nunca passou pela minha cabeça o contrário.

— Ótimo! Então, já que estamos conversadas, você pode voltar aos seus afazeres — dispensou-me.

Confesso que achei que essa conversa seria mais fácil...

— Então, teremos que namorar à distância mesmo? — comentou Matheus assim que contei a ele sobre minha conversa com minha patroa, mostrando toda a sua frustração.

— Acho que já devíamos esperar por isso, não é mesmo? — argumentei. — Acho que qualquer outro patrão agiria da mesma forma. Você não faria o mesmo?

— Com certeza, sim. Mas tenho que admitir que tive esperanças de ela dispensá-la logo de cara em nome do amor. Mas acho que para quem já ficou tanto tempo longe de você, alguns dias ou mesmo um mês não será o fim do mundo. Acho que posso conviver com isso — retrucou. — Eu já disse que te amo hoje? — mudou de assunto, tornando nossa conversa mais leve.

— Assim que atendeu ao telefone, mas pode falar mais vezes porque é sempre muito bom ouvir isso.

Conversamos amenidades por mais algum tempo, trocamos juras de amor e ficamos disputando quem desligaria o telefone primeiro. Claro que acabei tendo que ceder e desligar, ele não desistiria nunca e a minha conta de telefone ficaria caríssima, afinal era eu quem havia feito a ligação.

A semana nos castigou, passou lentamente, a passos de tartaruga. A impressão que eu tinha é que começaria uma nova semana, mas não chegaria o sábado. Conversávamos todos os dias, mas a saudade em meu peito era enorme e doía compulsivamente. Parecia que eu sentia mais falta dele agora que havíamos nos acertado, do que quando estávamos separados. Se é que isso era possível.

Por fim, o final de semana chegou...

Matheus

Passar uma semana longe de Janaína não foi nada fácil. É incrível a enorme dependência que tenho dessa mulher! Mesmo ela tendo me abandonado e passado um ano longe, sem mandar notícias ou dar satisfações, eu nunca consegui me desligar dela. Não conseguia me envolver com nenhuma outra mulher e sentia muito a sua falta. E agora que tínhamos voltado e nos acertado, parecia que minha dependência estava ainda maior. Cada minuto longe era uma tortura.

Depois de uma semana longe e com o coração quase explodindo de saudade no peito, finalmente chegou o tão esperado sábado. Passei o dia inteiro e trabalhei no Taberna no modo automático, o tempo inteiro com o pensamento nela que chegaria de madrugada. Dessa vez, eu a levaria para meu apartamento, não dava para continuar nos arriscando e aventurando no chão da sala de dona Francisca. Alguém poderia nos flagrar em uma situação constrangedora.

Foi difícil convencê-la a aceitar que eu levasse a minha princesa para dormir comigo em minha casa. Ela, assim como eu, estava cheia de saudades da neta. Mas depois da minha promessa de que iríamos almoçar com ela no domingo e de contar a surpresa que eu tinha para a sua neta, dona Francisca acabou cedendo.

E agora eu estava ali, no saguão da rodoviária, ansioso, andando de um lado para o outro. Nem consegui esperar por ela dentro do carro como fazia das outras vezes. Eu queria muito, precisava, necessitava senti-la em meus braços.

— Esperando por mim? — ouvi sua voz doce entrar pelos meus ouvidos.

— Esperando a mulher da minha vida — virei-me de frente para ela, que sorria abertamente para mim.

— E quem é essa mulher de sorte? — ela entrou na brincadeira.

— É uma bela princesa que eu namoro desde garoto e não consigo esquecer por nada desse mundo — puxei-a para perto de mim selando nossos lábios em um beijo quente, úmido e urgente. —Tenho uma surpresa para você.

— Uma surpresa? — seus olhos brilharam de curiosidade.

— Sim, mas... primeiro nós vamos para casa namorar e se você for uma boa garota, eu conto — ela me olhou incrédula e eu a puxei em direção ao carro não dizendo mais nada a respeito.

— Para onde você está me levando? A casa da minha avó é para o outro lado.

— Hoje nós vamos para o meu apê, princesa. Precisamos de mais privacidade como casal — expliquei. — Conversei com a sua avó, ela está bem e concordou.

— Não dava para me consultar a respeito? — perguntou mostrando uma certa irritação.

— Poxa, Jana! Achei que você fosse gostar de ficar sozinha comigo — falei desapontado. — E ainda tenho a surpresa para lhe contar. Mas se quiser posso levá-la à casa de sua avó e nós conversamos amanhã.

— Desculpa, Mah! — beijou meu rosto com carinho. — Acho que estou cansada da viagem, além do que me preocupo com a saúde de minha avó e a depressão de minha mãe. É claro que também estou louca para ficar sozinha contigo e matar a saudade que está me consumindo — explicou-se, acariciando os meus cabelos. —Você sabe como fico meio ranzinza quando estou cansada. Não foi intencional.

— Eu sei. Mas fique tranquila, estou olhando pelas duas como me pediu e está tudo bem com sua avó e a surpresa que tenho para você tem a ver com sua mãe.

— Com a minha mãe? O que é? Não vai me dizer que ela melhorou?

— Vamos subir primeiro — falei entrando na garagem do pequeno edifício em que moro. — Lá em cima tomamos um banho, comemos alguma coisa, faço uma massagem relaxante, conversamos e depois... — deixei o final de nossa noite nas entrelinhas.

— Não podemos começar pelo depois? — perguntou com ar de criança sapeca estampado no rosto.

— Para quem se diz cansada, a senhorita está muito animadinha, não acha? — falei em tom de brincadeira.

— Para estar com você, esqueço o cansaço. Aliás, esqueço tudo — beijou a ponta do meu nariz e desceu sorrateira do carro.

Dentro do elevador a tensão entre nós era palpável. Se não fosse a presença da "senhorinha" de idade avançada que é minha vizinha, acabaríamos dando um show para as câmeras de segurança. Claro que não transaríamos, eu jamais iria expor o amor da minha vida a isso, mas provavelmente trocaríamos carícias e daríamos uns amassos. Só a ideia me deixou excitado e Janaína percebeu, mordendo o lábio inferior enquanto olhava na direção do meu membro.

Mal entramos na sala do meu apartamento e já nos atracamos em um beijo alucinante e surreal. O melhor beijo do mundo! O beijo de quem se ama, o beijo da minha princesa, o beijo da mulher da minha vida. Iniciamos nossas carícias e preliminares ali mesmo, com muitos beijos e abraços. Peguei Janaína em meu colo, ela cruzou as pernas em minhas costas se prendendo a mim.

Levei-a colada a mim até o banheiro, começaríamos por um delicioso banho. Coloquei-a cuidadosamente no chão, afastei-me um pouco para ligar o chuveiro e temperar nosso banho com água morna. Caminhei em sua direção com os olhos fixos nos seus. Aproximei-me dela e a tomei em meus braços para mais um beijo de tirar o fôlego. Com carinho e devoção, comecei a espalhar beijos por todo o seu rosto: testa, nariz, bochechas, queixo, novamente na boca e depois fui descendo, distribuindo beijos pelo seu pescoço, ombros e colo, provocando-a.

Afastei-me um pouco, mantendo nosso contato visual, olho no olho, agarrei a barra de sua blusa e retirei-a pela cabeça, encontrando uma linda lingerie branca de renda, ao retirá-la expus seus belos seios. O mais belo par de seios que já vi. Louco de desejo, abocanhei-os com vontade, sugando, mordiscando, lambendo, fazendo tudo o que tinha direito, enquanto ouvia os gemidos de prazer da minha princesa.

Foi a vez dela se afastar um pouco e com um sorriso maroto que terminou com uma sexy mordida no lábio inferior, ela retirou minha camiseta e espalhou beijos por todo o meu peito e abdômen. Abaixei-me diante dela e abri o zíper da calça jeans, tirando-a juntamente com sua calcinha branca que fazia par perfeito com seu sutiã. Ela me puxou pelos ombros colocando-me de pé e repetindo a mesma ação que eu, deixando-me nu, com meu membro pulsante de prazer totalmente exposto.

Peguei-a novamente em meu colo e fomos para debaixo do chuveiro. Coloquei xampu nas mãos e lavei seus cabelos, fazendo uma deliciosa massagem relaxante em seu couro cabeludo. Depois passei o sabonete líquido na esponja e comecei a lavar e acariciar seu delicioso corpo nu, com todo cuidado do mundo. Comecei pelos ombros e fui descendo, após ensaboá-la por inteiro, plantei um delicioso beijo na região da sua virilha e levantei, colocando-a embaixo do chuveiro, observando a espuma se dissipar e correr para o ralo, revelando seu corpo.

— Agora é a minha vez — sussurrou de forma sexy em meu ouvido e começou a me dar banho, da mesma forma com que eu havia feito com ela.

Quando ela acabou, já estávamos loucos de tesão. Prensei Janaína contra a parede do box, segurei suas pernas, que ela cruzou nas minhas costas, e a penetrei com desejo e muito vontade. Entrava e saía dela, primeiramente em movimentos lentos e delicados, que logo se transformaram em algo mais urgente e meus movimentos se tornaram mais rápidos e ritmados. Chegamos ao êxtase juntos e, completamente ofegantes, permanecemos abraçados até que nossas respirações voltassem ao normal.

— E então, qual a surpresa que você tem para mim? — perguntou curiosa, já sentada à mesa, degustando uma deliciosa lasanha que Ana, minha empregada, havia deixado pronta e nós apenas aquecemos no forno.

— Curiosa! — brinquei deslizando meu dedo indicador pelo seu nariz.

— Muito, você nem imagina o quanto — sorriu alegremente.

— Bom, é simples — levantei da mesa e peguei alguns papéis na gaveta do aparador. — Como já disse, é sobre sua mãe — entreguei-os nas suas mãos para que ela lesse. — Essa é uma clínica especializada no tratamento da depressão, uma das melhores do país, e eu consegui incluir sua mãe entre os pacientes.

— Não acredito, Mah! Pena que as consultas e o tratamento sejam tão caros e eles não atendam pelo SUS. Nem plano de saúde nós temos mais. Receio que nem eu e muito menos ela teremos condições de pagar por tudo. Fora as viagens constantes que ela teria que fazer até o Rio. Mas de qualquer forma, o que importa é a intenção. Obrigada!

— Jana, quando eu disse que incluí ela entre os pacientes, eu quis dizer que já está tudo acertado. Vou pagar pelo tratamento, viagens, hospedagens e tudo o que for necessário. Tenho condições para isso.

— Ah, Matheus, não sei. Você já me ajudou tanto, eu lhe devo tanto — abaixou a cabeça pensativa. — Não tenho certeza se devo aceitar. Além do que, ela sempre te trata tão mal. Vocês nunca se deram bem...

— Princesa, ela é sua mãe e você é a mulher que eu amo — interrompi o que ela estava dizendo e segurei ternamente em sua mão sobre a mesa. — Eu posso pagar e faço questão. Quanto a não nos darmos bem, acho que ela vai ter que me engolir — gargalhei, tentando amenizar a situação. — Melhor que seja com saúde. E eu não quero você o tempo todo preocupada e insegura com a saúde dela e muito menos que aconteça o pior e a entristeça — puxei-a para meu colo. — Estou fazendo isso por você, que é muito importante para mim. E faria novamente quantas vezes fossem necessárias. Eu te amo muito, Janaína!

— Você não existe, Matheus. Como pode ser tão especial? Obrigada por tudo! Sempre! — deu um selinho de leve em meus lábios. — Eu também amo você! Muito, muito, muito, muito... — cada vez que ela repetia aquela palavra, ia distribuindo beijos em meu rosto, lábios e pescoço.

Foi me atiçando e acendendo o meu fogo a cada beijo e carinho distribuído. Acho que nem preciso dizer que terminamos nossa noite na cama, amando-nos muito e intensamente, com direito ao segundo, terceiro e até quarto *round*. Estávamos insaciáveis. Parávamos apenas para descansarmos e nos recompormos e logo nosso fogo se acendia novamente.

25

Janaina

Acordei com o sol entrando por uma fresta da cortina do quarto. O dia parecia estar maravilhoso e ensolarado. Matheus estava novamente agarrado a mim, só que dessa vez deitado de bruços com a cabeça repousada em meu peito e uma perna sobre a minha.

Abri os olhos novamente, acariciando seus cabelos e contemplando o seu sono tranquilo. Sua respiração calma e pausada, seu lindo corpo nu, seus cabelos castanhos desalinhados, sua musculatura definida e seus glúteos perfeitos. E que glúteos!! *Homens deviam ser proibidos de ter bumbuns mais bonitos e definidos que as mulheres*, ri sozinha com meus pensamentos.

— Bom dia, princesa! — encarou-me com suas duas lindas esmeraldas verdes. Que olhos! — Rindo de quê?

— Desculpa, meu príncipe encantado! — sorri. — Não queria acordar você. Estou rindo dos meus pensamentos. Fiz força para não me mexer, mas não consegui.

— Rindo dos seus pensamentos? Posso saber no que você estava pensando? — indagou curioso.

— Quer mesmo saber? Você pode não gostar da minha resposta — provoquei.

— Ah, é! Vai querer me esconder seus pensamentos obscenos? — Matheus investiu sobre mim, fazendo cócegas sem parar e me deixando totalmente sem fôlego.

— Está bom, está bom... eu me rendo — gritei, perdendo o fôlego. — Eu conto para você tudo o que quiser saber.

Matheus parou com as cócegas e, abraçando-me de costas, colocou-me sobre o seu colo e ouviu atentamente o meu relato sobre meu pensamento que o acordou. Ao terminar de ouvir, deu uma gargalhada escancarada, cheia de alegria e divertimento.

— Então você acha a minha bunda mais bonita que a sua? — riu novamente. — Sinto muito, mas terei que discordar.

— Sinceramente, sim! — gargalhamos em uníssono com a minha sinceridade. — Muito mais. E não adianta discordar, eu sei que é.

— Pois eu prefiro a sua — passou as mãos pelo meu corpo me provocando.

Como em um passe de mágica, já estávamos nos agarrando e trocando carícias, que logo se transformaram em preliminares e terminamos fazendo um amor gostoso.

— Eu não vou. Não estou louca. Não preciso de nenhum tratamento — esbravejou minha mãe, enquanto conversávamos no quarto que ela ocupava na casa de minha avó, após ela se negar a almoçar comigo, Matheus e vó Chica.

— Mãezinha, ninguém está dizendo que a senhora está louca — expliquei. — A senhora está depressiva e precisa se tratar. Fica trancada nesse quarto o dia todo, não conversa com ninguém e minha avó já me contou que, por diversas vezes, ouviu você chorar durante a noite.

— Mãezinha? Agora eu sou mãezinha? — ironizou. — Além do mais não vou ficar devendo nada ao filho do botequeiro. Ele nem gosta de mim. Aposto que está me mandando para um hospício.

— Oh, mãe, não torne as coisas mais difíceis — pedi carinhosamente. — Apesar de não estarmos nos entendendo ultimamente, a senhora sabe que a amo e já fiz loucuras em minha vida só para lhe agradar — acariciei sua mão. — Quanto ao Matheus, não o chame dessa forma que a senhora me deixa triste. O bar da família dele se tornou um grande empreendimento, é um dos lugares mais bem frequentados de toda a região. E foi ele o responsável por isso. O Mah só quer ajudar, ele se dispôs a pagar tudo, propôs até mesmo pagar sua estadia no Rio de Janeiro, se você preferir ficar lá durante o tratamento, ao invés de ficar viajando. Não precisa ficar internada na clínica, só os casos mais sérios e preocupantes ficam. Você só precisa comparecer às consultas e tomar os remédios direitinho, seguindo a prescrição do médico e o tratamento à risca.

— Tem certeza disso? — indagou desconfiada.

— Tenho. Jamais deixaria que fizessem algum mal a senhora — segurei firme em sua mão. — Ando muito preocupada com você e minha avó, nem tenho conseguido trabalhar direito. Confie em mim, por favor?!... — supliquei.

— Está bem, eu vou — abracei minha mãe com alegria. — Mas só porque é você quem está pedindo e para não saírem dizendo por aí que eu não faço nada pela minha filha.

— Ah, mãe, que bom! — afastei-me olhando em seus olhos e afagando seus cabelos. — Fico muito feliz que tenha concordado, tenho certeza de que logo a senhora estará bem — beijei-lhe a testa. — Seria demais pedir para que a senhora agradecesse ao Matheus?

— Sim, seria. Se depender de mim para agradecer ao filho do botequeiro, esse tratamento não sai. Acho melhor você desistir — esbravejou.

— Tudo bem! Sem problemas, pode deixar que eu mesma agradeço.

— E tem mais, quero ficar no Rio durante o tratamento e hospedada em um hotel de frente para a praia no Leblon ou Barra da Tijuca — exigiu, mudando surpreendentemente de humor. Nem parecia mais a mulher depressiva de antes, o que serviu para me alarmar.

— A senhora não acha que está exagerando e exigindo um pouco demais? — indaguei desconfiada e analisando sua postura.

— Essas são minhas condições, se você quer que eu me trate e ele está disposto a pagar tudo, é assim que vai ser — sorriu ironicamente.

— Era de se desconfiar que você concordasse tão facilmente com esse tratamento, não é, dona Maria Lúcia? É tudo uma farsa, não é mesmo? A senhora não quer se tratar, quer é se aproveitar da situação e da boa vontade do Matheus para levar vida de madame no Rio de Janeiro. Está enganando a nós todos — desatei a falar, totalmente decepcionada. — Quer saber de uma coisa? Não conte comigo nem com o Matheus para financiar seus desmandos e sua ambição. Vire-se sozinha — saí do quarto totalmente decepcionada, batendo a porta com força atrás de mim.

— Aconteceu alguma coisa? — perguntou Matheus vindo ao meu encontro ao pé da escada, vendo o meu estado.

Contei tudo e com detalhes a conversa que tive com minha mãe sobre o tratamento para Matheus e minha avó, que me ouviram atentamente.

— Princesa, eu posso pagar pelas exigências dela. Vai ficar um pouco mais caro do que o esperado, mas tenho condições de fazer isso.

— Não, Mah! Obrigada! Receio que você não tenha compreendido bem os fatos. Eu não creio que minha mãe queira se tratar e, com certeza, ela não está tão depressiva quanto eu imaginava e ela demonstra estar — balancei a cabeça de um lado para o outro, incrédula. — Desconfio que seja somente encenação da parte dela para voltar a morar no Rio. Não duvido nada que ela gastasse todo o dinheiro do tratamento em cabeleireiro, shopping e tratamentos estéticos.

— Tem certeza disso? — perguntou se aproximando e me puxando para um abraço terno. — Ela me parece estar tão mal. Você pode ter se enganado.

— Tenho. Conheço minha mãe melhor do que qualquer pessoa. Se você visse a mudança de humor dela com a possibilidade de morar no Rio de Janeiro e a empáfia ao fazer as exigências, você me entenderia. Nem parecia a mulher depressiva de antes — continuei. — Temo que a depressão dela seja tudo encenação, uma grande farsa para enganar a todos. E eu mais uma vez quase caí no seu golpe.

— Ok! Respeito sua decisão e confio totalmente na sua interpretação sobre as atitudes de sua mãe — afastou-se um pouco, desfazendo-se do nosso abraço e olhando profundamente em meus olhos. — Mas quero que saiba que, se mudar de ideia, estou disposto a ajudar e não me importo de pagar pelos luxos dela. Eu só quero te ver bem — beijou minha testa com carinho. — Agora podemos almoçar? Confesso que estou faminto.

— Obrigada por tudo! — segurei seu rosto entre as minhas mãos e selei nossas bocas com um beijo rápido. — Melhor almoçarmos mesmo, também estou com fome.

Depois do almoço, levamos minha avó para passear e tomar sorvete. Passei boa parte da tarde com ela, que nada me disse com relação à decisão que eu havia tomado sobre a minha mãe, mas parecia me apoiar. Se ela achasse que eu estava errada, provavelmente me falaria e exporia sua opinião. Acho que, ao perceber meu sofrimento e decepção, ela resolveu se calar.

Mais tarde, eu e Matheus fomos embora para casa para que ele pudesse descansar um pouco para trabalhar à noite.

Matheus

— Você quer ficar com sua avó ou prefere ir comigo para o Taberna? — perguntei preocupado, agachando-me em frente ao sofá, ficando com meus olhos na altura dos dela.

— Sinceramente, não sei, Mah — ela passou as mãos nos cabelos de forma nervosa.

— Eu só queria ajudar, sinto muito que as coisas tenham tomado o rumo que tomaram — segurei em suas mãos. — Me desculpe!

— Não tem do que se desculpar, meu amor — inclinou a cabeça para o lado esquerdo. — Se alguém tem que se desculpar, esse alguém sou eu, por ter feito você perder seu tempo em se preocupar e procurar tratamento para minha mãe. Infelizmente acho que dona Maria Lúcia não tem jeito mesmo. Minha mãe deve ser maluca.

— Posso fazer uma sugestão? — perguntei sorrindo, na tentativa de animá-la. — Você já passou a tarde inteira com sua avó, que tal ir comigo para o bar rever os amigos e se familiarizar com sua nova função? Prometo que amanhã passamos na casa dela antes de irmos para a rodoviária para você se despedir. Acho que assim você vai conseguir se distrair um pouco e se desligar do que aconteceu hoje.

— Você está certo — levantou-se do sofá rapidamente. — Estou mesmo com saudades da Prih e do Gil. Vou com você para o Taberna, dê-me apenas alguns minutos para me arrumar.

— Amiga, que bom te ver! — vi minha irmã Priscila caminhar em direção a Janaína e abraçá-la carinhosamente.

— Moça bonita, você está ainda mais linda que antes — Gil se juntou a elas em um abraço triplo.

— É muito bom rever vocês, estava com saudades — Senti-me feliz ao ver minha princesa sorrindo.

— Janaína — estremeci por completo ao ouvir uma voz masculina chamar pelo nome dela.

— Doutor Armando?

— Como vai, minha querida? — o desconhecido se aproximou e apertou a mão de Janaína. — Passei na casa de sua avó e me disseram que talvez você estivesse aqui. Tenho algo importante a lhe dizer, tem algum lugar onde possamos conversar de forma mais reservada?

— Claro! Podemos nos sentar em uma mesa — olhou-me como se pedisse permissão para tal e assenti com a cabeça. — Por aqui, por favor — apontou para um canto mais afastado.

— Quem será o cara? — perguntei aleatoriamente, tentando não deixar transparecer o ciúme que começava a tomar conta de mim. — Ele parece ser carioca, pelo sotaque.

— Me poupe, Mah! — respondeu minha irmã tentando me acalmar. — Ele é um senhor com idade para ser pai dela.

— Hoje em dia isso não quer dizer nada, mas pode ficar tranquila, minha irmã, não farei nenhuma cena de ciúmes. Só estou curioso mesmo.

Fiquei observando e esperando ansioso a conversa de Janaína com o estranho acabar. Pude notar certo nervosismo e um olhar meio tenso da parte dela enquanto ele falava. De longe, parecia que ele estava explicando e orientando alguma coisa para ela. Percebi também certa preocupação por parte dele. Aquela conversa já estava me deixando nervoso. Quando vi os dois se despedirem, resolvi me aproximar.

— Matheus, esse é o doutor Armando, o advogado que está cuidando do meu caso no Rio de Janeiro — apresentou-nos assim que me aproximei.

— Como vai? — falei apertando a sua mão.

—Vou bem, obrigado — retribuiu o cumprimento. — Preciso ir agora, vou pegar estrada em direção ao Rio de Janeiro, tenho compromissos por lá amanhã bem cedo — explicou-se — Vou deixar que Janaína lhe conte as novidades. Se precisarem de mim, é só entrar em contato — apertou novamente minha mão. — E por favor, meu filho, cuide bem dela.

— O que foi que houve? — perguntei preocupado, assim que o advogado deixou o meu estabelecimento.

— O doutor Armando veio me avisar que depois que eu fiz a denúncia, outras mulheres que foram enganadas pelo Paulo também resolveram falar — ela sentou-se pálida na cadeira mais próxima. —Através dos depoimentos, conseguiram chegar até ele, descobriram a forma como ele agia. Parece que ele assumia a identidade de pessoas mortas para dar golpes em mulheres. Acham até mesmo que ele estava aqui para descobrir coisas da identidade do meu pai quando me conheceu e resolveu me dar um golpe. Dizem que ele usou o nome do meu pai para dar o próximo, assim que terminou o meu. Foi aí que o descobriram.

— Isso é bom! — falei despreocupado. — Se o pegaram, talvez você recupere alguma coisa. Por que essa cara, então?

— Aí é que está o problema, não o pegaram — Janaína ficou ainda mais pálida. — E parece que quando ele quase foi pego e conseguiu fugir, deixou um recado por escrito onde dizia que viria atrás de mim. Que eu iria pagar pelo que fiz — respirou fundo. — O doutor Armando veio me avisar e pedir para que eu tome cuidado. A polícia acha que ele deve vir em breve. Talvez até já esteja em meu encalço. Estão todos preocupados comigo, não sabem o que Paulo pode ser capaz de fazer.

— Princesa... — puxei-a para perto de mim e abracei-a em sinal de proteção. — Eu estou aqui, não precisa ter medo, vou te defender. A partir de amanhã você não volta mais ao trabalho, eu vou falar com sua patroa, ela vai ter que aceitar e entender.

— Não posso fazer isso e creio que não será necessário. Falei a respeito do meu trabalho fora da cidade com o doutor Armando, que disse que talvez seja até mais seguro eu ficar por lá — ela alegou pensativa. — Segundo ele, a polícia acha que o Paulo deve vir me procurar aqui, onde sabe que há uma grande probabilidade de me encontrar.

— Mas isso deve ser só uma questão de tempo para ele descobrir. Jana, como eu vou protegê-la se você estiver longe?

— Lá eu vou estar segura. Eu acho... O doutor Armando também acha.

— Ok! Venha cá! — puxei-a para mais um abraço. — Vamos fazer o seguinte, a partir de amanhã eu a levo para o trabalho no início da semana e busco no final. Você não vai mais de ônibus, de maneira alguma eu permitirei isso. Tudo em nome da sua segurança. Vou falar a respeito com a sua patroa também, para ficar atenta a qualquer risco que você possa correr — soltei o ar pelo nariz de forma nervosa. — Se ela quer mantê-la por lá até conseguir alguém para colocar em seu lugar, vai ter que zelar por você. E você tem que me prometer que, qualquer coisa, uma pequena desconfiança que seja, vai me chamar e avisar a polícia.

— Eu prometo... eu prometo... — repetiu quase em transe.

— Acho que hoje não foi um dia muito legal para você — dei um beijo em sua testa. — Vou falar com a Priscila, pedir a ela para que tome conta de tudo por aqui e levar você para casa.

Aquele definitivamente não estava sendo um bom dia para a minha princesa. E eu havia planejado tudo para que fosse um dia de sonhos, porém...

26

Janaína

Aquela noite passou como um borrão em minha mente, só me lembro de Matheus me levar para casa e me colocar para dormir, envolvendo-me em seus braços de forma protetora e sussurrando em meu ouvido que tudo ficaria bem e que ele estava ali para me proteger. Se dormi, não sei dizer. Sonhos e realidade se misturavam em minha mente.

Conforme o prometido, na manhã seguinte, antes de sairmos de viagem e ele me levar para o trabalho, passamos na casa de vó Chica e aproveitei para contar a ela e minha mãe o que estava acontecendo.

— Mas isso é ótimo! — divagou minha mãe. — Se ele está à sua procura, com certeza foi tudo um mal-entendido e certamente Paulo irá se explicar, devolver o que é nosso e vai querer você de volta. E assim vocês poderão ser felizes e voltaremos a viver no Rio de Janeiro — continuou. — Eu sabia que tudo não havia passado de uma simples brincadeira, no máximo, um mero engano.

— Mãe, qual a parte de que ele está à minha procura para se vingar a senhora não entendeu? — perguntei incrédula.

— Ora, Janaína, isso é o que estão dizendo para separar vocês dois. Aposto que tem o dedo do filho do botequeiro nesse meio.

— Dona Maria Lúcia, a senhora me disse ontem que não era louca, mas está provando exatamente o contrário agora — retruquei exasperada.

— Veremos... — e eu fiquei observando incrédula minha mãe subir as escadas toda saltitante.

Apresentei-me de volta ao trabalho no horário combinado. Matheus me levou até a casa de dona Anastácia e fez questão de conversar com ela sobre minha situação. Deixou claro para ela que era necessário ficar atenta a qualquer risco que eu pudesse correr , a necessidade de chamar a polícia e entrar em contato com ele o mais rápido possível.

Falou para ela que não se opunha que eu continuasse trabalhando lá até que ela encontrasse alguém para me substituir, mas que se ela queria continuar a ter meus serviços à sua disposição, teria que ajudar na minha proteção. E ela se prontificou a colaborar.

Depois de tudo acertado entre os dois, ele se foi, e eu, após me despedir com um longo e delicioso beijo, voltei ao trabalho. Minha sorte é que Melina, de quem eu era babá, era uma criança bastante tranquila e, apesar de todo o meu cansaço, a segunda-feira foi tranquila.

A semana passou lentamente e, apesar de eu estar ciente da minha situação de risco e disposta a enfrentar tudo o que estivesse por vir, não sou de me encolher no canto, tenho que admitir que estava com medo e saí pouco de casa. Finalmente chegou o sábado e acordei animada com a perspectiva de meu noivo vir me buscar. Sem dúvidas, sentia-me muito mais segura ao lado dele, sob a sua proteção.

Após tomar o meu café da manhã e alimentar Melina com seu desjejum, fui brincar com ela no jardim, onde acabamos almoçando na beira da piscina e passamos todo o dia até o final da tarde.

— Vejam só quem eu encontro por aqui — ouvi uma voz familiar nas minhas costas. — Se não é a bela Janaína e sem o insuportável e irritante Matheus.

— Sérgio? — pronunciei seu nome de forma incrédula ao me virar e me deparar com o grande desafeto do Matheus. — Você por aqui?

— Uma maravilhosa coincidência, não é mesmo? — sorriu sorrateiramente. — Anastácia, sua patroa, é minha tia, na verdade, sou sobrinho do marido dela.

— Ah, claro! Havia me esquecido desse detalhe.

— Posso saber como a garota mais linda de Estrela Santa veio trabalhar na casa dos meus tios? — perguntou se aproximando um pouco mais.

— Através do Gil — respondi não querendo dar muitos detalhes, pois a pedido dele eu não poderia dizer que quem havia conseguido o emprego para mim era seu namorado, Tony, que por acaso era marido da minha meia-irmã Vanessa. Isso geraria muita confusão na vida deles.

— O Gil? Aquele *barman* do Taberna? — indagou incrédulo. — Não sabia que ele tinha algum tipo de contato com meus tios.

— Na verdade, ele conseguiu através de um amigo.

— Bom, de qualquer forma isso não interessa para mim. O que importa é que você está aqui — chegou ainda mais perto e eu me levantei do chão onde estava brincando com Melina, para tentar me afastar.

— Como assim? — perguntei tentando entender e decifrar onde ele queria chegar com aquela conversa.

— Ora, minha lindeza, no nosso último encontro no bar, ficamos com um assunto pendente e mal resolvido. Se eu bem me lembro, fomos interrompidos pelo seu patrãozinho, Matheus.

— Sérgio, não temos nenhum assunto mal resolvido. Acho que isso ficou bem claro naquela noite. Além do que, Matheus não é mais só meu patrão, nós reatamos o noivado — tentei me esquivar dele e acabei pisando em um buraco, desequilibrei-me e quase fui ao chão.

Só não caí porque ele me segurou bem firme em seus braços e, antes que eu pudesse raciocinar, colou seus lábios nos meus em um beijo brusco e nada agradável. Beijo esse que tenho que confessar que odiei. Tentei empurrá-lo, mas não consegui devido à força com que ele me segurava. Virei o rosto para o lado e foi aí que meu mundo caiu. Diante de nós estava Matheus com ódio no olhar.

— O que está acontecendo aqui? — olhou-nos fixamente.

— Me larga! — no ímpeto do meu desespero, dei um chute nas partes baixas de Sérgio para que ele me soltasse e corri em direção ao Matheus.

Não é possível que mais uma situação como essa fosse servir para nos separar.

Matheus

Acordei exausto, se dormi duas horas foi muito, passei a noite inteira pensando na Jana e na ameaça que ela havia recebido. Eram assim todas as minhas noites desde que o doutor Armando havia trazido a notícia. Sorte que tudo parecia estar tranquilo, pelo menos durante aquela primeira semana não havia qualquer vestígio do Paulo por perto. Mas mesmo assim, não podia me descuidar.

Havia programado ir até Pedreira buscar a Janaína, mesmo depois de uma noite cansativa de trabalho na sexta-feira, e trazê-la em segurança de volta para os meus braços. Eu iria buscá-la no final da tarde, quando pegaríamos a estrada juntos. Mas, para fazer uma surpresa, resolvi não avisá-la o horário exato em que eu chegaria.

Conversei com a Priscila e minha irmã concordou e até mesmo se ofereceu para abrir e ficar sozinha no bar, até a hora que eu retornasse à cidade. Afinal, eu teria que chegar e ir direto ao trabalho, pois sábado era um dia de grande movimento no Taberna. Mas daria certo, não chegaríamos tão tarde. Janaína só chegava de madrugada quando vinha sozinha por causa do horário do ônibus.

Preciso dizer que a ansiedade tomou conta de mim durante todo o dia. Cada quilômetro rodado pelo carro, meu coração acelerava mais, minha boca secava, sentia um frio na barriga. Voltei praticamente à minha adolescência, sentindo-me exatamente como me sentia quando havia a perspectiva de me encontrar e estar com ela, a mesma mulher de sempre. A mulher da minha vida!

Assim que cheguei à casa de dona Anastácia, fui informado por uma funcionária que Janaína estava no jardim, brincando com Melina, e fui para lá. Paralisei-me diante da cena que vi, minha princesa aos beijos com Sérgio, meu grande desafeto. Fui tomado por uma raiva descomunal naquele momento, apertei os punhos rentes ao meu corpo e só voltei a mim quando a vi correndo em minha direção.

— O que está acontecendo aqui? — perguntei encarando Sérgio com cara de poucos amigos.

— Mah, esse maluco...

— Deixa ele falar, Jana — interrompi-a de imediato, puxando-a para perto de mim em sinal de proteção. — Quero ouvir o que ele tem a dizer.

— É um beijo — respondeu com ironia. — Muito me admira você não saber e perguntar o que está acontecendo aqui.

— Um beijo roubado, como eu pude perceber.

— Será? — provocou-me.

— Sérgio, o que você pensa que...

— Janaína, por favor — interrompi-a mais uma vez. — Deixe que eu fale com ele.

— Nossa, que medo — Sérgio gargalhou com a intenção de me provocar.

— Você não vai conseguir me desestabilizar com suas piadinhas e provocações, Sérgio. Nada nesse mundo vai me separar da mulher que eu amo, novamente — de canto de olho percebi um sorriso de surpresa se formar nos lábios de Janaína. —Você viu a hora em que cheguei e veio para cá tentar aprontar para cima da gente. Mas, para sua falta de sorte, eu cheguei aqui antes de você beijá-la à força e vi tudo — continuei encarando-o. — E mesmo que eu não tivesse visto, eu ia ouvi-la e acreditar nela. Nós reatamos o nosso noivado e restabelecemos a nossa confiança, nada mais vai afetar isso. Agora, se me dá licença, eu vim buscar minha linda noiva para levá-la para casa — dei as costas para ele segurando na mão de Janaína e seguindo em direção à casa.

— Posso saber por que esse sorrisinho bobo na cara? — perguntei segurando o rosto da Jana entre as minhas mãos e encarando o seu olhar.

— Aquilo que você disse é verdade?

—Aquilo o quê? — sorri com o canto da boca, fingindo não entender.

— Que você confia em mim e que nada mais vai abalar essa confiança e nos separar?

— O que você acha? — dei um selinho rápido nos seus lábios.

— Não sei — respondeu timidamente. — Se eu achasse alguma coisa, não estaria perguntando.

— Princesa — olhei fixamente nos olhos dela. — Eu te amo! Já perdi você uma vez e não vou perder de novo. Sei que você errou comigo, mas hoje tenho consciência que também tive a minha parcela de culpa. Quando resolvi reatar nosso noivado, decidi fazer tudo diferente. A confiança é o pilar de um relacionamento e precisamos dela para manter e fortificar o nosso — acariciei seus cabelos. —Acho que nós dois mudamos e aprendemos muito com tudo o que aconteceu durante o tempo em que ficamos separados. Temos que superar tudo para nosso casamento dar certo e eu estou disposto a tudo por isso.

— Casamento? — perguntou surpresa.

— Exatamente, senhorita. Você não achou que íamos ser noivos para o resto da vida, não é mesmo? — brinquei com meu dedo indicador sobre o seu nariz. — Mas... tudo tem a hora certa para acontecer. Primeiro temos que cuidar da sua segurança e nos assegurarmos da prisão do Paulo e que ele não represente mais riscos para você. Depois pensaremos no nosso casamento — selei nossos lábios em um delicioso e longo beijo. — Agora vá pegar suas coisas porque ainda temos um longo caminho a percorrer.

A viagem de volta foi tranquila e iluminada pelo sorriso e olhar de felicidade estampados no rosto da minha princesa. Ao chegarmos, fomos direto ao Taberna, para mais uma noite de trabalho e depois fomos juntos para casa, onde nos amamos e depois dormimos a noite inteira entrelaçados um ao outro, comemorando o nosso amor e nosso futuro casamento.

27

Janaína

Acordei no dia seguinte me sentindo mais leve e confiante. Tudo o que Matheus disse ao Sérgio e para mim no dia anterior me deu a certeza de estarmos no caminho certo, fazendo a coisa certa para sermos felizes juntos e em definitivo. Nada conseguiria nos separar se continuássemos seguindo aquelas diretrizes: o amor e a confiança mútuos.

Espreguicei-me de forma preguiçosa e percebi que Matheus não estava lá, senti falta de seu corpo quente e do seu calor em nossa cama. Abri os olhos lentamente e pude perceber que já havia amanhecido, mas que as cortinas fechadas ainda mantinham o quarto na penumbra, tornando-o aconchegante.

Não ouvi barulho do Mah no banheiro, mas mesmo assim fui até ele, mesmo sabendo que eu não o encontraria lá. Aproveitei que estava desocupado para tomar um banho relaxante e fazer minha higiene matinal. Depois saí do quarto em direção aos outros cômodos do apartamento procurando por ele.

— Então, é aí que você se esconde? — brinquei ao encontrá-lo na cozinha preparando algo no fogão.

— Já acordou, princesa? — virou-se em minha direção assustado e surpreso. — Estava preparando algo para nós dois, um delicioso café da manhã, e iria levá-lo para você na cama — sorriu timidamente. — Você estragou a surpresa, minha tímida tentativa de ser romântico.

— Se você quiser, volto para o quarto e fingimos que nada aconteceu — sorri de volta para ele. — Posso fazer de conta que não o peguei no flagra cozinhando para mim. Mas não sem antes vasculhar tudo e descobrir o que está cheirando tão bem — aproximei-me do fogão retirando as tampas das panelas. O cheiro estava divino!

— Ovos mexidos e salsichas... Espero que goste! — abraçou-me pelas costas. — E ainda temos pães e torradas integrais, iogurte com granola e algumas frutas.

— Uau! Isso é um verdadeiro banquete, digno dos deuses — brinquei dando-lhe um rápido selinho nos lábios.

— Tive uma ideia perfeita! — seus olhos brilhando em antecipação. — Que tal se voltarmos para a cama juntos, namorarmos um pouquinho e depois degustarmos nosso delicioso café, trocando beijos, afagos e carícias?

— Perfeito! — joguei-me em seus braços iniciando um quente e ardente beijo, e começamos ali mesmo nossas preliminares.

— Acho que vamos batizar a cozinha, princesa — sorriu de forma sacana. — Não vou conseguir esperar chegarmos ao quarto — dizendo isso, apossou-se novamente dos meus lábios com fúria e desejo.

Nosso fogo se acendeu novamente e, cheios de tesão, começamos a retirar nossas roupas. Matheus começou se livrando da minha blusa. depois se atrapalhou um pouco com o fecho do meu sutiã, mas conseguiu removê-lo, liberando assim os meus seios entumecidos em antecipação. Abocanhou-os com vontade, sugando, lambendo, mordiscando e me enchendo de tesão.

Afastamo-nos um pouco para recuperar o fôlego. Agarrei a barra da camiseta básica que ele usava e a retirei, revelando seu lindo peito nu, malhado, forte, másculo, perfeito! Distribui beijos por todo o seu tórax, provocando arrepios e gemidos guturais de prazer em Matheus. Aproveitei a oportunidade e me abaixei, removendo a bermuda azul-marinho de elástico que ele usava, juntamente com a *boxer* vermelha, revelando seu membro perfeito e o abocanhando com desejo e vontade. Ouvi um gemido de prazer sair dos lábios dele.

Aproveitando o calor do momento, Matheus puxou-me para cima, levantando-me em seus braços e me colocando sobre o balcão que separava a cozinha da copa. Ele me deitou com carinho, arrancou meu short e minha calcinha com os olhos repletos de desejo. O tamanho do balcão me deixava exposta à altura de sua boca, e foi a vez de ele fazer sexo oral em mim. Enlouqueceu-me de tesão com sua língua habilidosa. Não resisti muito tempo e logo gozei, meu corpo se contorcendo em espasmos de prazer.

Rapidamente ele me pegou nos braços e me tirou do balcão, colocando-me em seguida sobre a mesa, imediatamente me penetrou e começou a se movimentar com vontade, entrando e saindo de dentro de mim. Começou de forma lenta e depois aumentou a intensidade. Éramos só gemidos, grunhidos e desejos. Entregamo-nos totalmente ao momento e chegamos ao êxtase gozando juntos.

— Posso saber o que a senhora está aprontando, dona Maria Lúcia? — perguntei à minha mãe ao chegar a casa de vó Chica e vê-la fora do quarto distribuindo sorrisos.

— Por que eu haveria de estar aprontando algo? — respondeu com ironia. — Não posso estar feliz? Tenho que estar sempre triste e deprimida?

— A senhora se recuperou rápido demais da depressão, não? — constatei.

— Ora, Janaína, você estragou tudo percebendo antes da hora. Não havia sentido em continuar com meus planos — deu de ombros. — Além disso, estou feliz com os novos tempos que virão. Tenho certeza de que logo estaremos felizes no Rio de Janeiro novamente — sorriu de uma forma como se estivesse a zombar de mim. — Agora se me der licença, tenho um compromisso e vou sair — deixou a sala batendo a porta às suas costas.

— O que deu nela? — virei-me para minha avó.

— Conhece bem sua mãe, minha querida — aproximou-se de mim acariciando o meu braço. — Alguma coisa ela está aprontando. Tem agido assim desde que você descobriu a farsa dela e contou sobre as novidades e ameaça do Paulo. Tem saído direto e voltou a sorrir. Só não consegui descobrir com quem vem se encontrando e nem o porquê.

— Muito estranho! — fiquei pensativa. — Bom, vou deixar para esquentar a minha cabeça com isso depois. Eu e Matheus viemos buscá-la para almoçar conosco na casa dos pais dele. Vamos?

— Claro, querida! Dê-me só uns minutinhos para eu me arrumar — subiu as escadas rumo ao seu quarto.

— Preocupada? — Matheus aproximou-se abraçando-me pelas costas.

— Essa história da minha mãe — virei-me de frente para ele me perdendo em seus lindos olhos verdes. — Tenho até medo de descobrir o que possa ser.

— Seja o que for, não conseguirá mais separar nós dois — beijou-me os lábios com carinho. — Estarei sempre aqui, princesa. Fique tranquila, nada de mal acontecerá a você ou ao nosso amor. Confie em mim! Eu zelo por tudo que amo, você e nosso amor são os meus bens mais preciosos — beijamo-nos apaixonadamente.

Matheus

Tenho que confessar que a mudança de humor da minha sogra não me agradava. Preferi não dizer nada para Janaína, com medo de assustá-la ainda mais. Apesar de estar se mostrando forte, por conhecê-la bem, podia perceber claramente que ela estava insegura e com medo. E eu era a segurança dela e seria até o fim.

Algo martelava em meu pensamento sem parar, o medo de que a mudança de humor de dona Maria Lúcia e suas saídas inexplicáveis pudessem ter alguma ligação com Paulo. Que ela, no auge da sua ambição, pudesse estar em contato e até mesmo negociando a segurança de sua filha com aquele homem horrendo.

Procurei afastar esses pensamentos da minha cabeça, embora sem muito sucesso. Tentei disfarçar o máximo possível e tentar passar segurança para Janaína. Almoçamos na casa de meus pais e passamos a tarde por lá em um delicioso churrasco em volta da piscina. Depois levamos dona Francisca para casa e fomos para o apartamento com o intuito de descansarmos um pouco e nos prepararmos para mais uma noite de trabalho.

— Pelo jeito não sou só eu preocupada — Janaína falou me surpreendendo.

— O que você quer dizer com isso? — perguntei, tentando simular desentendimento.

—Você — apontou as mãos em minha direção. — Está tão preocupado quanto eu com a situação. Tentou disfarçar, mas deve admitir que foi em vão.

— Oh, princesa, desculpa! A última coisa que eu queria era deixá-la ainda mais preocupada e lhe passar insegurança, mas vejo que falhei miseravelmente — expliquei-me. — Não posso negar que as atitudes de sua mãe me assustaram um pouco. Temo que a mudança de humor dela possa ter alguma coisa a ver com o Paulo. Você já pensou nessa possibilidade?

— Sinceramente? — encarou-me profundamente nos olhos. — Já. E confesso que estou com muito medo das atitudes que ela possa tomar a esse respeito. Temo que ela troque os pés pelas mãos e possa me prejudicar de alguma maneira.

— Isso significa que teremos que dobrar a atenção e prezar ainda mais pela sua segurança — abracei-a com carinho. — Confesso que não me sinto confiante nem seguro com você trabalhando longe de mim.

— Amor, já conversamos sobre isso. Além disso, acho muito difícil ele tentar algo contra mim lá. Se ele realmente estiver de conluio com a minha mãe, vai agir aqui — acariciou meu rosto. — Além do quê, isso da minha mãe estar em contato com o Paulo é só uma suposição nossa. Podemos estar imaginando coisas por estarmos paranoicos com a situação. No fundo, não acredito que ela seja capaz de me fazer algum mal.

— Ok! Vamos torcer para que você tenha razão. Mas vou redobrar meus cuidados a seu respeito. E não adianta reclamar.

— Esse é o meu príncipe encantado — brincou com um sorriso estampado no rosto. — Não espero nada diferente de você, meu amor. Que me proteja e cuide mim.

Depois dessa conversa estressante e deveras preocupante, relaxamos tomando um delicioso banho quente juntos e nos amamos mais uma vez. Depois, fomos trabalhar e o restante da noite se desenrolou tranquilamente.

Mais uma vez, dormi com Janaína totalmente envolta em meus braços, como se fôssemos eu e ela contra o mundo e o meu abraço pudesse protegê-la de todo mal.

28

Janaína

As três semanas seguintes passaram rápida e tranquilamente. Não havia nenhum sinal de Paulo, comecei a achar que provavelmente minha mãe não deveria estar em contato com ele, senão provavelmente ele já haveria aparecido. Com certeza, era tudo coisa das nossas cabeças. Evidentemente eu e Matheus estávamos mais calmos e tranquilos.

Ele continuou me levando e buscando todas as semanas na cidade vizinha. Ficava ao meu lado o tempo todo e continuava a me envolver em um abraço especial nas noites em que dormíamos juntos, protegendo-me e velando meus sonhos.

Aquele era o último dia em que ele me buscava em Pedreira, eu havia cumprido o meu mês de aviso prévio e, apesar de dona Anastácia ainda não ter conseguido ninguém para colocar em meu lugar, insistir para que eu ficasse e até mesmo ter feito uma oferta de salário tentadora, escolhi não continuar. Eu e Matheus estávamos noivos e até já havíamos falado sobre casamento, de maneira que não haveria razão para isso. Além do que eu não via a hora de ficar definitivamente ao lado do meu amor, sem interrupções.

Duas semanas depois...

— Que notícia maravilhosa, minha querida! — comemorou minha avó. — O Matheus já sabe?

— Ainda não, estou esperando uma ocasião especial para contar. Temo que ele ache um pouco cedo e precipitado.

— Pois eu já lhe adianto que ele ficará nas nuvens com a novidade.

— Será? Confesso que estou meio insegura. Tomara que a senhora tenha razão.

— Alguma vez eu errei com vocês dois?

— Acho que não — sorri timidamente.

Nesse momento, fomos interrompidas por batidas fortes na porta de entrada, seguidas por um toque ininterrupto da campainha. Quem seria? O que teria acontecido? A pessoa parecia estar com muita pressa. Deixei minha avó sentada confortavelmente em uma das cadeiras da mesa da cozinha e fui atender o apressadinho ou apressadinha.

— Paulo? — estremeci em antecipação, sentindo um frio na barriga e calafrios.

— Como vai, "querida"? — deu ênfase à última palavra fazendo o sinal de aspas no ar.

— Surpresa! — uma mulher loira colocou a cabeça no canto da porta.

— Márcia? — estava totalmente surpresa e sem reação.

— Não vai nos convidar para entrar? — reconheci e identifiquei a voz dela de imediato.

— Amanda?

Depois de um instante de total transe, tentei fechar a porta na cara deles, com o intuito de correr ao telefone para pedir ajuda. Mas Paulo foi mais rápido e colocou o pé entre a porta e o batente, impedindo que eu a fechasse. Os três empurraram-na com força me jogando longe e me derrubando no chão. Fiz uma força descomunal para não cair sentada e proteger minha barriga.

— O que vocês estão fazendo aqui? — perguntei com pavor evidente nos meus olhos.

— Viemos fazer uma visitinha especial para ensiná-la a não mexer com quem está quieto — gargalhou Paulo.

— Jana, querida, quem é que... — minha avó entrou na sala e, nesse exato momento, Paulo sacou uma arma que estava escondida na parte de trás de suas costas, apontando em sua direção.

— Vó, cuidado! — alertei-a.

— Ora, ora, ora! Pacote completo, você, a insuportável da sua avó e agora só falta a chata da sua mãe — enquanto falava, Paulo se aproximava de mim com a arma em punho e eu, com medo, dava passos para trás tentando me desvencilhar dele, de forma que me prensou contra a parede, onde se iniciava a escada que subia para o andar superior da casa.

— Por favor, Paulo, não me machuque! — pedi com uma voz em tom de súplica.

Olhando de canto de olho, pude ver minha mãe de pé no último degrau da escada, escondida atrás da parede. Pude perceber o seu olhar de desespero e preocupação, bem como o momento em que ela levou o dedo aos lábios me pedindo para não a entregar. Depois disso, ela sumiu. Deve ter voltado para o quarto. O que será que ela iria fazer?

— Onde está a chata da sua mãe? — perguntou com um brilho estranho no olhar.

— Não sei, ela saiu e não disse onde ia — pisquei disfarçadamente para minha avó, que graças a Deus entendeu o recado.

— Que peninha! — riu com ironia. — Ia ser divertido pegar a família inteira e ver a idiota da sua mãe perceber o quanto ela é imbecil por acreditar que ainda a amo e a quero de volta — gargalhou.

— Afinal, o que vocês querem aqui e de mim? — indaguei trêmula.

— Cada um de nós pode querer uma coisa diferente — Amanda se aproximou, empunhando outra arma que estava escondida com ela. — Eu, por exemplo, só quero dar uns tapas em você — esbofeteou meu rosto. — Uma boa surra para você aprender a não roubar o que é meu — puxou meus cabelos com força de forma que eu olhasse em seu rosto. Tudo isso com o revólver apontado para a minha cabeça, de forma que eu não podia fazer nada para me defender, correndo o risco de levar um tiro. — Você vai se arrepender dos dias em que nasceu, roubou meu homem e meu emprego.

No ímpeto do momento, cuspi na sua cara. Ela limpou a face com as costas da mão, jogou-me no chão e começou a desferir pontapés em mim. Encolhi-me em um canto, ficando na posição fetal, protegendo minha barriga. E ela continuou me chutando sem trégua.

— Seus monstros! — ouvi minha vó gritar e investir contra eles com uma cadeira na mão.

Eles a empurraram, derrubando-a no chão, e partiram para cima dela. Enquanto Amanda continuava a me chutar.

— Paulo, por favor? O seu problema é comigo, deixe minha avó em paz — ainda encontrei forças para gritar em súplica.

— Velha atrevida! — ouvi-o gritar bem próximo ao ouvido de vó Chica e, nesse momento, Amanda parou de me bater. — Márcia, amarre a velhota em uma cadeira para ficarmos livres dela. E quanto a você, Amanda, chega. Eu e Márcia também queremos nos divertir e torturar um pouco a nossa amiga — e foi a vez dos dois se aproximarem me dando socos e pontapés na região das costelas, enquanto Amanda apontava a arma na minha direção me ameaçando.

— Que barulho foi esse? — perguntou Paulo assustado.

— É a polícia — respondeu Márcia com ódio no olhar, desferindo ainda mais golpes em minha direção. A dor era latejante.

— Vagabunda! — Paulo gritou, desferindo um soco no meu rosto, que me levou novamente ao chão, bati com força a cabeça e senti sangue escorrer pelo meu rosto. — Como você conseguiu fazer isso? Ordinária! — mais um chute nas minhas costelas.

— Está na cara que não foi ela, com certeza foi a ridícula da mãe, ela devia estar em casa e escapou por alguma porta ou janela e foi pedir ajuda — completou Márcia.

— Ingênua! Você não acha que vai conseguir escapar de mim, não é mesmo, Janaína? — ledo engano, gargalhou mais uma vez. — Vamos negociar com a polícia e só sairemos daqui com você e, no caminho da fuga, uma das nossas armas disparará acidentalmente e aí, adeus Janaína. Talvez eu seja bonzinho e resolva liberar a velhota, mas para isso você vai ter que colaborar.

— Faço questão que seja a minha arma a disparar — sorriu Amanda com ódio no olhar. — Quero ver o idiota do Matheus sofrendo muito. Sentindo muita dor e desespero no coração.

— Então deixem minha avó em paz, é a mim que vocês querem. Eu prometo colaborar.

— Você acha mesmo que está em condições de fazer exigências, Jana? — perguntou Márcia em um tom sarcástico.

— Por favor, ela já tem a idade avançada e tem sérios problemas de saúde. Poupem a minha avó, eu imploro!

— Aqui, ninguém é bom samaritano, querida! Tudo vai depender de quão aberta à negociação a polícia vai estar — pegou-me à força pelos cabelos, levantando-me do chão e posicionando novamente a arma na minha cabeça. — Que comecem as negociações...

Matheus

— Onde está a Jana? Por que não veio com você? — perguntou minha irmã com extrema curiosidade.

— Está na casa da dona Francisca, cheia de mistério. Disse que hoje precisava ir sozinha, tinha algo importante a falar com a avó — sorri sorrateiramente. — Deve estar aprontando alguma.

— E você não tem medo do que possa ser? — perguntou com maldade, Raquel, uma das garçonetes do Taberna.

— Sinceramente, não — respondi com ar despreocupado. — Confio na minha noiva! A época de medos e desconfianças ficou para trás. E tenho quase certeza de que essa conversa tem a ver comigo. Acho que terei alguma surpresa em breve, deve ter a ver com o nosso casamento.

— Fico tão feliz de ver você dois felizes assim, patrãozinho — Gil entrou no assunto. — Torci tanto para isso.

— Matheus, ajuda pelo amor de Deus! — dona Maria Lúcia entrou no bar sem fôlego de tanto correr e gritando como louca. — Minha filha, minha mãe... Eles vão matá-las.

— Eles quem? Onde está a Janaína? — perguntei desesperado e já esperando pelo pior.

— Está na casa de minha mãe — ela chorava compulsivamente e até demonstrava arrependimento. — O Paulo e aquelas duas mulheres... Eles estão armados e batendo nela.

— Meu Deus! — corri para o escritório e peguei as chaves do meu carro. — Priscila, liga agora para a polícia e conte a eles o que está acontecendo.

— Matheus, aonde você vai? — minha irmã perguntou preocupada.

— Para a casa de dona Francisca, eu não posso deixar minha princesa sozinha. Eu disse que a protegeria e é isso que vou fazer. Diga a polícia para se encontrar comigo lá — saí correndo feito louco pela porta em direção ao meu carro cantando pneu.

— Se cuida, vou para lá também em seguida. Assim que conseguir falar com a polícia — ouvi minha irmã gritando ao longe, mas nem tive tempo de responder.

O caminho até a casa de dona Francisca nunca me pareceu tão longo. Chegando lá, fui correndo em direção à porta de entrada com o intuito de arrombá-la e retirar minha Janaína lá de dentro. Ou, na pior das hipóteses, ficar preso com ela. O importante era não a deixar sozinha e protegê-la a todo custo.

Ouvi ao fundo os carros de polícia, com certeza foram mais rápidos do que eu porque abriram passagem com as sirenes ligadas. Estava pronto para arrombar a porta, quando fui segurado por um dos policiais e logo outro se juntou a ele me arrastando para longe.

— O que você acha que está fazendo, rapaz? — perguntou o delegado todo irritado. — Posso saber quem é você?

— Eu sou Matheus, noivo da vítima e ia entrar lá para ficar ao lado dela. Não posso nem devo deixá-la sozinha.

— Prazer, eu sou o delegado Silveira — apresentou-se. — E estou aqui exatamente para impedi-lo de fazer isso. Estamos falando de bandidos, pessoas perigosas. E segundo a mãe de uma das vítimas, estão armados.

— E o que eu devo fazer, então? — indaguei mostrando irritação. — Sentar e esperar enquanto eles ameaçam e a agridem?

— Calma, rapaz! Confie em mim! Um dos meus homens vai tentar contato e entrar na casa para negociação, nada vai acontecer com sua noiva e a avó dela.

— Assim espero! — sentei-me na sarjeta, segurando minha cabeça entre as mãos, totalmente exasperado, enquanto observava um soldado tentar contato na porta.

— Mah, meu irmão, vim assim que pude. Trouxe dona Maria Lúcia comigo, a polícia quer saber mais detalhes sobre o que está acontecendo lá — sentou-se ao meu lado. — Avisei nossos pais, Gil e o Lucas, eles também estão vindo para cá. Todos querem dar uma força.

— Pronto, meu rapaz, o sargento Silva acaba de entrar na casa — comunicou o delegado com um sorriso confiante no rosto.

Levantei, suspirando fundo, ainda a tempo de ver uma mulher loira, que me pareceu bem familiar, abrir e fechar a porta para o policial entrar. Mas com certeza era coisa da minha cabeça, não conhecia ninguém que fosse ligado ao tal Paulo. Devia estar delirando de tanta preocupação, tomado pela impotência por não poder fazer nada para tirar Janaína de lá.

As negociações demoraram bastante, e o tal sargento que havia entrado na casa demorou muito para voltar e eu já não me aguentava mais de tanta preocupação. Meus pais, meu cunhado Lucas e Gil chegaram preocupados e se juntaram a mim. Quando tudo terminou, o policial saiu e caminhou em direção ao delegado. Levantei-me de imediato e fui me juntar a eles, na esperança de ter boas notícias.

— E então sargento? — perguntou o delegado.

— Eles estão abertos à negociação — olhou para mim e continuou. — Querem um carro para fuga e a garantia de que não iremos segui-los. Porém... — sempre há um porém... — Eles liberam a senhora em troca do carro, mas a jovem continua com eles de refém e como garantia.

— Não — quando percebi, já estava gritando. — Ela não pode ficar à mercê deles, vocês precisam libertá-la.

— Confie no trabalho da polícia, rapaz, e procure se acalmar. Vamos libertar a senhora e depois libertaremos sua noiva. Confie em nós! Traçaremos um plano nesse sentido. Garantimos que não deixaremos nada de mal lhe acontecer.

— E como ela está, sargento? — soltei o ar pelo nariz de forma nervosa.

— Não vou mentir para você, ela está bastante machucada. Agora, se me der licença, vou providenciar o carro que eles pediram. Quanto antes tirarmos ela de lá, melhor.

Fiquei completamente desesperado, se algo de grave acontecesse a Janaína, não responderia pelos meus atos e não me perdoaria jamais. Fiquei andando na rua de um lado para o outro, mexendo em meus cabelos de forma nervosa, imaginando minha princesa toda machucada. Meus pensamentos em total confusão. E o tal carro nunca que chegava, parecia que já havia se passado uma eternidade. Quando finalmente chegou e foi estacionado em frente à casa, o sargento Silva voltou a entrar e, após mais um longo tempo, saiu com dona Francisca ao seu lado. Ela veio direto até mim.

— Meu querido, acalme-se! Nossa menina é muito forte e tudo vai ficar bem.

— Assim espero, vó Chica — respondi sem muito ânimo.

— Bateram bastante nela, filho. Mas agora pararam. E você não vai acreditar em quem está lá dentro com eles. A...

Nesse momento, vi Paulo e as duas mulheres loiras saírem trazendo Janaína com as mãos amarradas e segurando-a pelos cabelos. O semblante de dor no rosto dela e os hematomas me causaram horror. Não resisti e fiz aquilo que meu coração mandou.

— Esperem! — gritei e fui me aproximando.

— Ficou louco, rapaz, o que você acha que está fazendo? — ouvi o delegado Silveira dizer ao longe.

— Amanda? — fiquei estupefato ao reconhecê-la.

— Matheus! — sorriu com ironia. — Lembra que eu disse que você iria se arrepender do que me fez? Tirou-me da sua vida como se eu não significasse nada e de quebra ainda tirou o meu emprego — sorriu ironicamente. — Eu te avisei que não ficaria daquele jeito, não foi?

— Por que está fazendo isso? Poderíamos resolver essa situação de outra maneira.

—Você me magoou profundamente e uma mulher magoada é capaz de tudo para se vingar — continuou. — Então, eu pensei, o que o machucaria profundamente, como ele machucou a mim? Aí me lembrei da Janaína, o amor da sua vida. E concluí que nada o machucaria mais do que vê-la nessa situação e perdê-la para sempre. Foi aí que descobri sobre a ameaça de vingança do Paulo e fiquei alerta. Eu sabia que uma hora ele iria aparecer. Esperei até que ele entrasse em contato com sua "sogrinha querida" — fez aspas no ar com escárnio. — No fundo, eu sabia que ele faria isso, procuraria a velha interesseira para ser sua aliada. Aí, foi só segui-la, esperar que fosse embora, apresentar-me e me aliar a ele. Juntos, eu, ele e Márcia bolamos nosso plano e estamos aqui agora — gargalhou. — E tem mais, pode ter certeza de que, se depender de mim, Janaina não voltará viva para os seus braços.

— Chega de conversa fiada, Amanda. Vamos embora de uma vez — falou Paulo.

— Me leva no lugar dela — ofereci-me como moeda de troca e me aproximei um pouco mais.

— Inacreditável! O corno tentando defender a vadia que o traiu. Isso não é totalmente romântico, Márcia? — gargalhou. — Deixa de ser idiota, chifrudo. Quem vai é ela e depois vamos decidir como ela pagará pelo que fez a todos nós.

— Então me leva junto. Só quero estar perto dela — supliquei.

— Olhem só, meninas, o corno manso quer se juntar a nós. O que vocês acham disso? — gargalharam em uníssono.

Nesse momento, três soldados da polícia que se aproveitaram da distração deles, enquanto conversavam comigo, atacaram pelas costas desarmando-os. Vi quando Amanda jogou Janaína no chão e, antes de tirarem a arma de sua mão, desferiu um tiro em sua direção. Desesperado, corri para a minha princesa.

— Droga! Inferno! Meu pé... Está doendo muito — Amanda xingava e esbravejava por ter acertado o próprio pé.

Graças a Deus, ela não havia acertado Janaína. Peguei-a do chão e percebi que ela não falava, não se mexia, estava totalmente catatônica, parecia em transe. Eu a sacudia em meus braços, algo de errado havia acontecido. Meu Deus, por quê? Dona Maria Lúcia e vó Chica se juntaram a mim. Todos nós estávamos desesperados e ela não nos respondia.

— Jana, fala comigo, meu amor! — lágrimas começaram a rolar pela minha face. — O que está acontecendo? O que você está sentindo, princesa? Fala comigo. Não me deixe, por favor! Eu te amo muito!

Nesse momento, chegou uma ambulância, que nem vi que havia sido chamada nem por quem, para prestar-lhe socorro. Afastaram-nos de seu corpo, que se apresentava imóvel. Vi quando Janaína fechou os olhos e meu coração se despedaçou. Corri até a ambulância e fiquei sabendo que eles iriam levá-la para a Santa Casa, chamei vó Chica e dona Maria Lúcia, entramos em meu carro e segui-os até o hospital.

Rezei por todo o caminho, pedindo, implorando a Deus que não me tirasse a mulher da minha vida. Logo agora que estávamos nos dando tão bem. E o pior é saber que eu mais uma vez estava totalmente impotente diante da situação.

29

Maria Lúcia...

— Como é? — alterei minha voz dentro do hospital. — Vocês estão me levando presa? É isso mesmo?

— Desculpe, senhora! — respondeu o policial. —Você precisa prestar depoimento e fazer alguns esclarecimentos referentes a sua participação no crime.

— Mas isso é um absurdo! — rebati. — Minha filha está hospitalizada, acabou de sofrer um atentado contra a sua vida e vocês estão insinuando que eu tive participação nisso tudo?

— Sinto muito, mas os três meliantes presos citaram a senhora em seus depoimentos e, segundo eles disseram, foi você quem os ajudou a arquitetar o plano dando informações sobre a vida e o paradeiro de sua filha. Segundo o Paulo, ele a presenteou com uma boa e substancial quantia em dinheiro em troca da sua cooperação e foi a senhora que telefonou para ele avisando que a Janaína se encontrava na casa de sua mãe e sozinha, sem o noivo — explicou-se. — Isso a torna suspeita de ser cúmplice na execução do plano.

— Eu fui enganada! — gritei mais uma vez. — Ele me disse que tudo o que havia acontecido no passado tinha sido um mal-entendido, que havia investido o dinheiro de Janaína, iria devolvê-lo, a amava muito, e a queria de volta — tentei argumentar com desespero. — Só queria o bem da minha filha, aquilo que eu achava que seria melhor para ela. Vocês não podem condenar uma mãe por isso. E que mal há em receber um presente do futuro genro, mesmo que seja tão generoso? — suspirei. — Mãe, Matheus... — pela segunda vez naquele dia, eu o chamava pelo nome. —Vocês estão ouvindo isso? Vão permitir? — encarei os dois, que até o momento ouviam tudo calados. — Vocês, melhor do que ninguém, sabem que eu busquei ajuda, arrisquei-me para salvar a vida das duas.

— Já que a senhora se nega a colaborar com a polícia, nós podemos pedir um mandado ao juiz e obrigá-la a isso. Mas asseguro que sua atitude pode prejudicá-la e muito perante à justiça.

— Dona Maria Lúcia, acho melhor a senhora ir com ele — Matheus se manifestou pela primeira vez. — Nessas horas, colaborar com a polícia é sempre o melhor a fazer. Contatarei o doutor Armando, de qualquer maneira, tenho que contar a ele o que aconteceu com Janaína. Aí, vejo se ele pode defender a senhora ou, se não for a área de atuação dele, peço para que nos indique um bom advogado.

— Absurdo! Eu vou, mas já vou avisando que só falo na presença do meu advogado.

— Como a senhora preferir — rebateu o policial.

— E vocês dois! — apontei para Matheus e minha mãe. — Tratem de me ajudar a sair dessa. Vocês não vão se livrar de mim tão fácil — os dois ficaram parados, atônitos, ouvindo e observando tudo, incrédulos.

— Se me dão licença, gostaria de informá-los que precisaremos colher o depoimento de vocês dois também — o policial se dirigiu à minha mãe e ao meu genro.

— Claro! Nós teremos o maior prazer em colaborar — nesse momento, uma enfermeira entrou na sala de espera e chamou pelo nome de minha mãe. Eles iam fazer alguns exames nela para se certificarem de que ela realmente estava bem. — Assim que o Doutor Armando chegar e dona Francisca for liberada dos exames, iremos todos à delegacia.

— Ótimo! Obrigado por cooperar, senhora... — o policial fez um sinal com as mãos apontando a direção da porta de saída para mim.

— Por que tenho que ir agora e eles não? — perguntei com indignação. — Não posso ficar aguardando notícias de minha filha e minha mãe e depois me apresentar com eles juntamente com o advogado? — insisti numa tentativa débil de tentar evitar ir à delegacia sozinha.

— Receio que não, minha senhora. Eles são apenas testemunhas, e sua mãe também é vítima. Em contrapartida, a senhora está sendo acusada de ser cúmplice no crime.

Saí daquele hospital humilhada e indignada. Como eles poderiam achar que eu faria algum mal à minha própria filha? Só queria o melhor para ela e acabei envolvida em um crime. Para completar ainda mais a minha indignação, quando na delegacia eu disse que só falaria diante do meu advogado, eles me trancafiaram em uma sala minúscula, que me fez sentir claustrofobia. Foi aí, que naquele cubículo, comecei a pensar em tudo o que fiz de errado na vida, principalmente no que diz respeito à minha filha. E isso fez com que eu me arrependesse de muitas coisas.

Foram horas de espera até que minha mãe e Matheus chegassem à delegacia com o meu advogado, prestassem seus depoimentos e depois eu fosse chamada para o interrogatório. Fiquei sozinha na sala com um escrivão, o delegado e o advogado. Fiquei por um bom tempo respondendo a perguntas e esclarecendo fatos. Depois disso, eu e doutor Armando fomos nos encontrar com minha mãe e Matheus na pequena sala ao lado.

— E então, doutor, como foi o depoimento? — Matheus se dirigiu ao advogado, ignorando minha presença. — Alguma novidade?

— A situação dela não é das melhores ou mais confortáveis. Na verdade, é deveras complicada e preocupante. Para a polícia, é difícil acreditar que ela, após ter sido informada sobre a ameaça de Paulo a Janaína, tenha sido ingênua a ponto de acreditar nele e achar que estava fazendo o bem para a filha, portanto ela será indiciada como cúmplice. E ainda tem o agravante de ter recebido uma quantia substancial em dinheiro em troca das informações, apesar de ela alegar ter sido um presente. Mas terá que provar as duas coisas, que foi enganada e que não trocou as informações por dinheiro. E não vai ser nada fácil, posto que não há testemunhas a seu favor.

— Doutor, e não há nada que o senhor possa fazer por minha filha? — indagou minha mãe se mostrando preocupada.

— Sim, dona Francisca. Tenho alguns artifícios para lançar mão. Ela tem atenuantes por ter sido a responsável por buscar socorro para a senhora e sua neta, esse é um ponto positivo. Mas tudo dependerá da visão e boa vontade do juiz e jurados. No tribunal, lançarei mão dos depoimentos de vocês dois — apontou para meu "genro" e mãe. — Onde dizem que, há algum tempo, Maria Lúcia tem se comportado de forma estranha e não parece estar bem psicologicamente, e o quanto Janaína, como filha, estava preocupada com a sanidade mental dela. E é claro que, assim que ela estiver em condições, vamos ter em mãos o depoimento dela também e tenho certeza de que não vai querer prejudicar a mãe — fez uma pausa e continuou a explicar. — Como não existem testemunhas a favor dela, alegarei que minha cliente está em estado de inconsciência da realidade para tentar enquadrá-la nos critérios de inimputabilidade exigidos pelo Código Penal. Para que isso seja atestado, tramitará em julgamento a alegação de insanidade mental dela, que deve ser comprovada por laudos periciais feitos por psiquiatras e psicólogos forenses. Em caso de laudo positivo, ela será encaminhada para internação em uma instituição especializada ou a um tratamento ambulatorial. E, sinceramente, diante dos fatos, falta de testemunhas e provas, acho que essa será a melhor saída para ela, se comparada a uma penitenciária.

— Coitada da Janaína, vai ficar arrasada!

— Sinto muito, meu rapaz! É o melhor que eu posso fazer — sorriu forçado. — Ela não vai conseguir sair dessa sem uma punição.

— Dá para você pararem de conversar como se eu não estivesse na sala? — interrompi. — Posso falar com você em particular, Matheus?

— Bom, eu e dona Francisca aguardaremos vocês lá fora — disse doutor Armando, segurando no braço dela e conduzindo-a até a porta. — Fiquem à vontade.

— A senhora quer falar comigo? — ele perguntou com o olhar intrigado.

— Sim — suspirei fundo. — Alguma notícia de Janaína?

— Liguei há pouco no hospital e parece que está tudo na mesma — soltei o ar pela boca. — Ela continua sendo examinada e cuidada por uma junta médica. Porém, as enfermeiras não sabem, podem ou querem dizer se ela já voltou a si.

— Acredite em mim, rapaz! Ela vai sair dessa. Janaína se tornou uma mulher forte, sempre se levantará, veja como reagiu bem após o golpe que levou no Rio de Janeiro, desde que resolveu tomar as rédeas da própria vida. Parece uma fênix, sempre renascerá das cinzas e, desta vez, não há de ser diferente.

— Confesso que estou deveras preocupado, quase desesperado. Gostaria de ter essa sua certeza, mas ver Janaína toda machucada e desfalecendo em minha frente mexeu muito comigo.

— Confie em mim, Matheus! Tudo dará certo — fiz uma força enorme para me controlar e não o chamar de filho do botequeiro. Virei-me de frente para ele e encarei profundamente o seu olhar. — Na verdade, chamei-o aqui para pedir perdão a você por tudo que fiz para separá-los. Sempre sem sucesso, mas eu achava que você não era o melhor para minha filha. E, para falar a verdade, ainda tenho minhas dúvidas e ressalvas — engoli em seco. — Mas hoje pude ver o quanto a ama. Você salvou a vida de minha mãe e Janaína, lhe seremos eternamente gratas.

— Não fiz mais do que a minha obrigação e cumpri a promessa que fiz a ela, mantê-la segura, a salvo — suspirou fundo. — Pena que eu não consegui impedir que a machucassem tanto. Isso está doendo muito em mim.

— Não seja tão exigente consigo mesmo. Eu estava lá — desviei o olhar tentando ocultar minha emoção — Vi o quanto você foi primordial para salvar a vida dela.

— Tenho que admitir que ver Janaína totalmente catatônica, sem expressar qualquer reação e depois desfalecer nas mãos dos médicos, assustou-me e preocupou muito. Queria eu estar no lugar dela para não vê-la sofrer.

— Bom, enfim, quero lhe pedir que transmita esse meu pedido de desculpas a Janaína assim que ela acordar. Vou para casa descansar e esperar que ela queira falar comigo. Acho que infelizmente minha filha vai demorar um pouco para se recuperar física e psicologicamente de tudo o que ela passou. Não me sinto culpada de nada, fiz o que achei que seria melhor para ela — fui sincera sobre como me sentia — Agora vá e cuide bem dela para mim.

— Eu vou — olhou-me nos olhos. — Mas antes gostaria que a senhora soubesse que não a odeio, mas estou com muita raiva e, se algo de ruim acontecer a Janaína e eu a perder, vou culpá-la pelo resto de minha vida e aí sim, passarei a odiá-la com todas as minhas forças. E farei de tudo para que pague pelo que fez a ela. A senhora deveria ter pensado bem antes de fazer certas escolhas em sua vida — tomou fôlego e, nesse momento, pude perceber seu olhar, um mix de desespero, preocupação e raiva... muita raiva. — Desejo-lhe boa sorte! Aproveite para repensar sua vida e se arrepender de verdade de tudo o que fez. Se a Jana sobreviver e voltar para mim, tenha certeza de que ela será sempre muito bem cuidada. Ela é a mulher da minha vida e nada, nem ninguém, muito menos a senhora, com toda a sua empáfia e ambição, vai mudar isso.

Sem dizer mais nenhuma palavra, Matheus virou-se de costas para mim e foi embora. Fiquei olhando a porta se fechar nas suas costas. Por fim, fiquei ali por mais alguns minutos, sozinha com meus pensamentos.

O que foi que eu fiz da minha vida, meu Deus?, pensei em voz alta.

Matheus

Depois da conversa sincera que tive com minha sogra, em que disse tudo o que estava sentindo com relação ao mal que ela acabara de fazer a Janaína, enquanto doutor Armando levou dona Maria Lúcia para casa, voltei com dona Francisca para o hospital e ficamos ambos sentados na maldita sala de espera aguardando por notícias dela.

Meu coração estava apertado e eu me encontrava muito angustiado com a falta de notícias. Mal conseguia conversar. Dona Francisca, ou se encontrava na mesma situação que eu ou estava respeitando o meu momento, quase não me dirigia a palavra.

Por que tanta demora em dar notícias, meu Deus? Será que havia acontecido o pior e os médicos estavam com medo, receio ou até mesmo dó de me contar? Sentei-me em um canto sozinho, a pouca distância de Vó Chica e comecei a pensar em Janaína, em tudo que vivemos desde quando éramos crianças até hoje, principalmente os momentos especiais, nosso primeiro beijo, o início do namoro, a primeira vez na cachoeira, nosso noivado... Enfim, em tudo. Até chegar ao momento em que ela caiu no chão em transe sem responder a qualquer estímulo e depois fechou os olhos diante dos médicos e enfermeiros da ambulância. Aquela cena horrível não saía da minha cabeça.

— Os familiares de Janaína Albuquerque, quem são? — levantei-me de sobressalto e fui em direção ao homem de branco que estava perguntando.

— Eu sou Matheus, o noivo dela, e essa senhora é a avó — respondi por dona Chica. — Alguma novidade, doutor?

— Sou o doutor Arlindo Taveira, estava à frente da junta de profissionais responsável pelo atendimento dela — gentilmente estendeu a mão para mim e dona Francisca, ambos a apertamos de volta. — A Janaína chegou ao hospital com um quadro de catatonia por causa psicológica, certamente devido a tudo que ela passou. Ela permaneceu de olhos fechados em uma posição rígida e imóvel por horas. Fizemos todos os exames possíveis e necessários, ela apresenta hematomas pelo corpo e rosto, duas costelas quebradas e está bem machucada — respirou fundo antes de continuar. — O bebê está bem, porém ela apresentava sangramento vaginal e, após alguns exames, concluímos que teve descolamento da placenta. Infelizmente essa condição pode privar o bebê de nutrientes e oxigênio. Devido à gravidade do descolamento e às fraturas nas costelas, ela terá que se manter em repouso total até que volte ao normal — ele sorriu para mim, que mal consegui prestar atenção às suas orientações, ao saber da existência de um bebê. Ainda bem que dona Francisca estava comigo. — Parabéns! Seu filho e sua noiva são verdadeiros guerreiros, sobreviveram a tudo com louvor.

— Descolamento de placenta... um bebê... nosso bebê... — eu repetia isso de forma desconexa. — Então... essa era a surpresa que ela ia me fazer?

— Pelo jeito você não sabia sobre o bebê, receio que estraguei a surpresa — brincou sorrindo. — Janaína está grávida de quatro semanas e precisará de muitos cuidados. Geralmente, quando uma gestante passa pelo que ela passou nesse estágio da gravidez, o feto costuma não resistir e a mãe pode sofrer um aborto espontâneo. Mas pudemos perceber que ela protegeu bem a barriga dos golpes que levou e o bebê de vocês não desistiu de viver, podemos dizer que foi um milagre.

— Vou ser pai — abri o maior sorriso do mundo. — Posso vê-la, doutor?

— No momento, não. Ela acordou muito agitada do estado catatônico e tivemos que medicá-la para que ela se acalmasse e permitisse o nosso trabalho — colocou a mão nas minhas costas. — Devido à gravidade dos ferimentos, ela vai permanecer no C.T.I. em observação até amanhã. Quando acordar, serão feitos novos exames e, se tudo estiver bem, será transferida para um quarto. E aí, sim, poderão vê-la — apontou em nossa direção. — Aconselho vocês a irem para casa descansar e retornarem amanhã, principalmente a senhora, que também sofreu alguns traumas hoje. Aqui no hospital não há muito o que vocês possam fazer.

— Doutor, vou levar a dona Francisca em casa, depois volto e ficarei por aqui. Não quero deixar Janaína sozinha. A última vez que a deixei, hoje à tarde, quase a perdi. Preciso estar por perto para protegê-la.

— O hospital é totalmente seguro, mas faça como se sentir melhor. De qualquer forma, tente descansar. Ela vai precisar de você inteiro quando acordar — apertou minha mão se despedindo. — E não se culpe tanto pela loucura dos outros, rapaz. Você não teve culpa nenhuma no que aconteceu — ele era a segunda pessoa a me dizer isso naquele dia. Depois se despediu de vó Chica com um aperto de mão. — Agora, se me derem licença, eu tenho outros pacientes para atender.

— Obrigado, doutor! — agradeci e o vi dar as costas e atravessar a porta para dentro do hospital.

Levei dona Francisca para dormir em meu apartamento. Achei por bem não deixá-la voltar àquela casa onde tudo havia acontecido. Com certeza, as lembranças não a deixariam dormir e a incomodariam bastante, fora que deixá-la sozinha com a filha não seria uma boa opção. Elas poderiam se estranhar, discutir e brigar por causa de tudo o que aconteceu.

Depois que voltei ao hospital, cochilei algumas vezes no sofá da sala de espera, sonhando com o nosso bebê e esperando minha princesa acordar.

— Matheus? — ouvi a voz de uma enfermeira chamar pelo meu nome.

— Sou eu — levantei-me rapidamente do sofá.

— Tenho boas notícias. A Janaína acordou e, após alguns exames adicionais onde foi constatado que está tudo bem, foi levada para o quarto. E está chamando por você. Vamos?

Segui a enfermeira com o coração disparado de emoção até o quarto trezentos e três, respirei fundo antes de bater e entrar. A visão da minha princesa toda machucada numa cama de hospital cortou meu coração. Senti uma vontade enorme de matar aqueles quatro. Isso mesmo, porque minha sogra não escaparia impune dessa. Ela foi a grande responsável por tudo o que aconteceu. Se não tivesse acreditado no Paulo e não tivesse dado as coordenadas de que Janaína estaria na casa da avó e sozinha, sem mim, nada disso teria acontecido.

Ela me olhou profundamente nos olhos e eu me aproximei da cama, como se fosse atraído pelo brilho e a beleza de seus lindos e grandes olhos castanhos. Como era linda minha Jana, mesmo toda machucada e com lágrimas nos olhos.

— Oi, princesa! — eu não sabia ao certo o que dizer ou fazer. Minha voz embargada pela emoção. — Você está bem?

— Me abraça — pediu me puxando para perto de si, lágrimas começaram a rolar em seu rosto.

— Shhhhhh. Está tudo bem, princesa — envolvi-a em meus braços de forma carinhosa, como se fosse um cristal, morrendo de medo de machucá-la mais. — Estou aqui e vou protegê-la, nunca mais permitirei que façam tal barbaridade com você novamente.

Ela chorava e soluçava compulsivamente com a cabeça afundada em meu ombro. Lágrimas não paravam de rolar. Desde que havia voltado do Rio de Janeiro, não tinha visto Janaína chorar tanto assim, geralmente ela era forte, até mais do que ela mesma podia imaginar. Mas também, pudera, depois de tudo o que passou. Depois de algum tempo, ela parou de chorar e se afastou um pouco, recostando-se na cabeceira da cama.

— E minha avó? — perguntou primeiramente.

— Ela está bem, alguns hematomas, escoriações e um galo na cabeça. Passou por alguns exames aqui no hospital e, apesar desses ferimentos, encontra-se fora de perigo. Levei-a ao nosso apartamento para dormir e descansar um pouco, depois vou buscá-la para te ver.

— Que bom! — respirou aliviada, levando uma das mãos às costas, provavelmente sentindo a dor das costelas quebradas. — E minha mãe?

Contei-lhe tudo o que havia acontecido a dona Maria Lúcia após o ocorrido e também o que poderia vir a acontecer com ela no futuro. Relatei o que o doutor Armando havia dito que tentaria fazer por ela. Fiz uma força descomunal para não deixar transparecer minha raiva e muito menos minhas desconfianças de que ela estava mentindo ao se mostrar arrependida.

Acho que isso não faria bem para a Janaína. Agora mais do que nunca tinha certeza de que minha sogra não era uma pessoa normal e sofria de sérios problemas mentais e psicológicos.

— Coitada da minha mãe! — falou com voz fraca, demonstrando que estava com dor. — E como ela está? Concordou com tudo? Esbravejou?

— Acho que ela não tem muita escolha. Segundo o advogado, é o melhor que pode ser feito por ela — segurei firme em sua mão. — Quanto a sentir dó, princesa, tenho que ser sincero e dizer que não sinto nada disso. Ela está pagando pelo que fez, olha o seu estado. Não gosto nem de pensar na hipótese, mas você poderia ter morrido. A vida é feita de escolhas e temos que aprender a conviver com as consequências das nossas. E é isso que está acontecendo com ela nesse momento.

— Você tem razão — olhou-me intensamente. — Mas de qualquer forma ela ainda é minha mãe.

— Eu sei — tombei a cabeça para o lado esquerdo enquanto falava e a observava. — Nós dois tivemos uma conversa definitiva após os depoimentos, ela pediu desculpas, agradeceu por eu ter salvo você e sua avó e, acredite se quiser, não me chamou de filho do botequeiro uma vez sequer — ri, tentando aliviar a tensão. — Pediu também para que eu transmitisse o pedido de desculpas a você. Só espero que dessa vez esteja sendo sincera, apesar de não acreditar muito nisso.

— Eu também — levantou o braço e acariciou o meu rosto. — Mas da dona Maria Lúcia pode-se esperar qualquer coisa. Até mesmo uma encenação de arrependimento e de boa moça para se livrar da justiça.

— Agora vamos mudar de assunto e falar de coisas alegres? — aproximei-me mais plantando um selinho em seus lábios, tentando aliviar a tensão e não a preocupar tanto. — Por acaso, o doutor Taveira me contou que temos uma princesinha a caminho.

— Droga! Estragaram a minha surpresa — brincou. Era incrível como Janaína podia ser tão forte e bem-humorada, mesmo diante de uma situação como aquela. — Mas tenho que lhe contradizer, acho que é um principezinho.

— De jeito nenhum, eu sei que é uma linda menininha, igualzinha à mãe, sem tirar nem por. A mesma beleza, o mesmo corpo, rosto, cabelo, sorriso, olhos...

— Ah, não! Seja menino ou menina, os olhos eu quero da cor de esmeraldas, verdes e lindos como os do pai.

— Está legal! Se forem só os olhos iguais aos meus, eu aceito. Pelo menos ela vai ter algo de mim — rimos em uníssono. — O que foi? — perguntei ao perceber nos olhos dela certo desconforto.

— Nada de mais. Está batendo um soninho, acho que é o efeito dos remédios.

— Ok! Então vamos fazer assim... — comecei a falar enquanto me deitava ao lado dela na cama de hospital e a envolvia cuidadosamente em meus braços, ainda com muito medo de machucá-la. — Dorme que eu vou ficar aqui do seu lado, protegendo você e velando o seu sono — beijei o topo de sua cabeça. —Te amo muito, minha princesa!

— Eu também te amo! — sussurrou baixinho e logo senti sua respiração mudar e percebi que já estava dormindo.

Confesso que o cansaço do dia anterior tomou conta de mim e acabei adormecendo também e nem sei dizer ao certo em que momento isso aconteceu.

EPÍLOGO

Oito meses depois...

Minha gravidez não foi das mais fáceis, foram tantas emoções que vivi que meu emocional estava sempre abalado. Primeiro, ainda no hospital, onde permaneci por quase vinte dias internada me recuperando dos ferimentos sofridos e fazendo acompanhamento psicológico, tive que prestar o meu depoimento e relembrar tudo o que passei. As lembranças me fizeram muito mal, elas eram muito vivas em minha mente. Relembrar tudo era reviver um dos piores momentos de minha vida.

Matheus ficou o tempo todo ao meu lado, apoiando-me e dando muito carinho. Apesar de não querer nem gostar de falar muito no assunto, fiz uma força fora do normal para lembrar todos os detalhes. Eles tinham que pagar pelo que me fizeram e por todos os crimes que cometeram, todas as pessoas que lesaram. Mesmo que para isso minha mãe tivesse que sofrer consequências também. E isso era o que mais me preocupava e entristecia.

Recebi a visita de outras vítimas de Paulo. Algumas vieram se solidarizar comigo, outras me agradecer, dar um abraço, desejar força e melhoras. Muitos foram os motivos que as trouxeram, inclusive curiosidade em me conhecer.

Evitei conversar e até mesmo ver minha mãe durante o meu período de internação. Pedi para minha avó falar com ela e dizer que era melhor que não fosse me ver no hospital. Na hora certa conversaríamos. Quanto mais eu pudesse adiar, melhor. Não estava preparada para encará-la e olhar em seus olhos depois de tudo o que fez. Principalmente depois de saber que ela havia ganhado uma boa quantia em dinheiro em troca das informações que deu sobre mim. Apesar de ela negar que houve uma troca, conhecendo dona Maria Lúcia como eu conhecia, eu não conseguia acreditar.

Enfim, após vinte dias, recebi minha alta e chegou o momento de nossa conversa. Foi muito difícil, ela se mostrou arrependida, pediu desculpas, tentou me convencer de seus motivos com aquele papinho furado de que fez pensando no meu bem. Disse mais uma vez que o dinheiro que Paulo havia lhe dado era um presente, e não troca de informações. Fiz uma grande força para acreditar em tudo, mas mesmo assim, não consegui. Depois ela voltou à encenação de mulher deprimida, ficando trancada no quarto, chorando e, às vezes, falava coisas sem nexo. Acho que a intenção era convencer à justiça de que estava arrependida e não estava bem psicologicamente.

Coisas de dona Maria Lúcia! Eu não duvidava nada de que ela ainda poderia aprontar mais alguma depois que o julgamento passasse. Mas enfim, ela era minha mãe e achei melhor deixar para lá. Mesmo assim evitava vê-la e até mesmo me encontrar com ela. Doía-me muito saber que ela era em grande parte a culpada por tudo o que havia me acontecido naquele fatídico dia.

Em casa, ao lado do meu amor e cada vez mais juntos e unidos, seguiu-se mais um tempo de repouso. Esperávamos ansiosos pela chegada do nosso bebê, não víamos a hora de sabermos o sexo para ter certeza de qual de nós tinha acertado, se seria uma menina como ele disse ou um menino. Já fazíamos mil planos e imaginávamos uma linda criança morena de olhos verdes.

Quatro meses depois do acontecido, quando as lembranças eram mínimas e eu já estava quase me recuperando e esquecendo de tudo, tive que relembrar ao chegar o dia do julgamento. Foi constrangedor ficar de frente com o Paulo, Márcia, Amanda e até mesmo dona Maria Lúcia, minha mãe, durante o meu depoimento. Mas fui forte mais uma vez e consegui passar por tudo com louvor. Assisti com imensa alegria os três meliantes receberem a pena máxima de condenação pelos crimes cometidos. Paulo por estelionato, falsa identidade, sequestro, cárcere privado, lesão corporal grave e tentativa de homicídio contra mim; Márcia por ter sido cúmplice dele em todos esses crimes e Amanda pela cumplicidade nos quatro últimos da lista. E também teve a condenação de minha mãe, confesso que senti um certo pesar em vê-la sair algemada do tribunal direto para uma clínica de tratamento, afirmando que era inocente e que aquilo tudo era uma injustiça com ela, que logo voltaria e que todos teriam que engolir sua presença. Não seria ela se não tivesse dado um show à parte se fazendo de vítima. Os laudos psicológicos dela haviam dado resultado positivo. No fundo, sempre soube que minha mãe não era normal, inclusive pelas coisas que ela fazia e falava. Mas vê-la totalmente vulnerável e com um olhar desesperado fez com que eu me sentisse muito triste, apesar de tudo.

Doutor Armando havia cumprido o que se propôs a fazer, no fundo eu sabia que uma clínica seria melhor para ela do que uma penitenciária. Por isso, conformei-me, mas não deixei de sentir e me entristecer. Porém, logo pensei que ela iria se tratar e quem sabe não se curasse e passasse a ser uma pessoa melhor. Quem sabe um dia eu não poderia deixar meu bebê com ela sem o medo de que fizesse alguma loucura ou besteira? No fundo, ainda tinha esperanças de minha mãe se tornar uma pessoa melhor, mesmo sabendo o quanto isso seria difícil. *"Deve ser coisa de amor de filha"*, pensei com meus botões. Foi com esse pensamento positivo que saí do fórum e voltei à minha vida normal. Sabia, porém, que ela também tinha culpa em tudo de mal que havia acontecido comigo e teria que pagar por isso, assim como os outros.

No mês seguinte, foi a vez do ultrassom que revelaria o sexo do nosso bebê. Como Matheus havia dito, tratava-se de uma menininha. Escolhemos o seu nome, que não poderia ser outro, Vitória. A nossa vitória contra tudo e todos, a maldade das pessoas, na vida, no amor, em tudo.

Matheus não me deixou trabalhar durante toda a gestação, mesmo depois de minha placenta ter se colado novamente, os médicos me darem alta e falarem que eu poderia voltar a ter uma vida normal. O excesso de zelo dele, enchendo-me de mimos, estava me deixando muito mal-acostumada...

Preparei-me durante toda a minha gestação para o parto normal, mas Vitória me pregou uma peça. Não encaixou, permaneceu sentada com os dois polegares na boca. Tive que optar pela cesárea e estava ali no quarto do hospital, olhando pela janela, esperando me buscarem para o centro cirúrgico.

— Ansiosa? — Matheus me abraçou pelas costas.

— Um pouco. Tentando imaginar o rostinho dela, a cor dos olhos — virei-me de frente para ele. — Louca para ouvir o seu chorinho, pegá-la em meus braços. Nossa, são tantas coisas.

— E eu compartilho da mesma ansiedade, das mesmas curiosidades — beijou minha testa e depois a ponta do meu nariz. — A única certeza que tenho é de que ela será linda como a mãe.

— Senhora Janaína? — interrompeu-nos uma enfermeira. — Chegou a hora.

Depois de um longo beijo, fui levada ao centro cirúrgico e Matheus foi se paramentar para assistir ao parto de nossa filha. Ele fazia questão de estar ao meu lado.

Tudo aconteceu muito rápido, desde a anestesia até o momento em que eu ouvi seu choro agudo, forte, saudável. A maior emoção e sensação do mundo tomou conta do meu ser. Quando a colocaram rapidamente próxima a mim, que vi seu rostinho lindo e delicado, derramei muitas lágrimas de emoção. Matheus se juntou a nós e choramos os três. Foi o momento mais incrível da minha vida, sem precedentes.

Depois levaram a minha bebê para os primeiros exames, banho e tudo o que era necessário. Enquanto os médicos davam os pontos para fechar minha cirurgia, senti um sono incrível, talvez fosse efeito da anestesia, não sei ao certo. Em algum momento adormeci, nem sei se consegui chegar ao quarto acordada.

Algum tempo depois, despertei já no quarto e, ao abrir os olhos, minha filha estava em um bercinho ao meu lado chorando de fome, era a hora da primeira mamada. Minha avó, que estava comigo no quarto, aproximou-se para me ajudar.

— Me deixa ajudá-la, querida, devido à anestesia não é bom você levantar muito a cabeça, pode ficar com dor depois — falou ajeitando Vitória nos meus braços.

— Ela é linda, não é mesmo? — constatei toda orgulhosa, tudo nela era tão perfeito e delicado.

— Muito. Se parece com você.

— O Mah falou que seria assim — sorri emocionada, sentindo Vitória sugar com força a minha mama e começar a se alimentar.

— Ele queria que fosse assim, minha querida. Ele a ama tanto que queria que ela se parecesse com você — acariciou minha cabeça. — Aliás, diz a lenda que se Vitória se parece mais com você é porque ele te ama mais.

— Impossível! Ninguém nesse mundo ama mais uma pessoa do que eu amo o Matheus — suspirei emocionada. — Ele é tudo para mim, só perde agora para a minha Vitória.

— Ouvi o meu nome? — Matheus entrou sorrateiramente no quarto.

— Estávamos falando do fato dela se parecer comigo e o quanto você pediu por isso — expliquei. — E do quanto amo vocês dois.

— Deus ouviu minhas preces — sentou-se ao meu lado na cama. — Você viu os olhinhos dela? São claros, o médico disse que pode escurecer, mas que existe uma grande probabilidade de serem verdes como os meus.

— Então, Deus também me ouviu — sorri e troquei Vitória de lado para que mamasse em meu outro peito. Minha avó me ajudou novamente.

Ficamos quietos por um bom tempo, admirando nossa filha se alimentar. Quando ela terminou, vó Chica pegou-a nos braços, a fez arrotar e depois a colocou no berço.

— Vou até a cantina comer alguma coisa e deixá-los curtir sua bonequinha sozinhos — falou minha avó saindo do quarto.

— Tenho uma surpresa para você — Matheus sorriu para mim com cumplicidade. — Na verdade, duas.

Entregou-me primeiro um envelope e, ao abri-lo, deparei-me com o registro de nossa filha e me emocionei muito. Nossos nomes na filiação de Vitória.

— Aproveitei que as duas mulheres da minha vida estavam dormindo e cuidei do registro dela. Nunca deixe para amanhã o que você pode fazer hoje! — sorriu, sendo clichê.

— Obrigada, vida! — agradeci com a voz embargada.

— E agora, a segunda surpresa, que vale por duas — entregou-me um embrulho de presente.

— Então serão três surpresas de uma vez só? — brinquei rasgando o papel.

Era um lindo vestidinho vermelho, minha cor preferida, cheio de babados para a nossa filha, acompanhado de uma tiara de mesma cor. Havia um lacinho enfeitando o colo do vestido e, preso a ele, uma bela aliança de brilhantes. Meu coração acelerou naquela hora, uma lágrima de emoção rolou pelo meu rosto quando suspeitei do significado dela, eu estava muito emotiva com o nascimento de nossa bebê.

— Acho que já adiamos demais a nossa união — falou sentando-se de frente para mim no leito do hospital e olhando bem dentro dos meus olhos. — Janaína, agora que tudo se normalizou em nossas vidas, que o pesadelo acabou, Paulo e suas cúmplices estão presos e nossa princesinha nasceu, acho que não precisamos esperar mais. Você aceita se casar comigo e se tornar a minha rainha?

— Até que enfim, achei que você nunca fosse dizer isso — repeti, brincando, as mesmas palavras que disse quando ele me pediu em namoro e que eu sempre dizia quando ele tomava alguma decisão importante sobre nós dois e nosso amor. — É tudo o que mais quero em minha vida.

Só que, dessa vez, as palavras saíam embargadas pela emoção. Nesse momento, Vitória começou a se mexer e resmungar no berço, Matheus foi até ela, pegou-a cuidadosamente no colo e não é que ele tinha jeito para a coisa, sentou-se ao meu lado e disse:

— Minha princesa Vitória e minha rainha Janaína, eu amo vocês mais do que tudo nessa vida e em muitas outras que virão!

— Nós também te amamos, papai — beijei sua face. — E já vou avisando que quero um príncipe para completar nossa família, e que ele seja a cara do pai. Disso eu não abro mão.

— Seu desejo é uma ordem, majestade! — fez um sinal de reverência. — Só que ele terá que ter lindos e grandes olhos castanhos como os da mãe — repetiu a mesma exigência que eu havia feito sobre a cor dos olhos de Vitória.

Trocamos um beijo apaixonado e longo. Depois ficamos feito bobos olhando e admirando nossa bebê. Tão linda e perfeita! Uma verdadeira guerreira! Passou por tanta coisa junto comigo e resistiu. Sobreviveu bravamente. Senti muito orgulho da minha pequena. Pedi a Deus em silêncio para que fosse uma boa mãe e que eu e Matheus pudéssemos dar todo o amor do mundo para nossa filha. Que ela nunca se sentisse carente de amor fraternal como eu me senti um dia.

Matheus pegou seu celular e tirou uma *selfie* de nós três, nossa primeira foto juntos, em família. Naquele momento, peguei-me pensando e constatando que agora éramos uma linda família, e nos amávamos muito. Nada nem ninguém poderia nos separar mais. Juntos éramos mais completos, fortes e nossa cumplicidade cresceria cada vez mais. Nosso amor e nossa história eram para sempre! Nós éramos para sempre e nada mais mudaria isso!